ANALYSE RAISONNÉE

DE

LA LÉGISLATION

SUR LES EAUX.

C

ANALYSE RAISONNÉE

DE

LA LÉGISLATION

SUR LES EAUX.

Par M. Joseph DUBREÜIL, Avocat, ancien Assesseur d'Aix, et Procureur du Pays de Provence.

Pour servir de suite à ses Observations sur quelques Coutumes de Provence.

~~~~~~~~~~~~~~~

A AIX,

De l'Imprimerie d'Augustin PONTIER, Libraire, rue du Pont-Moreau.

1817.

AVANT-PROPOS.

L<small>ES</small> Eaux, considérées dans l'ordre de la législation, se présentent sous deux points de vue généraux qui en embrassent toute la théorie :

Leurs avantages ;

Leurs inconvéniens.

Sous le premier, l'Eau nécessaire à tous les besoins de la vie, fournit à l'homme sa boisson, l'abreuvage à ses bestiaux; elle fertilise, elle embellit ses champs; elle nourrit des animaux propres à sa subsistance ; elle lui fournit des moyens de transport, elle est le principal moteur de ses engins (1).

Sous le second, livrée à elle-même, ou mal dirigée, elle inonde et ravage ses terres; elle rend son habitation mal saine; elle altère ou détruit ses édifices.

L'inconstance de son cours opère dans les propriétés, des changemens, ou favorables ou nuisibles.

De là naît cette multitude de questions qui, dans tous les temps, ont occupé les tribunaux.

Ces questions peuvent n'intéresser que les particuliers auxquels les Eaux sont utiles ou nuisibles ; elles peuvent intéresser aussi l'ordre public, la sûreté générale, les besoins, les avantages de toute une contrée, sous le rapport de la navigation, de l'agriculture, des arts.

(1) *Godefroi*, in leg. 4. ff. *de rivis.*

C'est d'après cette distinction que la législation actuelle a réglé la compétence respective du pouvoir judiciaire et de l'autorité administrative ; compétence qui est aujourd'hui l'un des points les plus difficiles à développer avec précision.

On voit, par ce premier apperçu, combien cette matière est intéressante et vaste dans ses détails.

Le droit romain en a posé et développé les principes dans divers titres (2), d'autant plus intéressans, qu'à peu de chose près, nos lois, notre jurisprudence se rattachent encore aux dispositions de cette législation immortelle.

La législation française ne présente que quelques lois générales sur les eaux publiques (3).

Le code civil s'est occupé des droits des particuliers dans quelques articles intéressans (4).

Divers auteurs ont écrit sur cette matière.

___

(2) *Digest.*, lib. 8 , tit. 1 , 2 , 3 , 4 , 5 , 6 ; lib. 39 , tit. 3 ; lib. 41 , tit. 1 ; lib. 43 , tit. 8 , 12 , 13 , 14 , 15 , 20 , 21 , 22 , 23.

Cod., lib. 3 , tit. 34 ; lib. 7 , tit. 41 ; lib. 11 , tit. 42.

Institutes , liv. 2 , tit. 1 , § 1 , 2 , 3 , 4 , 5 , 20 , 21 , 22 , 23 , 24.

(3) *Ordonnance des Eaux et Forêts*, 1669, tit. 1 , 22 , 25 , 27 , 28 , 29 , 31.— *Déclaration* du mois d'avril 1683. — *Loi* du 20 août 1790, chap. 6. — *Code. rural*, du 6 octobre 1791, tit. 1 , sect. 1 , art. 4. — *Lois* du 29 floréal an 10, et 14 floréal an 11 , sur les *rivières*; *Lois* des 24 ventôse an 13, et 16 décembre 1807 , *sur les desséchemens des marais* etc.

(4) Art. 538 , 640 , 641 , 642 , 643 , 644 , 645.

Parmi les anciens, on distingue *HERINGIUS*, *de molendinis*; — *GOBIUS*; *de aquis*; — *LEISER*, *jus georgicum*; — *CÆPOLLA*, *de servitutibus*; — *SAN LÉGER*, *resolutiones civiles*, cap. 48; — *RICHERI*, *universa civilis et criminalis jurisprudentia*; — et sur-tout *PECCHIUS*, dans son traité *de aquæductu*.

HERINGIUS, imprimé in-4.°, à Francfort, en 1663, présente quelques principes noyés dans une foule de discussions oiseuses.

GOBIUS, Jurisconsulte mantouan, a donné parmi divers traités imprimés in-fol., à Cologne, en 1699, un petit traité sur les eaux, divisé en trente questions. Cet ouvrage donne des notions claires et utiles; mais on doit faire attention qu'il a principalement écrit d'après les statuts locaux.

LEISER, Jurisconsulte allemand, écrivoit en 1698. La troisième édition de son ouvrage a été imprimée in-fol., à Leipsick, en 1741. Il y a traité, dans quelques chapitres (5), des prés, de la pêche, des moulins, des bains, de la conduite et dérivation des eaux, des aqueducs publics. Il n'est ni moins clair ni moins précis que *Gobius*.

SAN LÉGER, Jurisconsulte d'Avignon, est, comme *CÆPOLLA*, dans tous les cabinets; le mérite de leurs ouvrages est généralement connu.

L'ouvrage de l'Abbé *Richeri*, imprimé à Turin, en 1775, en 12 volumes in-4.°, présente dans divers chapitres du tom. 3,

---

(5) Lib. 3, cap. 9, 14, 15, 18, 33, 34.

une exposition nette et précise des règles du droit romain, combinées avec la jurisprudence locale du Piémont (6).

On trouve encore des notions utiles dans l'ouvrage italien, *Pratica legale*, imprimé à Turin, à la même époque, en plusieurs volumes in-8.º, part. 2, tom. 3 (7), et dans les constitutions sardes, imprimées à Turin, en italien et en français, en 1770, liv. 6, tit. 7.

Le fameux traité de PECCHIUS, imprimé de 1665 à 1669, et dont la seconde édition fut donnée à Pavie en 1703, in-fol., est l'ouvrage le plus complet qu'on connoisse sur cette matière.

Cet ouvrage en quatre tomes, reliés en deux volumes, est divisé, dans les trois premiers tomes, en quatre livres, dont le dernier traite particulièrement des moulins.

Le quatrième tome renferme cent questions particulières sur la même matière (8).

Nous n'avons en France, aucun traité particulier sur les eaux.

LATOULOUBRE et PASTOUR, auteurs de Provence, en ont parlé sous le rapport du droit féodal.

Il en est de même de LA POIX FRÉMINVILLE, dans sa *pratique des terriers*, tom. 4, chap. 4, où l'on trouve des

---

(6) Tit. 1, cap. 1, sect. 2, art. 1; cap. 2, sect. 1, art. 1; tit. 3, cap. 3, sect. 1, 2, 3 etc.

(7) Tit. 38, 56, 64, 65, 66, 67, 68.

(8) Le dernier tom. 4, a été, par erreur, intitulé : *liber quartus*, tandis que ce quatrième livre termine le troisième tome.

Pour éviter toute équivoque, nous le citerons en ces termes : *Tom. 2, quœst. etc.*

recherches

recherches et des discussions intéressantes qui sont encore aujour-
d'hui d'une grande utilité.

Parmi les ouvrages publiés depuis le code civil, le *Nouveau
Répertoire*, les *Questions de Droit*, le *Droit de Voisinage*,
de M. *FOURNEL*, présentent des articles importans, tels que
*alluvion, bief, canal, curage, cours d'eau, délit rural, eaux
pluviales, étangs, îles, marais, moulins, pêche, rivière, pouvoir judiciaire* etc.

Le recueil de M. *SIREY*, nous a fourni une multitude de
décrets, d'arrêtés, d'avis du Conseil d'État, d'arrêts de la Cour
de Cassation et des autres tribunaux, qui ont fixé ou éclairci
la jurisprudence sur divers points.

C'est dans le traité *des servitudes* de M. *PARDESSUS* (9),
et dans les traités de M. *HENRION DE PANSEY*, *de l'autorité
judiciaire dans les gouvernemens monarchiques* (10), *et de la
compétence des juges de paix* (11), que l'on trouve les points
de vue et les développemens les plus utiles sur une foule d'articles, et particulièrement sur la compétence des diverses autorités.

Tous ces documens immenses, mais encore épars, attendoient
un classement méthodique.

Tel est l'objet de cette *analyse*.

Ce n'est pas un traité que nous avons voulu donner, il eût

---

(9) Part. 2, chap. 1, 2, sect. 2, et 8; et part. 3, chap. 1, 3, sect. 2.
(10) Chap. 17.
(11) Chap. 22, 26, 27, 43, § 2.

b

excédé nos forces ; une matière aussi vaste eût épuisé la vie d'un homme.

L'exposition des principes anciens et actuels, leur enchaînement, l'indication des sources, pourront servir de guide dans leur application aux diverses questions qui se présentent tous les jours sur cette matière.

TABLE DES TITRES.

ANALYSE RAISONNÉE

DE

LA LÉGISLATION

SUR LES EAUX.

LIVRE PREMIER.

DES EAUX ET DE LEURS DIVISIONS.

TITRE I.er

Des Eaux en général.

1. LES eaux sortent du sein de la terre, où elles y tombent du ciel.

Les premières s'appellent *eaux vives*, soit qu'elles aient ou non un cours extérieur, pourvu que leur existence soit continuelle. Telles sont les rivières, les ruisseaux, etc. , même les eaux stagnantes, comme les lacs, les étangs, les puits.

Les autres s'appellent *eaux pluviales*, soit qu'elles tombent directement du ciel, ou qu'elles proviennent de la fonte des neiges ou des glaces (1). Ainsi les eaux de citerne ne sont pas des eaux vives (2).

---

(1) Leg. 1, § 4, ff. *de fontib.* — Leg. 1. ff. *de aqu. et aqu. pluv. arcend.* — *Pecchius*, lib. 1, cap. 5, n.° 9; cap. 7, quest. 5, n.° 28; cap. 10, quest. 4, n.° 21; et tom. 2, quest. 4, n.° 61. — *Pardessus*, n.° 75, pag. 133.

(2) D.ª leg. 1, § 4, ff. *de fontib.* — *Pecchius*, lib. 1, cap. 5, n.° 9; lib. 2, cap. 10, quest. 4, n.° 21.

1

2. L'eau considérée comme élément, abstraction faite du fonds où elle est contenue, n'appartient à personne. La nature l'a destinée à l'usage de tous. Elle est, comme dit M. Pardessus, du nombre des choses restées dans la communauté négative : *naturali jure, communia sunt aër, aqua profluens*, etc. (3).

Considérée comme un accessoire du fonds, elle fait partie du fonds ; elle est comme le fonds lui-même, une véritable propriété. *Portio agri videtur aqua viva*, dit la loi 11, ff. *quod vi aut clàm.*

De là, la loi accorde au propriétaire la libre disposition de l'eau qui naît dans son fonds, et ne permet pas de l'en détourner contre son gré (4).

Mais de là il suit, qu'elle cesse de lui appartenir hors de son fonds, lorsqu'il l'en a laissée sortir sans en avoir disposé (5).

3. Par une suite de ce principe, l'eau est réputée immeuble comme le fonds dont elle fait partie, *portio agri*. C'est ce qu'observe Pecchius en ces termes : *certum est in jure, aquam contineri in appellatione rei immobilis* (6).

Elle est donc susceptible d'hypothèque comme le fonds. « Sont » susceptibles d'hypothèque (dit l'art. 2118 du code civil) les » biens-immeubles et leurs accessoires réputés immeubles (7). »

Il en est de même d'un droit de servitude sur l'eau. Car, toute servitude est un droit réel (8).

---

(3) § 3, *inst. de rer. divis.* — *Pardessus*, loc. cit., pag. 135.

(4) Leg. 4, cod. *de servit. et aqu.*

(5) *Pecchius*, lib. 1, cap. 2, n.º 10, 11 ; et tom. 2, quest. 4, n.º 61. — *Gobius*, quest. 13, n.º 24. — *Pardessus*, n.º 76, 77, 79, 105.

(6) *Pecchius*, lib. 2, cap. 10, quest. 11, n.º 1, 19 ; cap. 9, quest. 14. — *Pardessus*, n.º 76.

(7) *Pecchius*, loc. cit.

(8) *Pecchius*, loc. cit.

T I T R E I I.

Divisions des Eaux.

4. Les eaux, dans l'ordre de la nature, sont *courantes* ou *stagnantes.* Dans l'ordre civil, elles sont *publiques* ou *privées.*

Cette seconde division qui embrasse également les eaux courantes et stagnantes, est donc celle dont nous devons d'abord nous occuper.

C H A P I T R E I.er

Eaux privées, Eaux publiques.

5. L'eau privée, dit Pecchius, est celle *quœ privatorum commodis inservit* ; soit que née dans un fonds privé, elle soit comme le fonds, la propriété de celui qui le possède ; soit que, dérivée d'une eau même publique, elle y ait été légitimement amenée pour l'utilité de ce fonds.

De là, les canaux construits par des particuliers pour l'utilité de leurs fonds, sont des propriétés privées, lors même que l'eau qui les alimente seroit dérivée de toute eau publique navigable ou non navigable (1).

6. L'eau publique est celle dont la propriété n'appartient à personne, et dont l'usage est commun à tous.

On la reconnoît à deux caractères : la continuité de son cours, *perennitas* ; la nature des lieux à travers lesquels elle coule.

_____

(1) *Pecchius*, lib. 1, cap. 2, n.º 14. — *Gobius*, quest. 3, n.º 6. — *Cœpolla*, pars 2, cap. 4, n.º 28. — *Heringius*, quest. 15, n.º 11. — *Pardessus*, n.º 75, 77. — *Nouv. Répert.*, v.º *écluse.* — *Code de police*, v.º *eau*, pag. 286.

Sous ce dernier rapport, il est indifférent qu'elle prenne naissance dans un fonds public ou de propriété privée. On ne considère que les lieux qu'elle parcourt.

Ainsi, l'eau née dans un fonds public devient privée quand elle entre dans le fonds d'un particulier, à moins qu'elle y emprunte simplement le passage, pour rentrer dans un autre lieu public.

Au contraire, née dans un fonds privé, elle devient publique dès qu'elle arrive dans un fonds public, *non inspicimus*, disent les auteurs, *principium aquæ undè decurrit, sed alveos et meatus undè transit in vetustissimum aquarum cursum* (2).

Il faut néanmoins excepter de cette règle l'eau qui bien que née dans un fonds de propriété privée, forme la source d'un ruisseau qui coule dans des lieux publics, *si sit principium et caput fluminis.* Le propriétaire du fonds ne pourroit dans ce cas, la détourner de son cours naturel et habituel. C'est ce qu'explique Cancérius ; et Pecchius qui a aussi posé cette exception, l'établit sur les titres du code *de fluminibus.* — *Ne quid in publico flumine*, etc. (3).

Ainsi l'eau privée dans son origine, devient publique dans cette première hypothèse.

Elle le devient encore quand elle s'est confondue avec des eaux publiques (4).

---

(2) Leg. 1, § 8, ff. *de fluminib.—Pecchius*, lib. 1, cap. 2, n.° 4, 12 ; cap. 7, quest. 3, n.° 2. — *Cæpolla*, loc. cit., n.° 24.—*Gobius*, quest. 5, n.° 15, 24. — *Julien*, Stat., tom. 2, pag. 551. —*Pardessus*, loc. cit.

(3) *Pecchius*, lib. 1, cap. 7, quest. 4, n.° 35 ; tom. 2, quest. 16, n.° 9. — *Cancerius*, pars 3, cap. 4, n.° 230.

(4) *Duval, de rer. dub.*, chap. 28, n.° 7.

Elle le devient également sous certains rapports, soit, comme le dit l'art. 643 du code civil, qu'elle fournisse aux besoins d'une habitation.

Soit quand le public a établi des ouvrages dans le fonds du propriétaire pour la dériver et la conduire.

7. On distingue deux sortes d'eau publique : les rivières navigables ou flottables; les autres cours d'eau publique, mais non navigables.

Les premières sont la propriété de l'État (5).

Les autres sont publiques en ce sens, que n'appartenant à personne, mais destinées à l'usage des riverains, elles se trouvent placées sous la surveillance de l'autorité publique. « Il » est (dit l'art. 714 du code civil) des choses qui n'appar- » tiennent à personne, et dont l'usage est commun à tous; des » lois de police règlent la manière d'en jouir (6). »

8. On a agité la question de savoir si l'on devoit ranger dans cette dernière classe l'eau qui naît dans un fonds patrimonial d'une commune. On a décidé, avec raison, qu'elle n'étoit qu'une propriété privée comme le fonds lui-même, bien que la disposition de ce fonds soit, comme tous les biens qui appartiennent à des établissemens publics, subordonnée à la surveillance de l'autorité publique. *Bona civitatis abusivè publica dicta sunt ; sola enim ea publica sunt quæ populi romani sunt* (7).

---

(5) *Ordonnance de 1669*, tit. 27, art. 41. — *Code civ.*, art. 538.

(6) *Pardessus*, n.° 75, 77.

(7) Leg. 15, ff. *de verb. signific.* — *Pecchius*, lib. 1, cap. 2, n.° 31. — *Henrion*, chap. 27, pag. 318. — *Quest. de droit*, v.° *pouvoir judiciaire*, § 9, tom. 7, pag. 98 ; v.° *cours d'eau*, § 1, tom. 3, pag. 175. — *Sirey*, tom. 2, part. 2, pag. 416; tom. 5, pag. 30. — *Pardessus*, n.° 36, 76, pag. 66, 138.

CHAPITRE II.
Eaux courantes.

9. On appelle *cours d'eau* l'écoulement de l'eau d'un lieu élevé dans un lieu plus bas (1). Le droit romain le désignoit sous l'expression générique , *flumen.*

Il comprend l'eau , son lit , ses bords et rivages : *littus , ripam , alveum , aquam.*

10. Les docteurs le considèrent sous trois rapports ; la propriété, l'usage, la jurisdiction. *In fluminibus præcipuè consideranda sunt proprietas , usus , jurisdictio* (2).

11. On distingue les cours d'eau suivant leur importance ; les *fleuves* , les *rivières*, les *ruisseaux* , les *torrens* , les *sources* ou *fontaines.*

On distingue encore, quant à l'usage, les eaux *quotidiennes* , et celles dont on n'use que dans un temps déterminé de l'année.

12. On distingue enfin, le cours d'eau lui-même, des eaux superflues qui s'échappent à travers les terres, à la suite des arrosemens , et que les auteurs italiens appellent *collaticia , scolatica* (3).

---

(1) *Quest. de droit* , v.° *cours d'eau* , § 1 , pag. 180.
(2) *Gobius* , quest. 21 , n.° 1. — *Heringius* , quest. 15 , n.° 16.
(3) *Pecchius* , lib. 2 , cap. 10 et quest. 4.

§ 1.
Fleuves , Rivières.

13. Les fleuves et rivières sont tous consacrés à l'utilité générale ; telle est la destination qu'ils ont reçue de la nature.

Le droit romain les déclaroit publics sans distinction, *flumina omnia publica sunt* (1).

Mais ce caractère de publicité a dû amener des résultats différens, suivant qu'ils sont ou non navigables ou flottables.

---

(1) § 2, iust. *de rer. divis.* — *Nouv. Répert.*, v.º *rivières*, n.º 1. — *Heringius*, quest. 15, n.º 9.

Dist. 1.

Fleuves, Rivières navigables ou flottables.

14. Quoique le droit romain en admettant que toutes les rivières étoient publiques, parût en accorder indistinctement l'usage à tous les particuliers, il ne permettoit pas néanmoins de dériver l'eau d'une rivière navigable, même de celle qui ne l'étoit pas, lorsqu'elle se jetoit dans une autre rivière qui devenoit navigable par cette jonction. *Si aut navigabile est, aut ex eo aliud navigabile fiat, non permittitur id facere.* Il prohiboit même aux magistrats d'accorder le droit de dérivation(1).

L'empereur Frédéric fut plus loin, et par une constitution insérée dans le livre *des fiefs*, tit. 56, il déclara les rivières droits régaliens et propriété du souverain.

15. Le droit français a adopté le même principe.

Il a assimilé les rivières navigables ou flottables aux *grandes routes*, les autres aux chemins *voisinaux ou publics* (2).

L'ordonnance des eaux et forêts, du mois d'août 1669, tit.

---

(1) Leg. 2, ff. *de fluminib.* — Leg. 10, § 2, ff. *de aqu. et aqu. pluv. arcend.*

(2) *Henrion*, chap. 27, pag. 308. — *Quest. de droit*, v.º *cours d'eau*, § 1, tom. 3, pag. 181.

27, art. 41, s'exprime en ces termes : « déclarons la *propriété*
» de tous les fleuves et rivières, portant bâteaux de leurs fonds
» sans artifices et ouvrages de mains, dans notre royaume et
» terres de notre obéissance, faire partie du domaine de notre
» couronne. »

La déclaration du mois d'avril 1683, les appelle *propriété
du souverain, par le seul titre de la souveraineté.*

16. La révolution qui avoit bouleversé toutes les idées,
n'avoit pas épargné cette maxime fondamentale de notre droit
public, et malgré que la loi des 22 novembre et 1.er décembre
1790, eût déclaré, § 1, art. 2, les fleuves et rivières *navigables* ...... *dépendances du domaine public*, le code rural
du 6 octobre 1791, tit. 1, sect. 1, art. 4, établit la disposition suivante :

« Nul ne peut se prétendre propriétaire exclusif d'une ri-
» vière *navigable* ou *flottable.* En conséquence, tout propriétaire
» riverain peut, en vertu du droit commun, y faire des prises
» d'eau sans néanmoins en détourner ou embarrasser le cours
» d'une manière nuisible au bien général et à la navigation
» établie. »

On conçoit tout ce que cette faculté indéfinie dût amener
d'abus dans ces temps sur-tout de licence et d'anarchie. Le gouvernement fut bientôt obligé de revenir sur ses pas.

Dès le 19 ventôse an 6, le directoire exécutif, *vu* les art.
42 et suivans, tit. 27 de l'ordonnance de 1669, et la susdite
loi de 1790, dont il ordonna l'exécution, arrêta, art. 9, « que
» nul ne pourroit établir aucune écluse ou usine, batardeau,
» *moulin*, digue, etc., dans les *rivières navigables et flotta-
» bles*, ainsi que dans les canaux d'irrigations ou de desséche-
                                                    » mens

» mens *généraux*, sans en avoir préalablement obtenu la per-
» mission de l'administration centrale qui ne pourra l'accorder
» que de l'autorisation expresse du directoire exécutif. »

Enfin , le code civil, art. 538 , rétablit l'ancien principe en
ces termes :

« Les rivières navigables ou flottables , sont considérées comme
• des dépendances du domaine public. »

De là , l'art. 644 qui permet aux riverains des eaux publiques d'en user à leur passage , en excepte *celles qui sont dé-
clarées dépendances du domaine public par l'art. 538* (3).

Cette règle n'admet aucune exception , *nonobstant*, dit l'art.
41 , tit. 27 de l'ordonnance de 1669 , *tous titres et possessions contraires.*

17. Elle s'applique également aux bras non navigables des
rivières navigables : ainsi l'avoit jugé l'arrêt du conseil du 10
août 1694. Ainsi l'a décidé la déclaration du 13 août 1709 (4).

18. M. d'Aguesseau avoit soutenu dans l'intérêt du domaine,
qu'on devoit l'étendre encore aux parties non navigables des
rivières navigables. Mais la déclaration du mois d'avril 1683, et
les arrêts du conseil des 10 août et 9 novembre 1694, la
restraignirent *aux parties où elles sont navigables , soit par
bâteaux ou radeaux* (5).

---

(3) *Jurispr. féod.*, tit. 7, n.° 2. — *Prat. des terr.*, tom. 4 , chap. 1,
quest. 13, pag. 61 ; chap. 4 , quest. 1, pag. 418. — *Nouv. Répert.*,
v.° *rivière* , § 1. — *Nouv. Brillon*, v.° *alluvion*, n.° 5 ; v.° *abenevis*. —
Henrion, chap. 26, § 1, pag. 254. — *Pardessus* , n.° 76 , pag. 137.

(4) *Nouv. Répert.* , loc. cit., § 1 , n.° 3.

(5) *D'Aguesseau*, tom. 7, pag. 179. — *Nouv. Répert.*, loc. cit., n.°
2. — *Henrys*, tom. 2, liv. 3, quest. 5, pag. 229. — *Prat. des terr.*, loc.
cit., chap. 4 , quest. 1, pag. 425.

2

Il ne faut pas conclure de cette exception, que le riverain pût arbitrairement détourner l'eau d'une rivière navigable, dans les parties où elle ne l'est pas encore ; car c'est par la réunion de toutes ses eaux qu'elle arrive au point de devenir navigable. Le Préteur, dit la loi 10, § 2, ff. *de aqu. et aqu. pluv. arcend.*, ne peut permettre une dérivation par l'effet de laquelle la rivière deviendroit moins navigable, *quœ flumen minùs navigabile efficiat*; et c'est à quoi il a été pourvu, soit par la simple faculté *de s'en servir à son passage, pour l'irrigation* que lui accorde l'art. 644 du code, soit par l'obligation que cet article lui impose *de la rendre à la sortie de ses fonds, à son cours ordinaire.*

19. M. d'Aguesseau étendoit encore la règle à toute rivière non navigable qui se jette dans une rivière navigable. Mais sans doute il n'entendoit parler que de celles *ex quibus*, comme disoient le droit romain et le livre des fiefs, *flumina fiunt navigabilia.* Car autrement, comme presque toutes les petites rivières se jettent dans de plus grandes, elles deviendroient toutes une dépendance du domaine public (6).

20. C'est au gouvernement à décider si une rivière est ou n'est pas navigable ou flottable ;

S'il convient de rendre navigable celle qui ne l'est pas.

« C'est à lui (dit M. Pardessus), qu'est confié à la fois, » et le droit de distinguer, conformément aux lois, à quels » signes on doit reconnoître la propriété publique ; et celui de » consacrer à l'usage commun, lorsque le bien général l'exige, » une propriété particulière (7). »

On verra cependant au livre 5.ᵉ, que toute question de

---

(6) *Pecchius*, lib. 1, cap. 2, quest. 2.
(7) N.° 76, pag. 137.

propriété, même entre l'état et les particuliers, est du ressort exclusif de l'autorité judiciaire.

Mais les cours d'eau publique, même non navigables, n'étant, comme on le verra bientôt, la propriété de personne, l'usage exclusif que la loi en accorde aux riverains, est toujours subordonné à l'utilité générale et aux besoins de l'état.

Quoiqu'il en soit, le droit du gouvernement est certain. C'est ce qui résulte de l'arrêt du conseil du 13 décembre 1722, de l'arrêté du directoire exécutif, du 2 nivôse an 6, des décrets des 22 janvier 1806, et 7 mars 1808, relatifs aux rivières que le gouvernement veut rendre navigables ou flottables (8).

21. Le Nouveau Répertoire établit comme un principe *généralement reconnu*, que dans ce cas, il n'est dû aucune indemnité aux riverains (9).

Sans doute, l'auteur n'a entendu parler que de l'indemnité relative à la privation de l'usage de l'eau; car si le riverain étoit au cas de céder des terrains pour la confection des travaux, l'indemnité ne sauroit lui en être refusée.

C'est ce qu'a décidé le décret du 22 janvier 1808, sur les chemins de hallage. « Il sera payé, dit l'art. 3, aux riverains » des fleuves et rivières où la navigation n'existoit pas, *et où* » *elle s'établira*, une indemnité proportionnée au dommage « qu'ils éprouveront, conformément aux dispositions de la loi » du 16 septembre 1807 (10). »

Les dispositions de cette loi ont été changées quant aux for-

---

(8) *Pardessus*, n° 76, pag. 137.

(9) V.° *rivières*, § 2.

(10) *Sirey*, tom. 8, part. 2, pag. 100. — *Pardessus*, n.° 138, pag. 254.

mes à suivre, par celle du 8 mars 1810, sur les expropriations pour cause d'utilité publique (11).

Nous ne nous occupons pour le moment, de ces rivières, que par rapport à la distinction des eaux. Nous traiterons ailleurs des divers usages que les particuliers peuvent y obtenir ; de la police à laquelle elles sont soumises ; des autorités chargées de maintenir cette police.

On a vu ci-dessus (n.º 16) que l'arrêté du directoire du 19 ventôse an 6, a assimilé les canaux généraux de navigation ou d'arrosage, aux rivières navigables. Le *Nouveau Répertoire*, v.º *canal*, observe que c'est ce qui résulte de la loi du 21 vendémiaire an 5, rendue pour le canal de Languedoc, ou *du Midi*.

---

(11) *Sirey,* tom. 10, part. 2, pag. 101.

DIST. 2.

Rivières non navigables.

22. Les rivières non navigables ou flottables, et les autres cours d'eau publique, appartenoient en général aux seigneurs dans l'étendue de leurs fiefs (1).

L'usage exclusif en appartient aujourd'hui aux riverains, sous la surveillance de l'autorité publique.

---

(1) *Jurispr. féodale,* tit. 7, n.º 6, 24. — *De Cormis,* tom. 1, col. 1030. — *Prat. des terr.,* tom. 4, chap. 4, quest. 1, 2, pag. 418 ; quest. 18, pag. 476 ; quest. 34, pag. 498. — *Nouv. Répert.,* v.º *moulin,* § 7, art. 1, n.º 4 ; v.º *rivières,* § 2. — *Quest. de droit,* v.º *cours d'eau,* § 1. — *Henrion,* chap. 26, § 2, pag. 259. — *Pardessus,* n.º 76, pag. 138. — *Nouv. Brillon,* v.º *abenevis.*—*Prat. des terr.,* liv. 5, chap. 4, tom. 4.

Leur lit, leurs bords et rivages, sont en quelque manière leur propriété.

Les décrets du 4 août 1789, qui dépouillèrent les seigneurs de cette propriété, ne désignèrent pas à qui elle devroit désormais appartenir.

L'assemblée chargea ses comités, le 23 avril 1791, de lui présenter, sur ce point, *des principes constitutionnels.* Ce travail ne fut pas fait, et les choses, dit M. Henrion, étoient restées dans cet état, quand le code civil attribua aux riverains par l'art. 561, la propriété des îles et atterrissemens qui se forment dans les rivières, et que l'art. 644 leur accorda l'usage des eaux à leur passage. D'où M. Pardessus conclut que cette loi leur a attribué le lit en propriété (2).

Mais cette propriété ne doit pas être regardée comme une propriété pleine, absolue et arbitraire.

D'une part, l'art. 644 leur prohibe de détourner le cours de l'eau.

De l'autre, le gouvernement, on l'a vu, peut encore rendre ces rivières navigables (3).

Le droit des riverains est donc moins un véritable droit de propriété, qui dans le fait, n'appartient proprement à personne, comme le dit l'art. 714, qu'un usage exclusif de l'utilité qu'ils peuvent en retirer.

23. On avoit tenté de conclure de l'abolition du régime féodal, que les concessions accordées par les ci-devant seigneurs

---

(2) *Henrion*, chap. 26, § 2, pag. 259. — *Pardessus*, n.º 77, pag. 138.

(3) *Nouv. Repert.*, v.º *rivières*, § 2.

se trouvoient anéanties. Mais la cour de cassation a fait justice de cette erreur, par un arrêt solemnel du 23 ventôse an 10, en ces termes :

« Les lois, en supprimant les effets de la féodalité, n'ont
» jamais pu être applicables à la validité et à la conservation
» d'un droit de propriété sur un cours d'eau, droit qui appar-
» tenoit alors au pouvoir qui l'a cédé. Les lois des 28 août
» 1792, et 10 juin 1793, en restituant aux communes leurs
» anciens droits, ont formellement excepté de cette restitution
» ce qui avoit été aliéné par les anciens seigneurs, et qui étoit
» possédé par un tiers en vertu de ces aliénations (4). »

24. Il en est de même des prises d'eau que le seigneur avoit établies pour son usage. La cour de cassation les a maintenues par son arrêt du 18 juin 1806 ; néanmoins, cet arrêt accorda aux riverains la participation à l'usage de l'eau, et leur permit de percer la digue, en indemnisant l'ancien seigneur pour la portion de cette digue dont ils tireroient avantage (5).

On examinera dans le 3.e livre, comment les riverains peuvent user des rivières et autres cours d'eau publique non na-vigables.

On verra dans le 5.e livre quels sont sur ces eaux, les droits de police et de surveillance de l'autorité publique, administra-tive ou judiciaire.

---

(4) *Sirey*, tom. 2, part. 2, pag. 416.— *Quest. de droit*, v.º *cours d'eau*, § 1.— *Pardessus*, n.º 91, pag. 169.
(5) *Sirey*, tom. 6, pag. 325.

§ 2.

Ruisseaux.

25. Le droit romain définit le ruisseau, *locus per longitudinem depressus, quo aqua decurrat* (1).

Cette définition s'applique à tous les cours d'eau. Leiser l'appelle plus à propos *tenuis aquæ fluor* (2).

M. Henrion appelle *ruisseaux* les cours d'eau qui, formés par la réunion des eaux pluviales, ou de quelques sources *intermittentes*, coulent et se dessèchent alternativement en tout ou en partie (3).

A notre avis, ce seroit confondre le ruisseau avec le *torrent*. Car, dit Pecchius, bien qu'un des principaux caractères de l'eau publique soit la continuité de son cours, cette continuité peut se vérifier également dans le ruisseau privé. *Hæc perennitas competit etiam rivis privatis* (4).

De là, et en se rapprochant de la définition de Leiser, Pecchius observe qu'il est plus à propos de le distinguer des grands cours d'eau publique, comme l'a fait le droit romain, par le volume des eaux et l'opinion des riverains. *Flumen à rivi magnitudine discernendum est, aut existimatione circumcolentium* (5).

---

(1) Leg. 1, § 2, ff. *de rivis.*

(2) *Jus georgic.*, lib. 3, cap. 4, n.º 10.

(3) Chap. 26, § 3, pag. 267.

(4) *Pecchius*, lib. 1, cap. 7, quest. 4, n.º 3, 5. — *Cœpolla*, pars 2, cap. 4, n.º 3; cap. 41, n.º 1. — *Gobius*, quest. 5, n.º 9. — Leg. 1, § 3, ff. *de fluminib.*

(5) D.ª leg. 1, § 1.

26. Du reste, et d'après le principe établi ci-dessus (n.° 6), le ruisseau est public ou privé, suivant les lieux qu'il parcourt.

§ 3.

Torrens.

27. On appelle *torrent*, le cours d'eau qui ne coule qu'en certaines saisons, comme en hiver, ou à la suite des grandes pluies. Cette intermittence habituelle forme son véritable caractère, lors même qu'accidentellement il auroit coulé pendant tout un été.

De là, on ne regarde pas comme *torrent*, l'eau dont le cours est continu, *perennis ;* lorsqu'il auroit cessé accidentellement de couler pendant l'été. *Licet unâ æstate exaruerit* (1).

28. L'intermittence du torrent l'a fait ranger dans la classe des eaux privées (2). Il est néanmoins réputé public, s'il coule sur un lieu public. C'est ce qu'on infère de la loi 1, § 6, ff. *ut in flum. publ.* C'est d'ailleurs ce qui résulte du principe établi ci-dessus (n.° 6).

29. Là où le torrent est privé, il ne donne pas lieu à l'alluvion qui n'a lieu qu'en eau publique, comme on le verra, liv. 2 (n.° 62); et le terrain qu'il occupe dans ses débordemens appartient toujours au premier propriétaire (3).

---

(1), Leg. 1, § 2, ff. *de fluminib.* — *Cœpolla*, pars 2, cap. 38. — *Pecchius*, lib. 2, cap. 11, quest. 5, n.° 2, 4. —*Heringius*, quest. 15, n.° 4.

(2) D.ª leg. 1, § 3. — *Cœpolla, Pecchius, Heringius*, loc. cit.

(3) *Pecchius*, eod. et n.° 17, 18, 31. — *Cœpolla*, loc. cit.

30.

30. De là, il n'est pas susceptible d'être donné comme un confront immuable (4).

---

(4) *Cœpolla*, loc. cit., n.° 3. — *Pecchius*, loc. cit., n.° 32.

§ 4.
Sources, Fontaines.

31. On donne, dans le droit, la même signification aux deux expressions, *source*, *fontaine*, bien que dans le langage usuel, elles aient une acception différente (1).

La source de l'eau, *caput aquæ*, est l'endroit où elle naît, où elle commence à paroître.

On appelle aussi de ce nom, les premiers ruisseaux ou fossés destinés à recevoir l'eau qu'on tire d'un fleuve ou d'un lac pour la conduire dans un premier ruisseau commun (2).

---

(1) ff. *de fontib.*

(2) Leg. 1, § 8, ff. *de aqu. quotid.* — *Pecchius*, lib. 1, cap. 5, n.° 2, 6, etc. — *Cœpolla*, pars 2, cap. 40, n.° 3.

§ 5.
Eau quotidienne, Eau d'été.

32. On appelle eau *quotidienne* celle dont on peut user tous les jours ou certains jours de la semaine, lors même qu'on n'en useroit pas toutes les fois qu'on pourroit en user.

On appelle *eau d'été* celle dont on n'use que l'été, lors même qu'on pourroit en user toute l'année. *Puto* (dit la loi) *ex proposito utentis et ex naturâ locorum, aquam æstivam à quotidianâ discerui* (1).

---

(1) Leg. 1, § 2, 3, etc.; leg. 5, 6, ff. *de aqu. quotid.*—*Pecchius*, tom. 2, quest. 53, et lib. 1, cap. 5, n.° 17. — *Cœpolla*, pars 2, cap. 4, n.° 104.   3

§ 6.

Eaux d'écoulement : Collaticia, scolatica.

33. La terre n'absorbe pas toujours toute l'eau dont elle est arrosée. Le superflu filtre et s'écoule dans les lieux inférieurs.

Le droit romain ne s'est pas occupé de ces écoulemens, parce qu'il ne dispose que sur les eaux dérivées de la source même, *quæ à capite ducuntur*, ou dont le cours est continuel (1).

L'abondance des eaux, d'immenses prairies, des rizières toujours inondées, en ont fait dans le nord de l'Italie, un objet conséquent qui a attiré l'attention des lois locales.

On en évalue le volume, en Lombardie, au quart du volume de l'eau qui les produit (2).

Elles y sont désignées sous le nom de *collaticia* ou *scolatica* : Pecchius qui s'en est beaucoup occuppé (3), dit que cette dénomination vient de leur écoulement souterrain *à colando*; il les définit : *aquarum emissoria abondantes ac superfluæ* (4).

34. On ne doit pas les confondre avec les transpirations, *sudores*, dont parle la loi 1, § 8, ff. *de aqu. quot. et æstiv.*, vu que ces transpirations sont continuelles, et que plusieurs

---

(1) Leg. 1, § 5, 7, ff. *de aqu. quotid.* — Leg. 9, ff. *de servit. pr. rust.*

(2) *Pecchius*, lib. 2, cap. 10, quest. 2.

(3) Le même, d.°, cap. 10, et *passim per totum.*

(4) Le même, eod., n.° 2, 3; et cap. 9, quest. 6, n.° 30. — Id. , quest. 54, n.° 16.

sources n'ont pas d'autre origine; tandis que ces écoulemens ne sont que le produit de ces arrosemens (5).

35. Ces eaux sont censées comprises dans la stipulation sur celles dont elles proviennent, à moins que la stipulation n'ait porté que sur les eaux *vives* (6).

Bien que cette nature d'eau soit moins connue parmi nous, nous avons vu un propriétaire du terroir d'Aix, traiter avec le propriétaire supérieur pour s'assurer l'écoulement de ses eaux d'arrosage, à la charge d'entretenir ses aqueducs.

---

(5) *Pecchius*, lib. 2, cap. 10, quest. 4, n.° 14; lib. 1, cap. 5, n.° 8.

(6) Le même, lib. 2, cap. 10, quest. 4, n.° 21; quest. 5, n.° 1, 19.

§ 7.

Bords, Rivages.

36. On a vu que le cours d'eau comprend, avec l'eau et son lit, ses bords et rivages.

On appelle *bords*, *rivages*, le terrain qui contient naturellement l'eau dans son cours ordinaire et dans les temps de sa plus grande abondance; *quod flumen continet naturalem rigorem cursus sui tenens...... Quod plenissimum flumen continet* (1).

Mais, si, entre le cours de l'eau et le fonds voisin, il existe un espace de terre susceptible de culture, le bord n'est plus

---

(1) Leg. 1, § 5; leg. 3, § 1, ff. *de fluminib.* — *Cœpolla*, pars 2, cap. 36, n.° 1. — *Gobius*, quest. 21, n.° 7, 9.

considéré comme rivage, mais comme berge, *aggeres*, dont l'élévation est destinée à préserver les terres riveraines de l'irruption des eaux: *valla fluminum*, dit Cœpolla; car, dit Gobius, *ripa est locus qui incipit à plano, cùm primùm vergere incipit usquè ad aquam per attractionem aquæ* (2).

37. L'inondation passagère ne change pas le rivage ; elle n'opère cet effet, qu'autant qu'elle devient permanente (3).

38. Le chemin, le fossé intermédiaire entre l'eau et le fonds voisin, n'empêchent pas le propriétaire du fonds d'être considéré comme riverain, parce qu'on présume qu'ils ont fait, dans l'origine, partie du fonds. *Via publica* (dit Gobius, d'après la loi 38, ff. *de acquirendo rer. domin.*) *non impedit quin prædium dicatur confinare cum ripá fluminis citrà eam existentis* ; car, comme dit cette loi, *ipsa quoque via fundi est*, il en est de même des fossés, parce que, comme dit Barthole, quoique publics quant à l'usage, ils appartiennent au fonds voisin ; *sunt eorum, prædiis quorum adherent* (4).

39. Le rivage fait partie du fonds ; il est compris dans la vente du fonds. De là, Gobius et la pratique légale du Piémont,

───────────────

(2) *Gobius*, loc. cit., n.º 9, 10.— Leg. 3, § 2, ff. *de fluminib.*— *Cœpolla*, loc. cit.

(3) Leg. 1, § 5, ff. *de fluminib.*— *Cœpolla*, loc. cit., n.º 3.— *Gobius*, loc. cit., n.º 8, et quest. 23, n.º 6.— *Richeri*, tom. 3, § 75, pag. 28.

(4) *Cœpolla*, loc. cit., n.º 4.— *Gobius*, quest. 21, n.º 15.— *Jus georgic.*, lib. 1, cap. 42, n.º 15.—*Nouv. Brillon*, v.º *alluvion*, n.º 10.— *Pecchius*, lib. 1, cap. 4, quest. 6, n.º 77; lib. 2, cap. 11, quest. 9.— *Fournel*, v.º *alluvion*, pag. 105.—*Richeri*, tom. 3, § 556, pag. 142.

établissent que les bords et rivages , comme les berges , sont compris dans la contenance exprimée dans la vente , à moins qu'ils n'aient été donnés pour confronts ; ou qu'insusceptibles de culture , ils ne puissent être d'aucune utilité (5).

40. Le droit romain déclare les rivages de la mer communs quant à l'usage, comme la mer elle-même (6).

Le droit français les a déclarés *dépendances du domaine public,* ainsi que les *lais* et *relais* ; mais il en a laissé l'usage libre en tout ce qui ne gêne pas la navigation et l'abordage (7).

41. Ce rivage s'étend dans la méditerranée , jusques au point où le plus grand flot d'hiver arrive ; *quatenùs hibernus fluctus maximè excurrit.*

Le flux et le reflux exigeoient une autre règle pour l'Océan. L'ordonnance de 1681 , décide que le rivage comprend tout le terrain que la mer couvre et découvre aux nouvelles et pleines lunes, et où jusques le plus grand flot de mars se peut étendre (8).

---

(5) *Gobius*, quest. 22 , n.º 12. — *Pratic. legal.*, part. 2 , tom. 3 , tit. 64, n.º 15 , pag. 471. — *Cœpolla*, pars 2, cap. 36 , n.º 7. — *Pecchius*, tom. 2 , quest. 90, n.º 5. — Leg. 7 , § 1 , ff. *de peric. et commod. rei vendit.* — Leg. 24 , ff. *de contrah. empt.*

(6) § 1 , 5, *inst. de rer. divis.*

(7) *Code civ.*, art. 538. — *Ordonnance de 1681* , tit. 7 , art. 2. — *Nouv. Répert.* , v.º lais, relais. — *Fournel*, v.º rivage de la mer, tom. 2 , pag. 439.

(8) § 3 , *inst. de rer. divis.* — Leg. 96, 112 , ff. *de verb. signif.* — *Ordonnance de 1681* , liv. 4, tit. 7 , art. 1. — *Fournel*, loc. cit. , pag. 440. — *Jurispr. féod.*, tit. 5 , n.º 7. — *Quest. de droit*, v.º rivages de la mer, tom. 8 , pag. 241. — *Richeri*, tom. 3 , n.º 76 , 77, pag. 28.

42. La jurisprudence avoit varié sur la propriété des bords et rivages des rivières navigables et flottables.

L'art. 650 du code civil, combiné avec l'art. 538 , prouve qu'il les a regardés, comme ils l'étoient par le droit romain, propriété des riverains, sauf l'usage du public. *Flumen quod est principale*, dit Cœpolla, *non trahit ad se ripam, nisi quoad usum necessarium fluminis ; non autem, quoad usum extraneum* (9).

Ainsi, d'après cet article 650, c'est aux riverains à fournir sur les bords, le marche-pied ou chemin de hallage, comme *servitude établie par la loi*, et dont la largeur fixée à 24 pieds par l'ordonnance de 1669, tit. 28, art. 7, peut aujourd'hui être restrainte, d'après le décret du 22 janvier 1808, art. 4. « Lorsque le service n'en souffre pas, notamment quand il » y aura extérieurement des clôtures en haies vives, murailles, » ou travaux d'art, ou des maisons à détruire (10). »

Ainsi, les riverains ne peuvent planter sur les bords et rivages, qu'à la distance de trente pieds, du côté que les bateaux se tirent, et dix pieds de l'autre côté (11).

Les constitutions sardes prohibent de couper les arbres qui

---

(9) *Nouv. Répert.*, v.º *rivières*, § 1, n.º 6.—*Cœpolla*, pars 2, cap. 36, n.º 3, 11.—*Gobius*, quest. 21, n.º 14.—§ 4, *inst. de rer. divis.*— Leg. 5, ff. eod. tit.— Leg. 14, 15, ff. *de adq. rer. dom.* — *De Luca*, *de regalib.*, disc. 138, n.º 5, 6, tom. 1, pag. 218.— *Richeri*, loc. cit.

(10) *Cœpolla*, loc. cit., n.º 11. — *Pardessus*, n.º 138, pag. 254.— *Henrion*, chap. 26, § 1, pag. 255.—*Nouv. Répert.*, loc. cit. et v.º *chemin de hallage.*—*Sirey*, tom. 8, part. 2, pag. 100.

(11) *Ordonnance de 1669*, tit. 28, art. 7.—*Nouv. Répert.*, v.º *arbres*, n.º 14; v.º *chemin de hallage.* — *Gobius*, quest. 21, n.º 20.—*Fournel*, v.º *aqueduc*, pag. 129.—*Nouv. Brillon*, v.º *arbres*, n.º 10.

soutiennent les rives, à la distance de dix-huit pieds ; elles obligent les riverains d'en planter là où la nature du terrain peut le permettre (12). La loi 10, ff. *de extraord. crim.*, punissoit sévèrement ceux qui coupoient des arbres au bord du Nil.

Il suit de ces détails que les droits des riverains sur les bords et rivages des rivières navigables sont moins une propriété proprement dite, qu'un droit d'usage exclusif, subordonné aux besoins de la navigation, c'est la haute importance de ces rivières sous ce rapport, qui en a fait attribuer la propriété à l'État ; et Cœpolla nous paroît avoir développé le principe avec beaucoup de justesse, lorsqu'il a dit que cette propriété qui n'entraîne celle des bords et rivages, que pour tout ce qui est nécessaire à l'usage de la navigation, *nisi quoad usum necessarium fluminis*, cesse pour tout ce qui est étranger à cet objet ; *non autem, quoad usum extraneum.* C'est dans ce sens, que Vinnius, sur le § *riparum inst. de rer. divis.*, dit que si l'eau d'un fleuve public est toute publique, le rivage ne l'est que dans ce qui a trait à l'usage du public.

43. Les bords et rivages des rivières non navigables et autres cours d'eau publique, appartiennent plus spécialement aux riverains.

Telle étoit sur toutes les eaux publiques, la disposition du droit romain. *Riparum* (dit le § 4, *inst. de rer. divis.*) *usus publicus est ; sed proprietas eorum, illorum est quorum prædiis hærent* (13).

Nos lois n'ont rien changé à cette décision pour les bords des cours d'eau non navigables.

---

(12) Liv. 6, tit. 7, art. 7, 8.—*Richeri*, tom. 3, § 80, pag. 29.
(13) *Pecchius*, tom. 2, quest. 90.

Mais cette règle doit être entendue sous les modifications rappelées ci-dessus (n.º 20 , 21 , 22).

Le rivage se trouve quelquefois établi par la nature dans une forme irrégulière qui renvoie les eaux vers le bord opposé. Si le propriétaire de ce bord en a profité pour y établir des engins , l'autre ne peut lui enlever cet avantage en coupant sa rive (14). C'est sur quoi nous reviendrons au livre 4 , tit. 2.

On expliquera dans le 4.ᵉ livre, quels sont les ouvrages que les riverains peuvent se permettre sur les bords et rivages, pour se garantir de l'irruption des eaux.

---

(14) *Pecchius* , loc. cit.

CHAPITRE III.

Eaux stagnantes.

Les eaux stagnantes sont les *lacs* , les *étangs*, les *marais*, les *puits*.

§ 1.

Lacs.

44. Le lac est un amas d'eau qui ne tarit pas , *quod perpetuam habet aquam* (1).

Il est public ou privé (2).

45. D'après le droit romain , on ne pouvoit acquérir la faculté de dériver l'eau d'un lac, d'un étang. Ce droit ne permettoit de l'acquérir qu'à la source même , ou sur une eau dont le cours

---

(1) Leg. 1 , § 3 , ff. *ut in flum. publ.*— *Cœpolla*, pars 2, cap. 30.— *Nouv. Répert.*, v.º *lac.*

(2) D.ª Leg. 1 , § 6.

étoit

étoit continuel. Le droit français n'a pas admis cette restriction (3).

46. L'accroissement ou la diminution des eaux d'un lac ou
d'un étang, ne nuisent ni ne profitent aux riverains. Ils ne
donnent pas droit à l'alluvion, *suos terminos retinent* (dit
la loi), *ideòque in his, jus alluvionis non admittitur* (4).

Le code civil a adopté cette disposition du droit romain :
« l'alluvion (dit l'art. 558) n'a pas lieu à l'égard des lacs et
» étangs, dont le propriétaire conserve toujours le terrain que
» l'eau couvre quand elle est à la hauteur de la décharge de
» l'étang, encore que le volume d'eau vienne à diminuer.

» Réciproquement, le propriétaire de l'étang n'acquiert aucun
» droit sur les terres riveraines que son eau vient à couvrir
» dans des crues extraordinaires. »

Cœpolla et Malleville, observent qu'il en est autrement des
étangs publics formés par la nature (5).

Le nouveau Brillon, v.º *alluvion*, n.º 2, explique le motif
de cette différence. L'étang fait à main d'homme, a dû, dit-il,
être précédé d'un arrangement entre les propriétaires respectifs;
d'où il suit qu'ils doivent toujours conserver leurs terrains respectifs, « avec d'autant plus de raison que, dans cette hypothèse,

---

(3) Leg. 1, § 5, 6, 7, ff. *de aqu. quotid.*, etc. — Leg. 28, ff. *de
servit. præd. urb.* — *Pecchius*, lib. 3, cap. 13, quest. 8, n.º 10. —
Fournel, v.º *bateau*.

(4) Leg. 24, § 3, ff. *de aqu. et aqu. pluv. arcend.* — Leg. 12, ff.
de adquir. rer. dom. — Leg. 69, ff. *de contrah. empt.* — *Nouv. Brillon*,
v.º *alluvion.* — *Pecchius*, lib. 2, cap. 11, quest. 5. — *Jus georg.*,
lib. 1, cap. 12, n.º 67, 89.

(5) *Cœpolla*, pars 2, cap. 30, n.º 4, 5. — *Malleville*, sur l'art. 558.

4

» il est possible de rétablir les choses dans leur état naturel
» et ordinaire, tandis qu'on n'a jamais pu régler ni prévoir
» l'ouvrage de la nature, toujours indépendant de la volonté
» de l'homme. Un fleuve impétueux ne pouvant être ni cir-
» conscrit, ni contenu, on ne peut rien déterminer sur ses
» bornes, ni fixer son rivage ou son lit. ».

§ 2.

Étangs.

47. L'étang est l'amas accidentel d'une eau stagnante, *quod
temporalem continet aquam ibi stagnantem* (1).

C'est l'étang naturel.

Il est des étangs artificiels. Le nouveau Répertoire les définit, « un amas d'eau soutenu par une chaussée et dans lequel
» on nourrit du poisson. »

L'étang artificiel comprend l'eau, les digues, ou chaussées
qui la retiennent; la bonde qui sert à son écoulement; le déversoir, dont la hauteur se calcule sur l'étendue du terrain
que l'étang doit contenir pour garantir les terres voisines de
l'inondation (2).

48. Chacun peut faire un étang dans son fonds, mais sous
l'autorisation de la justice, et après un rapport, dit Fournel,

---

(1) Leg. 1, § 4, ff. *ut in flum. publ. — Nouv. Répert.*, v.º *étang. —
Pardessus*, n.º 78, pag. 143. — *Prat. des terr.*, tom. 4, chap. 4, quest.
64, 68, pag. 539, 547.

(2) *Nouv. Répert.*, *Pardessus*, loc. cit.

de commodo et incommodo, pour prévenir les dommages qui
pourroient en résulter pour les voisins (3).

L'autorité peut même en ordonner la démolition, s'il devient
nuisible ou préjudiciable, par l'infection ou par les inondations (4).

49. On ne peut l'établir que sur son propre fonds, sauf le
cas de nécessité publique (5).

50. L'inférieur ne peut élever son étang de manière à inonder
le fonds supérieur.

Dans tous les cas, le propriétaire répond du dommage et
doit rétablir les lieux dans un état tel qu'il ne puisse en résulter aucun préjudice (6).

Quelques coutumes lui donnoient le droit d'obliger le voisin
à en recevoir les eaux sous due indemnité. Mais le droit commun ne l'y autorise pas. C'est au propriétaire à se procurer
l'issue nécessaire au moment où il établit son étang (7).

51. Si deux étangs se trouvent si rapprochés, que le supérieur ne puisse avoir sa vuidange libre, l'inférieur s'il a été
établi le dernier, doit lui donner cette vuidange au temps con-

(3) *Fournel*, v.º *étang*, tom. 2, pag. 91. — *Nouv. Répert.*, *Pardessus*, loc. cit.

(4) Loi du 11 septembre 1792. — *Fournel*, v.º *marais*, pag. 259. —
Pardessus, n.º 78, pag. 144. — *Nouv. Répert.*, v.º *étang*. — *Code de
police*, v.º *eaux*, pag. 269.

(5) *Nouv. Répert.*, loc. cit. — *Code civ.*, art. 545.

(6) *Sirey*, tom. 9, pag. 248. — *Pardessus*, n.º 79, pag. 143. — *Nouv.
Répert.*, *Fournel*, loc. cit. — *Prat. des terr.*, tom. 4, chap. 4, quest.
81, pag. 560.

(7) *Fournel*, v.º *étang*, tom. 2, pag. 93.

venable pour la pêche. Il le devroit même si l'on ne pouvoit reconnoître l'époque de leur construction respective, pourvu toutefois qu'il n'y ait aucune faute à reprocher au supérieur dans sa construction (8).

Mais le supérieur ne peut ouvrir sa bonde pendant le temps de la pêche de l'inférieur, qui de son côté ne doit pas y apporter une lenteur affectée (9).

52. Le poisson qui passe dans un autre étang, cesse d'appartenir au propriétaire de celui duquel il est sorti, pourvu *qu'il n'y ait pas été attiré par fraude et artifice*, dit l'article 564 du code civil.

Mais le propriétaire peut le suivre jusques dans la fosse ou auge de l'étang supérieur, tant qu'il n'est pas arrivé dans l'étang même.

Le propriétaire supérieur n'a pas ce droit de suite sur l'étang inférieur. Néanmoins la coutume d'Orléans, art. 174, le lui accordoit quand l'étang inférieur étoit déjà *péché et vuide d'eau* (10).

On a vu sur le § précédent, que l'alluvion n'a pas lieu dans les étangs privés.

---

(8) *Fournel, Nouv. Répert.*, loc. cit.—*Pardessus*, n.° 113, pag. 213. —*Prat. des terr.*, loc. cit., quest. 69, pag. 549, 551.

(9) *Nouv. Répert.*, v.° *étang.* — *Pardessus*, loc. cit. — *Prat. des terr.*, loc. cit. — *Fournel*, loc. cit., pag. 94.

(10) *Nouv. Répert.*, loc. cit.—*Pardessus, Fournel*, loc. cit. — *Denisart*, v.° *étang.* — *Prat. des terr.*, tom. 4, chap. 5, quest. 74, pag. 556.

§ 3.

Marais.

53. Le marais est une terre abreuvée de beaucoup d'eau qui n'a pas d'écoulement, qui parfois reste à sec. *Aqua minùs profunda, palàm latiùs diffusa, quæ etiam quandoque sicatur* (1).

54. Sous le régime féodal, les marais communaux appartenoient aux seigneurs. Les lois abolitives de la féodalité les ont déclarés propriétés communales.

Mais on ne comprend pas dans cette classe, les marais productifs, soit en bois, foins, tourbes, etc., que l'on considère comme propriété particulière et patrimoniale, à l'instar d'un champ semable, d'une vigne, d'un pré ; tandis que les nouvelles lois ne les ont déclarés appartenir aux communes que sous le rapport de biens hermes, terres gastes et vaines. C'est ce qui a été décidé par une foule d'arrêts, notamment par les arrêts de la cour de cassation, des 2 ventôse an 7, 14 vendémiaire an 9, et 8 fructidor an 13 (2). Et telle est aujourd'hui la jurisprudence constante et uniforme sur cette question.

55. Le partage et le desséchement des marais ont occupé dans tous les temps l'attention du Gouvernement ; « cette pro-
» priété, disoit son orateur, en présentant la loi du 16 septembre
» 1807, est trop intimément liée à l'intérêt général, à la santé,
» à la vie des hommes, à l'accroissement des produits du ter-

---

(1) *Nouv. Répert.*, v.' *marais.* — *Jus georgic.*, lib. 3, cap. 14, n.º 5.

(2) *Sirey*, tom. 1, pag. 345 ; tom. 6, pag. 51.

» ritoire, pour n'être pas régie par des règles particulières,
» pour n'être pas immédiatement sous l'autorité de l'administra-
» tion publique (3). »

On trouve dans le Nouveau Répertoire, v.º *marais*, le détail
et la suite des lois intervenues sur ces deux objets.

Nous nous bornerons à en présenter ici le résumé.

Plusieurs lois particulières avoient autorisé le partage des biens
communaux entre les habitans ; là où ils n'en avoient auparavant
que l'usage, on en adjugeoit le tiers au seigneur. Mais cette
réserve lui fut enlevée par la loi du 28 août 1792.

Déjà une loi générale avoit autorisé, le 14 du même mois,
le partage des marais dans toute la France.

La loi du 10 juin 1793, en détermina le mode ; il l'a été
de nouveau par la loi du 9 ventôse an 12.

Cette loi maintient les partages déjà faits avant ou depuis celle
de 1793, pourvu qu'il en eût été dressé des *actes*.

La question s'éleva de savoir si ces actes avoient dû être
rédigés dans la forme déterminée par la loi de 1793, ou si
tout acte quelconque devoit suffire. Le Gouvernement, par
son décret du 4 complémentaire an 13, se borna à décider que
les jugemens des conseils de préfecture sur la validité de ces
actes, seroient soumis au conseil d'état ; mais, comme l'observe
le Nouveau Répertoire, v.º *marais*, § 4, n.º 2, et § 5, n.º
1, son intention a été de donner au mot *acte*, le sens le
plus favorable à la stabilité du partage.

---

(3) *Sirey*, tom. 7, part. 2, pag. 224, col. 1. — *Décret* des 24 août
et 26 novembre 1790, sanctionné le 5 janvier 1791, au *préambule.—*
Nouv. Répert., v.º *marais*, n.º 6, pag. 801.

A défaut d'actes, cette même loi du 9 ventôse an 12, maintient les possesseurs, à la charge de faire leurs déclarations au préfet et de payer à la commune une redevance annuelle rachetable, évaluée à la moitié du produit dont le terrain eût été susceptible au moment de l'occupation.

Mais depuis le décret du 9 brumaire an 13, les marais non encore partagés, ne peuvent l'être que sous l'autorisation du Gouvernement.

56. Le partage, soit qu'il ait lieu entre deux communes, soit qu'il soit fait entre les habitans d'une même commune, doit se faire en raison du nombre des feux, sans égard à l'étendue des territoires respectifs ou des diverses propriétés. C'est ce qu'ont décidé l'avis du conseil d'état, des 4 et 20 juillet 1807, la loi du 10 juin 1793, sect. 2, art. 1, et les décrets des 20 juin 1806, et 2 février 1808.

57. Le desséchement des marais, soit qu'ils appartiennent à l'État, aux communes ou aux particuliers, avoit été déterminé et réglé par le décret précité des 24 août et 26 novembre 1790.

La base du système adopté par cette loi étoit la cession forcée, moyennant indemnité, là où le propriétaire ne voudroit ou ne pourroit opérer lui-même le desséchement.

La loi du 16 septembre 1807, qui forme le droit actuel, a suivi une autre marche ; sa base est de conserver la propropriété à son possesseur (4).

L'art. 1.er pose en principe que la propriété des marais est soumise à des règles particulières.

_____

(4) *Sirey*, tom. 7, part. 2, pag. 218.

Le Gouvernement ordonne les desséchemens qu'il juge nécessaires ; il en arrête le plan.

Le propriétaire ou les propriétaires réunis sont toujours préférés dans la concession.

S'ils sont divisés entr'eux, on préfère celui dont la soumis-
sion est jugée la plus avantageuse.

A défaut des propriétaires, la concession est accordée à des
entrepreneurs.

Cette concession ne leur transporte pas la propriété ; elle ne
leur donne droit qu'à l'indemnité de leurs travaux et avances,
sur la plus value du terrain opérée par l'effet du desséchement,
dans la proportion déterminée par la concession.

Le propriétaire peut se libérer de cette indemnité, soit par
la désemparation d'une partie correspondante de son fonds, soit
par une rente au quatre pour cent, rachetable à volonté, par
portion d'au moins un dixième.

L'entrepreneur a un privilège sur toute la plus value, à la
charge de faire transcrire son titre.

Par l'effet de ce privilège, les hypothèques inscrites sur le
fonds avant le desséchement, sont réduites à une portion du
fonds desséché, d'une valeur égale à l'estimation du total avant
le desséchement.

Là où le desséchement ne peut s'opérer par les moyens indiqués par la loi, les propriétaires peuvent être obligés de
céder leur propriété, préalablement remboursés de la valeur
estimative.

La connoissance des moyens d'exécution est confiée à une
commission spéciale, composée de sept membres choisis sur les
lieux et nommés par le Gouvernement.

II

Il est prohibé à cette commission de s'immiscer dans la connoissance des questions de propriété, exclusivement dévolues aux tribunaux civils.

On exposera dans le 5.e livre, les règles relatives à la compétence de l'autorité administrative sur ces desséchemens.

§ 4.

Puits.

58. Nous avons parlé des puits dans nos *Observations sur quelques coutumes de Provence*, pag. 21.

Nous avons observé ci-dessus, n.º 1, qu'à la différence des citernes qui ne sont que le ramas des eaux de pluies, les eaux de puits sont des *eaux vives*.

Nous parlerons au 3.e livre, du *droit de puisage*.

CHAPITRE IV.

Eaux minérales.

59. L'utilité des eaux minérales pour l'humanité souffrante, les inconvéniens qui pourroient résulter d'une liberté illimitée dans leur distribution, ont dû exciter la sollicitude du Gouvernement. Une foule de lois attestent sa surveillance. Nous nous bornerons à indiquer d'une part, les déclarations des 25 avril 1772, et 26 mai 1780; les arrêts du conseil d'état, des 6 mai 1732, 1.er avril 1774, 12 mai 1775, et 5 mai 1781 : de l'autre, la loi du 17 avril 1791, les arrêtés des 23 vendémiaire an 6, et 29 floréal an 7; le décret du 30 prairial an 12. On peut en voir les détails dans le Nouveau Répertoire et dans le code administratif, v.º *eaux minérales*.

Le propriétaire qui découvre dans son fonds une source d'eau minérale, est tenu d'en instruire le Gouvernement qui, après les avoir faites examiner, en permet ou en prohibe la distribution (1).

Elles ne peuvent être distribuées que dans des bureaux établis sous l'approbation du ministre de l'intérieur (2).

Elles sont comprises dans la classe des médicamens sujets à mixtions et falsifications, et on applique à ces eaux les dispositions de la loi précitée, du 17 avril 1791 (3).

L'art. 1.er de l'arrêté du 23 vendémiaire an 6, et l'art. 4 de celui de l'an 7, conformément à l'art. 24 de l'arrêt du conseil de 1781, en ont confié la police aux municipalités.

Ces lois, ainsi que les arrêtés des 3 floréal an 8, et 6 nivôse an 11, portent que les eaux minérales appartenant à l'État ou aux communes seront mises en ferme, pardevant le sous-préfet, en présence du maire.

Elles en affectent spécialement le produit à leur entretien et réparations; au paiement des officiers de santé chargés de leur inspection (4).

_____

(1) *Arrêté* du 29 floréal an 7, art. 27.

(2) *Même arrêté*, art. 8.

(3) *Nouv. Répert.*, v.º *eaux minérales*, pag. 421.

(4) *Nouv. Répert.*, loc. cit., pag. 421. — *Arrêté* du 29 floréal an 7, art. 17.

Les eaux thermales auxquelles notre ville doit son nom, son établissement en colonie romaine, et une partie de son lustre, si connues autrefois, négligées pendant trop long-temps, étoient pour ainsi dire, oubliées, lorsqu'en 1803, M. Sallier, maire d'Aix, les fit rétablir dans l'état satisfaisant où on les voit aujourd'hui.

Nous devons à ce même administrateur, le premier établissement de la riche bibliothèque publique, léguée à la Provence par M. le marquis de Méjanes en 1785. Ce double service lui a acquis des droits inaltérables à la reconnoissance de ses concitoyens.

LIVRE SECOND.

DES CHANGEMENS QUE LE COURS DES EAUX PEUT OPÉRER DANS LES PROPRIÉTÉS.

60. LES rivières par l'irrégularité de leur cours, par l'augmenta-tation ou la diminution de leurs eaux, par les terres et les gra-viers qu'elles charrient, font, comme disoit le juriconsulte *Pom-ponius*, l'office de grands voyers; elles rendent public le terrain qu'elles envahissent; elles donnent aux particuliers celui qu'elles délaissent. *Censitorum vice funguntur, qui, ut ex privato in publicum adducunt, ita ex publico in privatum* (1).

Ces changemens s'opèrent par les *alluvions*, les *atterisse-mens*, les *innondations*; ils forment les *îles* et *îlots*.

---

(1) Leg. 30, § 3, ff. *de adquir. rer. dom.* — *Nouv. Brillon*, v.º *alluvion*, n.º 2. — *Jus georgic.*, lib. 1, cap. 42.

TITRE I.er

Des Alluvions.

61. L'alluvion est l'accroissement lent et insensible que re-çoit successivement le fonds limitrophe d'un cours d'eau; *incre-mentum latens, quod ita paulatim adjicitur, ut intelligi non possit quantum quoque temporis momento adjiciatur* (1).

Il s'opère ou par l'addition du terrain au fonds adjacent;
Ou par la retraite de l'eau d'une rive sur l'autre.

---

(1) § 20, *inst. de rer. divis.* — Leg. 7, § 1, ff. *de adquir. rer. dom.* — *Nouv. Répert.*, v.º *lais, relais*; v.º *alluvion.* — *Fournel, Nouv. Brillon*, eod. v.º — *Code civ.*, art. 556, 557. — *Richeri*, tom. 3, § 553, pag. 142. — *Prat. legal.*, tom. 3, n.º 65, pag. 173.

Dans le premier cas, on l'appelle *lais*; on l'appelle *relais* dans le second (2).

62. L'alluvion est un moyen d'acquérir, dérivé du droit des gens. *Quod per alluvionem agro tuo flumen adjicit, jure gentium tibi adquiritur* (3).

Le code civil l'a maintenu dans les deux cas, même dans les rivières navigables et flottables, à la charge du marche-pied ou chemin de hallage (4). '

Mais il en a excepté les lais et relais de la mer que l'art. 538 a déclarés dépendances du domaine de l'État.

La loi du 16 septembre 1807, art. 41, réserve au Gouvernement le droit d'en accorder la concession.

63. L'alluvion n'est admis qu'en eau publique, *flumina privata* (dit *Pecchius*, lib. 2, cap. 11, quest. 5, n.º 1, etc.) *non habent jus alluvionis*, ce qu'il étend aux lacs et aux étangs privés, comme on l'a vu ci-dessus, n.º 48 et 54; il fonde cette règle sur la décision formelle de la loi 12, ff. *de adquir. rer. dom.*; de la loi 69, ff. *de contrah. empt.*; de la loi 24, § 3, ff. *de aqu. et aqu. pluv. arcend.* Il en donne cette raison que la loi 30, § 3, ff. *de adquir. rer. dom.*, qui, sous ce rapport, attribue en quelque manière aux eaux publiques les fonctions de grands voyers, *censitorum vice*, n'a pu entendre donner ce caractère à des eaux purement privées, lesquelles, dit-il, *ad*

---

(2) *Nouv. Brillon*; *Fournel*; *Code civ.*, loc. cit.

(3) *Instit.*, loc. cit. — D.ª leg. 7, § 1. — *Jus georgic.*, lib. 1, cap. 42, n.º 5. — *Nouv. Brillon*, v.º *alluvion*, n.º 2.

(4) *Code civ.*, art. 556, 557.

instar privati hominis rediguntur, qui non habet jus cen-
sendi et judicandi , quod privatis non competit. Cùm
ergo flumina privata non habeant hanc facultatem, meritò
in eis cessare debet jus alluvionis.

Tous nos auteurs ne parlent de l'alluvion que relativement
aux fleuves et rivières, et aucun n'a jamais étendu ce droit aux
eaux privées. Le titre du code *de alluvionibus*, ne parle que
des eaux publiques (5).

64. La loi 16 , ff. *de adquirendo rerum domin.*, ne l'ad-
mettoit pas dans les champs limités. Plusieurs explications ont
été données sur le vrai sens de cette loi; Dupérier, son an-
notateur, et le Nouveau Brillon, ont pensé qu'elle ne s'applique qu'au fonds livré sous une redevance de tant par mesure,
non à l'effet de priver le preneur de l'accroissement, mais à
l'effet d'augmenter la redevance en proportion.

On trouve dans Boniface un arrêt du parlement d'Aix,
rendu en 1684, qui déchargea le preneur de cette augmentation de redevance ; mais le Nouveau Brillon pense que cet
arrêt ne fut fondé que sur la prescription (6).

On a vu ci-dessus, n.º 38, que le chemin, le fossé inter-

---

(5) *Jus georgic.*, lib. 1, cap. 42 , n.º 5.

(6) *Nouv. Brillon*, v.º alluvion, n.º 2 , 4 , 6; v.º agrier, n.º 20. —
Dupérier, tom. 1 , liv. 2 , quest. 3. — *Dumoulin*, tom. 1 , tit. 1 , § 9,
n.º 115, pag. 179. — *Gobius*, quest. 24 , n.º 9. — *Jus georgic.*, lib. 1 ,
cap. 42, n.º 27. — *Jurispr. féod.*, tit. 7 , n.º 19, 20 , 24. — *Boniface*,
tom. 4, liv. 3, tit. 3, chap. 1, pag. 167. — *Richeri*, tom. 3, § 554,
pag. 142. — *Julien*, *élémens* etc., liv. 2 , tit. 4 , n.º 17, pag. 172.

médiaire, n'ôtent pas au voisin la qualité de riverain, ils ne
sont donc pas un obstacle à l'alluvion.

65. La portion que l'alluvion ajoute au fonds, suit en tout
le sort et la condition du fonds dont elle devient l'accessoire; *tanta
vis est alluvionis* (dit Richeri) *ut incrementum ejusdem
indolis existimetur atque eisdem legibus subjiciatur quibus
regitur ipse fondus.* « Ce n'est pas un nouveau champ, dit
» M. Julien, *élémens*, etc. ; mais il fait partie du premier, *nec
» istud incrementum novus ager, sed pars primi,* disoit Du-
» moulin (7). »

De là, l'alluvion profite à l'acheteur (8), à l'usufruitier (9),
au fermier (10), au légataire (11), au créancier hypotécaire (12),
à celui qui exerce la revendication du fonds (13), au fonds
dotal (14).

En est-il de même du vendeur à pacte de réméré qui exerce
le rachat ?

---

(7) *Richeri*, loc. cit., § 557. — *Julien*, pag. 171. — *Nouv. Brillon*,
loc. cit. — *Nouv. Répert.*, v.° *alluvion.* — *Dumoulin*, tom. 1, § 1,
gloss. 5, in v.° *le fief*, n.° 115, 116. — Leg. 11, § 7, ff. *de public.
in rem act.*

(8) Leg. 7, ff. *de peric. et com. rei vend.* — *Nouv. Brillon, Fournel*,
v.° *alluvion.* — *Richeri*, tom. 3, § 557, 561.

(9) Leg. 9, § 4, ff. *de usufr. et quemadm.*, etc.

(10) *Jus georg.*, lib. 1, cap. 42, n.° 18.

(11) Leg. 24, § 2, ff. *de legat.* 1.° — Leg. 16, ff. *de legat.* 3.°

(12) Leg. 16, ff. *de pign. et hyp.* — Leg. 18, § 1, ff. *de pign. act.*

(13) Leg. 15, ff. *de condict. indeb.*

(14) Leg. 4, ff. *de jur. dot.*

Tous les auteurs, dit Richeri, conviennent que le rachat lui donne le droit de réclamer les alluvions qui se sont formés depuis la vente ; mais le doute est de savoir s'il doit en payer le prix, ou s'il lui suffit de rendre le prix du fonds tel qu'il l'avoit reçu. Richeri se décide pour la seconde opinion, par ce motif, que le pacte résolutoire n'empêche pas que la vente ne fût parfaite, et que dès-lors, le fonds a dû profiter pour l'acquéreur, comme il eût péri pour lui. *Nam* (dit la loi) *si totus ager post emptionem, flumine occupatus esset, periculum esset emptoris; sic igitur, et commodum ejus esse debet* (15).

66. L'accroissement que l'alluvion produit n'est pas un obstacle à ce que l'acheteur qui ne trouve pas la contenance exprimée dans l'acte, réclame le supplément (16).

67. Il est permis aux riverains de se procurer des alluvions, pourvu qu'ils ne détournent pas le cours des eaux sur la rive opposée. *Leiser* en indique les moyens : *qui alluvionem velit, fluvium incurvet; qui insulam, flumen latissimè diffundi et divagari sinat* (17).

———————————

(15) *Richeri*, tom. 3, § 557 etc., pag. 143. — Leg. 7, ff. *de peric. et commod. rei vendit.*

(16) Vid. *les autorités citées*, note 8.

(17) Leg. 1, cod. *de alluvion.* — *Jus georgic.*, lib. 1, cap. 42, n.° 5o. — *Fournel*, v.° *alluvion*, pag. 104. — *Nouv. Brillon*, eod. v.°, n.° 2.

TITRE II.

Atterrissemens.

68. L'atterrissement est l'augmentation subite opérée par l'impétuosité de l'eau.

Soit qu'elle détache du fonds une portion considérable, qu'elle porte vers un autre fonds.

Soit que, s'ouvrant un canal nouveau, elle laisse son ancien lit à sec, et l'incorpore au fonds riverain.

Dans le premier cas, on l'appelle *par juxta-position.*

Dans le second, on l'appelle atterrissement *par extension.*

On voit par là, en quoi il diffère de l'alluvion, qui n'est que l'accroissement insensible (1).

69. L'atterrissement *par juxta-position*, n'obtenoit son effet par le droit romain, qu'autant que les arbres emportés avec le terrain avoient pris racine dans le fonds vers lequel ils avoient été entraînés.

Le code civil déclare le riverain propriétaire après un an, du jour où il a pris possession de la partie emportée vers son fonds, sans que l'autre ait réclamé (2).

70. Cet atterrissement appartient à l'État dans les rivières

---

(1) Leg. 7, § 3, 4, 5, ff. *de adquir. rer. dom.* — *Nouv. Brillon,* v.° *alluvion*, n.° 1. — *Nouv. Répert.*, v.° *atterrissement.* — *Fournel,* eod. v.° — *Prat. des terr.*, tom. 4, chap. 4, quest. 10, pag. 452.

(2) D.ª leg. 7, § 3. — *Fournel*, loc. cit. — *Jus georgic.*, lib. 1, cap. 42, n.° 35. — *Code civ.*, art. 559. — *Richeri*, tom. 3, § 566, pag. 144. — *Jurispr. féod.*, tit. 7, n.° 17.

navigables

navigables ou flottables, *s'il n'y a*, dit l'art. 560 du code civil, *titre ou possession contraire* (3).

La prescription opère donc, dans cette matière, une fin de non-recevoir, et c'est ce qu'a jugé un arrêt du parlement de Paris, du 12 mai 1766, rapporté par le Nouveau Répertoire, et par Denisart, v.º *atterrissemens*, dans une hypothèse où le possesseur avoit possédé au-delà de son titre.

71. Dans l'atterrissement *par extension*, c'est-à-dire, quand la rivière se forme un nouveau lit, le droit romain accordoit le lit abandonné au riverain du bord opposé. Le Nouveau Brillon s'élevoit avec force contre cette décision ; le code civil a adopté son opinion comme plus conforme à l'équité ; il adjuge le lit abandonné aux propriétaires des fonds sur lesquels elle a pris le nouveau lit, *à titre d'indemnité, chacun dans la proportion du terrain qui lui a été enlevé* (4).

_____

(3) *Code civ.*, art. 560, 561. — *Nouv. Brillon*, v.º *alluvion*, n.º 5. — *Nouv. Répert.*, hoc v.º, et v.º *motte ferme*. — *Fournel*, loc. cit. — *Jurispr. féod.*, tit. 7, n.º 18.

(4) § 3, *inst. de rer. divis.* — Leg. 7, § 5, ff. *de adquir. rer. dom.* — *Code civ.*, art. 563. — *Nouv. Brillon*, v.º *alluvion*, n.º 2. — *Fournel*, v.º *atterrissement.* — *Jus georgic.*, cap. 42, lib. 1, n.º 37. — *Richeri*, tom. 3, § 578, pag. 146. — *Prat. des terr.*, tom. 4, chap, 4, quest. 11, pag. 453.

TITRE III.

Inondations.

72. L'inondation passagère n'opère aucun changement dans le droit de propriété (1).

On avoit néanmoins soutenu que le terrain inondé par une rivière navigable, étoit acquis à l'État après dix ans, lors même que les eaux n'ayant couvert qu'une partie du fonds, le propriétaire auroit conservé, comme on dit, *motte ferme*. Tous les auteurs ont cité l'arrêt du conseil d'état, du 10 février 1728, contre les Chartreux de Villeneuve-lès-Avignon.

Mais le nouveau Brillon, v.° *alluvion*, n.° 12, s'élève contre ce système qu'il soutient être repoussé par l'arrêt du conseil, du 25 juin 1770, qu'il rapporte au long au n.° 5. Latouloubre, dans sa jurisprudence féodale, tit. 7, n.° 5, le regarde comme contraire au principe de Loisel, que *motte ferme demeure au seigneur très-foncier*; et Freminville, dans sa *pratique des terriers*, soutient que l'arrêt de 1728 fut fondé principalement sur le silence des Chartreux, lorsqu'en 1717, le domaine avoit inféodé ce terrain.

Le Nouveau Répertoire est d'avis que cette règle, si elle a véritablement existé, a été implicitement abrogée par l'art. 563 du code civil.

---

(1) § 24, *inst. de rer. divis.* — Leg. 7, § 6. — Leg. 30, § 3. — Leg. 38, ff. *de adquir. rer. dom.* — Leg. 24, ff. *quib. mod. usufr. amitt.* — Leg. 1, § 9, ff. *de flumin.* — *Nouv. Brillon*, v.° *alluvion*, n.° 22. — *Nouv. Répert.*, v.° *atterrissement*, v.° *motte ferme.* — *Fournel*, v.° *inondation*, et v.° *atterrissement*, in fine. — *Cœpolla*, pars 2, cap. 4, n.° 98.

Cet article, on l'a vu, accorde au propriétaire du fonds envahi par la rivière, le lit qu'elle a abandonné. L'intention de la loi n'a donc pas été de lui enlever le terrain que la rivière finit par délaisser. La question sur la *motte ferme* étoit trop connue, pour que dans le cas contraire elle n'en eût pas parlé (2).

73. A l'égard des rivières non navigables, l'ancien propriétaire, dit Fournel, conserve son droit pendant trente ans (3).

Si, comme on est fondé à le penser, la règle des dix ans ne doit plus avoir lieu pour les terrains inondés par les rivières navigables, le droit du propriétaire doit avoir aujourd'hui la même durée.

74. L'inondation peut être l'effet d'une force majeure.

Elle peut être ordonnée pour le bien public.

Elle peut être le résultat d'un ouvrage pratiqué dans le fonds voisin.

Dans la première hypothèse, nul n'en est responsable. *Quæ sine culpá accidunt à nullo præstantur*, dit la loi 23, ff. *de reg. jur.* « Il n'y a lieu à aucuns dommages-intérêts, dit l'art. » 1148 du code civil, par suite d'une force majeure ou d'un » cas fortuit. »

_____

(2) *Nouv. Répert.*, v.° *motte ferme*, v.° *île.* — *Fournel*, v.° *atterrissement*, v.° *motte ferme.*—*Nouv. Brillon*, v.° *alluvion*, n.° 12.— *Jurispr. féod.*, tit. 7, n.° 5. — *Prat. des terr.*, tom. 4, chap. 4, quest. 8, pag. 445; quest. 12, 13, pag. 457; et tom. 1, chap. 6, sect. 1, § 5, quest. 24, pag. 730. — *Cahiers de l'assemblée des communautés de Provence*, 1746, pag. 43; 1765, pag. 122; 1783, pag. 115.

(3) V.° *inondation.*

Quand l'inondation est ordonnée pour le bien public, le décret du 13 fructidor an 13, en a déterminé les règles.

Tout particulier est responsable de l'inondation qui provient de son fait ou de sa négligence.

Nous reviendrons sur cet objet dans le 3.e livre.

L'action peut même être intentée avant que l'inondation ait eu lieu, si elle devoit être le résultat nécessaire de l'ouvrage dénoncé. Elle seroit prématurée, s'il étoit possible que l'ouvrage ne portât aucun préjudice (4).

---

(4) *Nouv. Repert.*, v.° *inondation.* ; v.° *cas fortuit.* — *Fournel*, loc. cit., tom. 2, pag. 213, 216. — *Code rural*, 8 octobre 1791, tit. 2, art. 15, 16. — *Code pénal*, art. 457. — Leg. 1, § 1 ; leg. 14, § 2, ff. *de aqu. et aqu. pluv. arcend.* — *Sirey*, tom. 6, pag. 143.

TITRE IV.

Iles , Ilots , Iscles.

75. Le droit romain adjugeoit indistinctement aux riverains, les îles qui se forment dans les rivières navigables ou non navigables.

Il adjugeoit au premier occupant, celles qui se forment dans la mer.

Cette règle étoit fondée sur ce que le lit des rivières et leurs bords, étoient regardés comme faisant partie des fonds riverains ;

Que les îles de la mer étoient un bien vacant (1).

---

(1) § 12, *inst. de rer. divis.* — Leg. 7, § 3 ; leg. 29, 30, § 2 ; leg. 56, § 1 ; leg. 65, ff. *de adquir. rer. dom.* ; leg. 1, § 6, ff. *de flumin.* — *Richeri*, tom. 3, § 568, 572, 573, pag. 145. — *Jus georgic.*, lib. 1, cap. 42, n.° 37.

Par le droit français, les îles formées soit dans la mer, soit dans les rivières navigables ou flottables, appartiennent à l'État, s'il n'y a titre ou possession contraires.

Les îles formées dans les autres rivières, appartenoient jadis aux seigneurs ; la loi les a accordées aux propriétaires riverains, du côté où l'île s'est formée ; ou si elle ne s'est pas formée d'un seul côté, aux propriétaires riverains des deux côtés, à partir de la ligne qu'on suppose tracée au milieu de la rivière (2).

76. La nature des titres et de la possession qui peuvent légitimer les droits des riverains sur les îles formées dans les rivières navigables et flottables, a été l'objet de diverses lois. Ces lois sont rappelées dans le Nouveau Répertoire et dans le Dictionnaire des domaines, v.º *île*.

Leurs dispositions se résument en deux points principaux.

Les titres doivent être *authentiques*, comme *inféodations*, *contrats d'aliénation*, *engagemens*, *aveux et dénombremens reçus sans blâme*.

Ils doivent être antérieurs à 1556.

La possession doit être antérieure à la même époque.

Le possesseur fondé en titre étoit maintenu, à la charge de payer une année de revenu, et une légère redevance annuelle.

Celui qui n'étoit fondé qu'en possession, payoit deux années de revenu, une légère redevance, et les droits censuels (3).

---

(2) *Code civ.*, art. 560, 561. — *Nouv. Répert.*, v.º *île.* — *Nouv. Brillon*, v.º *alluvion*, n.º 5. — *Jurispr. féod.*, tit. 7, n.º 2, 6, 16. — *Prat. des terr.*, tom. 4, chap. 4, quest. 7, pag. 442.

(3) *Déclaration* du mois d'avril 1683. — *Édit* de novembre 1693, et février 1720. — *Instruction* sur la loi de 1683, dans *la Pratique des*

La prescription s'accompliroit aujourd'hui par trente ans, depuis que le code civil a limité à trente ans les prescriptions plus longues, et qu'il a déclaré l'État soumis aux mêmes prescriptions que les particuliers (4).

Relativement aux rivières non navigables, l'auteur de la jurisprudence féodale, observe qu'elle s'acquiéroit par trente ou quarante ans (5).

77. Lorsqu'une rivière quelconque, en se formant un bras nouveau, coupe ou embrasse un fonds et en forme une île, cette île continue d'appartenir au propriétaire du fonds. La raison en est, qu'elle ne s'est pas formée dans la rivière. Le code civil a adopté, sur ce point, la disposition du droit romain (6).

Ce même droit décide, 1.º que l'île formée de la longueur du fonds riverain, venant à s'allonger par un accroissement insensible, l'accroissement fait partie de l'île par droit d'alluvion (7).

2.º Que si à côté de l'île, il en naît une seconde entre la rivière et le bord opposé, cette deuxième appartient au même riverain que la première, si elle est plus rapprochée de celle-ci que du bord opposé (8).

---

terr., tom. 4, chap. 4, quest. 8, pag. 446; et tom. 2, pag. 176. — Jurispr. féod., tit. 7, n.º 1, 2, 3. — Nouv. Répert., v.º Île.

(4) Code civ., art. 560, 2227, 2281.

(5) Loc. cit., n.º 16.

(6) § 22, inst. de rer. divis. — Leg. 7, § 4; leg. 30, ff. de adquir. rer. dom.; leg. 1, cod. de alluvion. — Code civ., art. 562. — Nouv. Répert., v.º Île. — Prat. des terr., loc. cit., tom. 4, pag. 445.

(7) Leg. 56, ff. de adquir. rer. dom.

(8) Leg. 65, § 3, ff. eod. titul.

78. L'île flottante étoit regardée, dans le droit, comme faisant partie du domaine public; *hæc*, dit la loi 65, § 2, ff. de adquir. rer. dom., *propemodùm publica, atque ipsius fluminis est insula*. Fournel, v.º *île*, dit qu'il en étoit de même dans le droit français. Le code civil n'en a pas parlé.

La question n'est pas douteuse dans les rivières navigables où tout est à l'État. Dans les autres, Fournel croit qu'elle doit être adjugée à celui aux dépens de qui elle s'est formée (9).

79. On appelle *îlot* ou *brassière*, le lit du fleuve séparé du continent par un écoulement d'une petite partie de ses eaux.

On appelle *iscles*, *bruyères*, les halliers, buissons, arbrisseaux, saules, trembles, peupliers qui croissent dans les bas-fonds, ou dans le lit même de la rivière (10).

---

(9) D.ª Leg. 65, § 2. — *Fournel* v.ª *île*. — *Richeri*, tom. 3, § 169, pag. 145.

(10) *Nouv. Brillon*, v.º *alluvion*, n.º 1.

LIVRE TROISIÈME.

DES EAUX CONSIDÉRÉES SOUS LE RAPPORT DE LEUR UTILITÉ.

Il est peu de propriétés plus jalouses que les droits sur les eaux. Il en est peu qui donnent lieu à des prétentions plus multipliées, à des questions plus fréquentes, quelquefois plus embarrassantes à résoudre.

Ces questions se présentent sous trois rapports principaux :

Les droits sur les eaux ;

Les moyens de les dériver et de les conduire à leur destination ;

Les divers usages auxquels elles sont employées.

PARTIE PREMIÈRE.

Droits sur les Eaux.

80. On peut acquérir les eaux à titre de propriété.

On peut y acquérir simplement des droits à titre d'usage et de servitude.

L'eau, on l'a vu (n.° 3), considérée comme partie du fonds, est une propriété immobilière, comme le fonds lui-même. Elle est comprise comme le fonds, sous la dénomination *héritage*, employée par l'art. 637 du code civil, pour désigner les objets sur lesquels on peut imposer une servitude.

On peut donc acquérir à titre de servitude, le droit de dériver l'eau de la source de son voisin, de l'y puiser, d'y abreuver les bestiaux, etc.

Sous ce double rapport de propriété, comme de servitude, les droits sur les eaux dérivent de trois sources :

La situation des lieux ; le titre ; la prescription.

TITRE I.

TITRE I.

Droits résultans de la situation des lieux.

Les droits résultans de la situation des lieux doivent être considérés dans trois hypothèses :

L'eau qui naît dans le fonds ;

L'eau qui traverse le fonds ;

L'eau qui borde le fonds.

CHAPITRE I.

De l'Eau qui naît dans le fonds.

81. *Celui*, dit l'art. 641 du code civil, *qui a une source dans son fonds, peut en user à sa volonté.*

Cette règle est de tous les temps ; elle est la conséquence naturelle du droit de propriété. On la trouve établie dans le droit romain (1). « On ne peut mettre en question, disoit-on » au conseil d'état, lors de la discussion sur cet article, si une » source est une propriété ; et par une conséquence nécessaire, » on ne peut refuser au propriétaire le droit d'en disposer à » son gré (2). »

Cette règle admet cependant deux exceptions :

---

(1) Leg. 4, 6, cod. *de servitut. et aqu.*; leg. 8, ff. *de aqu. et aqu. pluv. arcend.*; leg. 26, ff. *de damn. infect.*

(2) *Discuss.* du code, par *Jouanneau*, etc., sur l'art. 643, tom. 1, pag. 626. — *San Léger*, cap. 48, n.º 31. — *De Luca, de servit.* disc. 31. — *Pecchius*, lib. 1, cap. 7, quest. 4, n.º 34 ; quest. 6, n.º 1 ; cap. 9, quest. 18, n.º 5 ; quest. 33, n.º 2 ; et tom. 2, quest. 4. — *Gobius*, quest. 13, n.º 15. — *Julien*, sur le Statut, tom. 2, pag. 548. — *Malleville*, sur l'art. 641.

7

La première, se tire de la nécessité publique;

La seconde, se vérifie quand l'inférieur a acquis des droits sur l'eau du supérieur.

82. Dans la première hypothèse, le code, art. 643, dit :

« Le propriétaire de la source ne peut jamais en changer
» le cours, lorsqu'il fournit aux habitans d'une ville, village
» ou hameau, l'eau qui leur est nécessaire ; »

Sauf son *indemnité*, si déjà *ils n'en ont acquis ou prescrit l'usage*.

Tel étoit l'ancien principe. Il avoit été consacré en Provence par divers arrêts. On connoît entre autres, l'arrêt du 30 juin 1754, rendu en faveur de la commune de Grasse, contre M. de Callian ; l'arrêt rendu contre le chapitre d'Apt, au profit de la commune de Gargas ; celui enfin, du 8 juillet 1787, pour la commune de Grambois, contre le seigneur (3).

Du reste, un habitant seul, ni même plusieurs, ne pour-roient réclamer ce droit de leur chef. L'action n'est recevable qu'autant qu'elle est intentée au nom de la communauté. C'est ce qui a été jugé par divers arrêts, fondés sur ce principe, dont on verra plus d'une fois de nouvelles applications, que l'uti-lité d'un, ou de quelques individus, n'a rien de commun avec l'utilité ou la nécessité publique, qui seule peut l'emporter sur le droit sacré de propriété (4).

D'après ce que l'on a dit ci-dessus (n.° 6), le droit du

---

(3) *Diction. des arrêts*, v.° eau, n.° 3.—*Discussions*, etc., loc. cit., pag. 623. — *Pardessus*, n.° 137, pag. 253. — *Pecchius*, lib. 1, cap. 7, quest. 3, n.° 23. — *De Luca*, loc. cit., disc. 31, n.° 5, 6.

(4) *Diction. des arrêts*, loc. cit. — *Sirey*, tom. 10, part. 2, pag. 61.

propriétaire s'évanouit, lors que l'eau, quoique née dans son fonds, forme un cours d'eau publique, *si sit principium et caput fluminis.*

Dans la seconde hypothèse, l'art. 641, après avoir consacré le droit du propriétaire, ajoute : *sauf le droit que le proprié-taire inférieur peut avoir acquis par titre, ou par prescrip-tion.* Nous traiterons de ce droit dans les titres suivans.

83. Du principe qui permet au propriétaire de disposer de l'eau qui naît dans son fonds, dérivent plusieurs conséquences:

1.º Il peut l'y retenir, lors même que de tous les temps, il l'auroit laissée couler dans le fonds inférieur. Cette tolérance, comme on le verra au tit. 3 de cette première partie, n'ac-quiert aucun droit au propriétaire inférieur ; et celui-ci ne pour-roit tenir ce droit que d'une contradiction formelle, résultante d'ouvrages pratiqués à cet effet sur le fonds supérieur;

2.º Il peut chercher l'eau dans son fonds, y creuser une source, un puits, lors même que par là, il coupe l'eau au fonds inférieur. C'est la décision de la loi 21, ff. *de aqu. et aqu. plur. arcend.;* de la loi 24, § 12, ff. *de damno infecto.* On lit dans la premiere : *si in meo aqua erumpat quæ in tuo fundo venas habebat, si eas venas incideris, et ob id, de-sierit aqua ad me pervenire, tu non videris vi fecisse, si nulla servitus mihi eo nomine debita fuerit* ; et la seconde, en donne cette raison, fondée sur le principe fondamental du droit de voisinage : *neque enim existimari opportet mei vitio, damnum tibi dari in eâ re, in quâ jure meo usus sum* (5);

_____

(5) Leg. 1, § 11, ff. *de aqu. et aqu. pluv. arcend.* — *San Léger*, cap. 48, n.º 15. — *Pecchius*, lib. 1, cap. 7, quest. 4, n.º 20; et tom.

3.° Il peut y retenir l'eau privée qui lui arrive des fonds supérieurs, ou l'eau de pluie qui tombe sur son fonds; *aquam pluviam in suo retinere, vel superfluentem vicini in suum derivare, dùm opus in alieno non fiat, omnibus jus est* (Leg. I, § II, ff. *de aqu. et aqu. pluv. arcend.* (6);

4.° Il peut non seulement l'utiliser dans son fonds même ; il peut encore la détourner dans ses autres fonds, la vendre, la céder à un tiers. Car bien, comme on l'a vu (n.° 2), qu'elle cesse de lui appartenir quand elle est sortie de son fonds, ce n'est qu'autant qu'il l'en a laissée sortir sans en avoir disposé. *Eam*, dit San Léger, *alteri vendere, donare, et ad libitum concedere potest* (7).

Toutes ces facultés, attestées par les auteurs anciens, sont encore le résultat des art. 641 et 643 du code civil. Il est évi-

---

2, quest. 91.—*Henrion*, chap. 26, § 4, pag. 177.—*Discussions*, etc. sur l'art. 641, pag. 632.—*Cœpolla*, pars 2, cap. 4, n.° 51.—*Code civ.*, art. 552.

(6) *Pecchius*, lib. 2, cap. 9, quest. 28, tom. 2, quest. 91.—*Henrion*, loc. cit., § 5, pag. 283, et n.° 3, pag. 281.—*Pardessus*, n.° 78, pag. 142.—*San Léger*, loc. cit.—*De Luca*, loc. cit., disc. 25, 26.—*Bonnet*, litt. p, som. 6.—*Malleville*, sur l'art. 641.—Leg. 1, § 1, ff. *aqu. arcend.*

(7) *San Léger*, loc. cit., n.° 1, 30.—*Pardessus*, n.° 77, 100, pag. 141, 146.—*Pecchius*, lib. 1, cap. 7, quest. 4, n.° 7; lib. 2, cap. 9, quest. 23, n.° 3.—*Bardet*, tom. 1, liv. 1, chap. 65.—*Prat. des terr.*, tom. 4, chap. 4, quest. 40, n.° 45, pag. 506, 511, 514.—*Chabrol*, *Coutum. d'Auvergne*, tom. 2, chap. 17, art. 2, sect. 2, pag. 717.—*Jus georgic.*, lib. 3, cap. 14, n.° 17.—*Cancerius*, pars 2, cap. 4, n.° 229, 240.

dent que le propriétaire de la source, libre *d'en user à sa vo-lonté*, peut *en changer le cours* suivant ses vues et son in-térêt, puisque l'art. 643 ne lui refuse cette faculté, qu'autant qu'elle fournit l'eau nécessaire aux habitans d'une ville, village ou hameau.

Il a même été jugé que le copropriétaire d'une source com-mune venant à acquérir le fonds supérieur, avoit pu couper l'eau dans ce fonds et l'y retenir pour son seul avantage. Les auteurs en donnent cette raison, que le fonds supérieur n'étant grévé à cet égard d'aucune servitude, le copropriétaire qui a acquis le fonds, peut en exercer les droits, comme le vendeur eût pu les exercer lui-même (8).

84. Les mêmes règles s'appliquent aux eaux superflues ou d'écoulemens intérieurs, *scolatica*, dont on a parlé ci-dessus (n.º 33); ces écoulemens sont, comme l'eau mère, la pro-priété de celui dans le fonds duquel les eaux naissent ou arri-vent; et il peut en disposer de la même manière, tant qu'elles ne sont pas sorties de son fonds (9).

85. Du reste, le droit du propriétaire suppose dans son exercice, un intérêt réel. Il ne seroit fondé ni à la retenir, ni à la couper à l'inférieur par caprice, et là où ne pouvant l'utiliser sous aucun rapport, il n'agiroit que dans la vue de lui nuire et par émulation. *Neque enim malitiis indulgendum est*, dit la loi 38, ff. *de rei vindicat.*

_____

(8) *Boniface*, tom. 4, liv. 9, tit. 2, chap. 5, pag. 633. — *Henrys*, tom. 2, liv. 4, quest. 75, pag. 511.

(9) *Pecchius*, lib. 1, cap. 7, quest. 4, n.º 20; lib. 2, cap. 10, n.º 5; quest, 7, 8; tom. 2, quest. 12, 68, n.º 18; quest. 84, n.º 12.

L'émulation, dit le cardinal de Luca, se vérifie *ubi quis facit vel prohibet id quod sibi nullam affert utilitatem et alteri damnum causat*. Car, ajoute cet auteur, *quod uni non nocet et alteri prodest, denegandum non est*.

On en trouve une décision formelle pour les eaux, dans la loi 1, § 11, ff. *de aqu. et aqu. pluv. arcend*. Ce §, en refusant l'action contre le supérieur qui a coupé l'eau à l'inférieur, ajoute : *Si non animo vicino nocendi, sed suum agrum meliorem faciendi, id fecit*.

Boniface et Bonnet en rapportent des arrêts du parlement d'Aix, célèbres parmi nous (10).

On peut voir dans nos *Observations sur quelques coutumes de Provence*, pag. 76, le développement des principes sur l'émulation.

86. Quelques auteurs tels que Pecchius et Gobius, ont même pensé que l'inférieur pouvoit obliger le supérieur à lui vendre ses eaux, quand celui-ci ne pouvoit en retirer aucune utilité (11).

Mais il faut observer que ces auteurs écrivoient dans la Lombardie, dont les eaux qui en font la principale richesse, ont exigé plus d'une fois, comme on le verra par la suite, des statuts contraires au droit commun.

---

(10) *De Luca*, *de servit.*, disc. 4, n.º 9; disc. 14, n.º 4; disc. 41, n.º 6, *et in summâ*, n.º 15. — *Boniface*, tom. 4, liv. 9, tit. 2, chap. 5, pag. 631. — *Bonnet*, litt. p, som. 6, pag. 305. — *Pecchius*, lib. 1, cap. 7, quest. 7. — *Gobius*, quest. 12, n.º 12. — *Richeri*, tom. 3, § 1123, pag. 269. — *Capolla*, pars 2, cap. 4, n.º 51.

(11) *Pecchius*, loc. cit., n.° 11; et quest. 3, n.º 9. — *Gobius*, quest. 13, n.º 28, 29.

Nous n'avons pas adopté ces dispositions. Les art. 643 et 545 du code en sont la preuve, en ce qu'ils n'admettent de cession forcée que *pour cause d'utilité publique* ; et l'art. 643 ne considère comme utilité publique que les besoins d'une population.

CHAPITRE II.

De l'eau qui traverse le fonds, ou qui est bordée par le fonds.

87. L'art. 644 du code, dit : « Celui dont la propriété borde
» une eau courante, autre que celle qui est déclarée dépendance
» du domaine public, par l'art. 538, *peut s'en servir à son*
» *passage, pour l'irrigation de ses propriétés.*

» Celui dont cette eau traverse l'héritage, *peut même en*
» *user dans l'intervalle qu'elle y parcourt*, mais à la charge
» de la rendre à la sortie de ses fonds, à son cours ordinaire. »

Le riverain peut donc se servir de l'eau courante, soit qu'elle traverse, ou simplement, qu'elle borde sa propriété.

88. Cette disposition ne s'applique ni aux rivières navigables et flottables qui sont une *dépendance du domaine public*, et dont la loi, comme on l'a vu (n.° 16), prohibe de dériver les eaux sans la permission du Gouvernement ;

Ni aux eaux de propriété privée, dont elle a laissé au propriétaire le droit exclusif d'*user à sa volonté* (n.° 81, 83).

Elle ne s'applique donc qu'aux cours d'eau publique non navigables ou flottables, qui, n'étant la propriété de personne, sont à l'usage des riverains.

Elle ne sauroit donc s'appliquer encore aux cours d'eau ou canaux creusés à main d'homme, et par cela même, indicatifs de la propriété privée.

C'est ce qui résulte de la rubrique du titre sous lequel notre article est placé, *servitudes qui dérivent de la situation des lieux* (1).

89. On a agité tout récemment la question de savoir si dans l'une ou l'autre hypothèse, le riverain pouvoit dériver l'eau dans son fonds par une prise établie sur un point supérieur à ce fonds, ou s'il ne pouvoit la prendre que vis-à-vis le fonds lui-même.

Cette question à laquelle on n'avoit pas lieu de s'attendre, s'est élevée dans un procès jugé par la Cour royale d'Aix, le 14 juin 1816, entre le sieur Menut et les enfans d'Antoine Barthélemy, du lieu de Fuveau.

Le sieur Menut, propriétaire inférieur, a prétendu que ce n'étoit qu'autant que l'eau arrivoit *naturellement*, et par *sa pente naturelle* dans le fonds supérieur, que le propriétaire de ce fonds pouvoit se permettre d'en user.

l'Arrêt qui a prononcé entre les parties, ne paroît avoir jugé cette question que bien indirectement, et sur des circonstances particulières qui en rendroient ici les détails inutiles.

Mais cet étrange paradoxe exige quelques observations. Il est essentiel de prévenir qu'on voulût se prévaloir un jour de cet arrêt, pour convertir en règle une erreur aussi grave qu'elle est évidente.

La nature a destiné l'avantage et l'utilité que l'on peut retirer des eaux aux propriétaires riverains; mais elle n'a pas tout

---

(1) *Observat.* de la Cour de Montpellier, pag. 25. — *Pardessus*, n.º 107; pag. 199. — *Sirey*, tom. 14, part. 2, pag. 6.

fait

fait pour eux; le travail de l'homme peut seul utiliser ses bien-
faits.

Il est bien rare que l'eau puisse s'introduire d'elle-même dans
le fonds autour duquel elle circule. Son lit est nécessairement
plus bas que ses bords, et il suffit d'avoir quelquefois parcouru
les terres, pour se convaincre qu'il n'est presque pas de riverain
qui pût introduire l'eau dans son fonds par une prise établie
vis-à-vis ce fonds, qu'il n'en est presque point dont la prise
ne soit établie sur des points supérieurs et souvent bien éloignés.

Sans sortir du territoire d'Aix, que l'on jette les yeux sur
les moulins, engins et sur les prises d'arrosage établis sur la
rivière de l'Arc, tant en dessus qu'en dessous de la ville, sur
les eaux du vallon des *Pinchinats* et de la *Touesso*, pour reconnoître la vérité de ce fait.

Notre article 644 ne dit rien, il est vrai, sur ce point; mais
la notoriété publique, l'ordre de la nature auroient rendu cette
explication au moins bien inutile; il suffisoit de consacrer le droit;
la loi devoit laisser à celui en qui elle reconnoissoit ce droit,
le soin de prendre les dispositions nécessaires pour en user, *qui
vult finem, vult media*; et le système contraire tendroit à rendre
les eaux publiques presqu'entièrement inutiles.

Quand l'eau traverse le fonds, le propriétaire, maître des
deux bords opposés, peut plus aisément la dériver dans son
fonds, vis-à-vis de ce fonds lui-même, en la forçant de s'élever
par une digue appuyée sur l'un et l'autre bord.

Lors au contraire que le propriétaire n'est riverain que d'un
seul côté, il ne pourroit, sans le consentement du riverain
opposé, établir sa digue sur le bord de ce dernier; et comme
l'un et l'autre sont également propriétaires de l'eau chacun par

8

moitié, il ne pourroit même l'étendre au-delà de la moitié du volume de l'eau (2). Il est donc le plus souvent obligé de la dériver par un point supérieur à son fonds.

Dans ce dernier cas encore, on convient qu'il ne pourroit établir sa prise sur le fonds du riverain supérieur, sans le consentement de ce dernier. C'est ce que nous verrons mieux encore par la suite.

Mais toutes ces règles n'ont été établies que dans l'avantage du riverain supérieur. Elles n'ont rien dont l'inférieur puisse se prévaloir ; la nature a assuré la préférence au riverain dont la position est supérieure à la sienne, et ce n'est pas à lui à s'occuper par quel moyen ce supérieur amène l'eau dans son fonds, pourvu que dans l'usage qu'il peut en faire, il n'excède pas les justes bornes dont il faut maintenant nous occuper.

90. Notre article donne à celui dont la propriété borde une eau courante, la faculté *de s'en servir à son passage pour l'irrigation de ses propriétés.*

Il donne à celui dont l'eau traverse l'héritage, la faculté d'*en user dans l'intervalle qu'elle y parcourt ;*

Mais *à la charge de la rendre à la sortie de ses fonds, à son cours ordinaire.*

Des contestations sans nombre se sont élevées sur l'étendue de cet usage au préjudice des inférieurs, copropriétaires de l'eau comme le supérieur, lequel n'a sur eux que l'avantage que lui donne sa position.

(2) *Pardessus*, n.º 101, pag. 190. — *Pecchius*, lib. 1, cap. 4, quest. 6, n.º 65. — *Observations sur quelques coutumes*, etc., pag. 28, 54.

La solution de ces difficultés dépend presque entièrement des faits. Il est néanmoins sur ce point, un principe incontestable.

Il ne seroit ni dans l'ordre de la nature, ni dans les principes de l'espèce de communauté qu'elle a établie entre les riverains, que le supérieur, après avoir usé de l'eau, pût, au lieu de la *rendre à son cours ordinaire*, la détourner ailleurs, ou la laisser se perdre au préjudice des riverains inférieurs. Telle est l'hypothèse de l'arrêt de la cour d'Angers, du 1.er janvier 1809, rapporté par Sirey, tom. 9, part. 2, pag. 294.

Mais jusqu'à quel point peut-il s'en servir pour lui-même ?

Sans doute il ne pourroit l'absorber en entier, puisqu'alors elle ne retourneroit pas à son cours ordinaire. C'est ce que jugea le parlement de Paris, le 20 juillet 1782 (3).

Deux arrêts de la cour de casssation, des 7 avril et 15 juillet 1807, rapportés par Sirey, tom. 7, pag. 183 et 470, semblent présenter des décisions contradictoires dans une hypothèse où, par des irrigations dirigées et multipliées avec art, l'inférieur ne recevoit presque plus d'eau.

Mais, comme l'observe M. Sirey, ces sortes de contestations n'offrent que *des questions de fait qu'il n'appartient qu'aux juges du fonds d'apprécier.* Tels furent sans doute les motifs qui déterminèrent, dans ces deux occasions, le rejet du pourvoi.

Le droit du supérieur est indiqué, il est vrai, par la nature; mais il n'est pas moins simple cousager. Les inférieurs, cousagers comme lui, quoiqu'en seconde ligne, doivent aussi participer à ce don de la nature, pour peu qu'il y ait moyen de le rendre

---

(3) *Henrion*, chap. 26, § 4, pag. 281. — *Discussion*, etc., sur l'art. 644.

utile à tous. On verra bientôt que tel a été le principe de
l'art. 645 du code.

Lors donc que le volume de l'eau peut être utile à plusieurs,
quoiqu'il ne puisse remplir pleinement les besoins de tous, le
supérieur ne peut ni l'absorber en entier, ni en consommer pour
son usage une trop grande partie : ce ne seroit plus user, ce
seroit disposer en propriétaire exclusif.

L'eau, dit M. Pardessus, n'est qu'un dépôt dont le supérieur peut user, pourvu qu'il ne prive pas les autres du même
droit.

Le supérieur, dit M. Henrion, ne peut ni l'arrêter, ni la
consommer ; et s'il lui est permis d'en détourner le cours par
des irrigations, il doit, à l'extrémité de son héritage, la rétablir
dans le canal, *et à peu-près dans le même volume* (4).

Du reste, comme on l'a vu ci-dessus (n.º 23), l'art. 644
ne porte aucune atteinte aux droits qu'un tiers pourroit avoir
acquis, ou par la concession des anciens seigneurs, ou autrement.

91. Le titre ou la possession peuvent modifier cette espèce
de copropriété ; l'usage de l'eau est, pour les riverains, un droit
foncier, une propriété véritable ; ils peuvent donc s'en arranger
entr'eux, sans nuire toutefois aux autres cousagers.

Mais la nature des choses indique que l'un d'eux ne pourroit,
au préjudice des autres coriverains, transmettre son droit à un
tiers non riverain, sans son consentement.

---

(4) *Pardessus*, n.º 101, pag. 189. — *Henrion*, chap. 26, § 4, pag.
281. — *Nouv. Répert.*, v.ᵉ *cours d'eau*, n.º 3. — *Sirey*, tom. 6, part.
2, pag. 184. — *Jurispr. du code*, tom. 7, pag. 252 ; tom. 9, pag. 52,
440, 447 ; tom. 12, pag. 352.

L'art. 644 n'accorde l'usage de l'eau courante, qu'à celui dont cette eau borde ou traverse la propriété. Celui dont le fonds est séparé de l'eau par un fonds intermédiaire, ne peut réclamer ce droit, puisqu'il n'est que le résultat *de la situation des. lieux.* Telle a toujours été la règle. M. Henrion en rapporte au long un arrêt du parlement de Paris, du 12 juillet 1737 (5).

Le propriétaire dispose librement de l'eau qui naît dans son fonds, parce que son droit est exclusif. Le riverain de l'eau publique n'a qu'un droit limité. Il ne pourroit donc transmettre ce droit à un tiers non riverain, sans en excéder l'étendue, à moins que tous les autres riverains n'y consentent ou ne s'accordent pour céder également le leur. C'est ce que l'art. 644 indique formellement, lorsqu'il ne permet à celui dont la propriété borde le cours d'eau, que *de s'en servir à son passage pour l'irrigation de ses propriétés*, et à celui dont l'eau traverse le fonds, que *d'en user dans l'intervalle qu'elle y parcourt.*

92. Si l'eau vient à changer subitement de lit, le riverain ne peut plus la dériver à travers le lit qu'elle a abandonné, puisque, comme on l'a vu ci-dessus (n.º 71), ce lit devient la propriété de celui sur le fonds duquel elle a pris son nouveau lit. Le premier cesse alors d'être riverain ; et c'est ce qu'a jugé la cour de cassation, le 11 février 1813 (6).

Il le pourroit néanmoins, si le changement s'étoit opéré par simple alluvion ; cet accroissement devenant alors un accessoire de son fonds (7).

---

(5) *Henrion*, chap. 26, § 2, pag. 263.
(6) *Sirey*, tom. 15, pag. 100.
(7) *Pecchius*, lib. 1, cap. 2, quest. 5.

APPENDIX SUR LE CHAPITRE II.

Le droit dévolu par la situation des lieux aux diverses propriétés assises sur le même cours d'eau, laisse encore deux points essentiels à expliquer.

1.º La nature, on l'a dit, indique quels sont ceux qui par leur position, doivent être préférés dans l'usage des eaux. Mais s'ils négligent d'user de leur droit, le bien public exige que les autres puissent l'exercer à leur défaut.

C'est ce qu'on appelle le droit de *préoccupation.*

2.º Là où les eaux peuvent être utiles à tous, sans que néanmoins elles puissent suffire pleinement à tous leurs besoins, un seul ne pourroit, on l'a vu, se les approprier au préjudice des autres. Ceux-ci peuvent donc en demander la juste répartition.

C'est le *règlement d'arrosage.*

§ 1.

Droit de préoccupation.

93. Le droit de préoccupation a fixé l'attention des publicistes dans son principe, des jurisconsultes, dans ses moyens et ses résultats.

Il est fondé sur cette règle du droit naturel, que ce qui n'appartient à personne est au premier qui s'en est mis en possession : *quod antè nullius est, id, naturali ratione, occupanti conceditur* (1).

Il est l'origine du droit de propriété, fondement essentiel de tout ordre social.

_____

(1) § 2, *infr. de rer. divis.*—*Nouv. Répert.*, v.º occupation.—*Puffendorf,* tom. 1, liv. 4, chap. 6.—*Pecchius,* lib. 1, cap. 4, quest. 6, n.º 17.

Il ne blesse personne en ce qu'il ne s'exerce que sur les choses restées dans l'état primitif de nature ou dans la communauté négative ; ou sur celles qui y sont retournées, par l'abandon qu'en a fait le propriétaire.

Il est favorable dans son exercice : car la société est intéressée à ce que tout ce qui peut être utile, soit utilisé pour le bien général : *la culture est l'état naturel des fonds pour l'intérêt de la société* (2).

C'est sur ce principe que la loi maintient celui qui le premier s'est mis en possession de l'usage d'une eau publique. *Ideò*, dit Pecchius, *quantùm ad usum aquæ, meritò potest cadere occupatio...... Qui priùs occupaverit cæteris præfertur* (3).

94. Ce droit ne pourroit s'exercer sur les eaux qui suffisent aux besoins de tous les usagers. Ce qui est à l'usage de tous, ce qui peut suffire à tous, ne pourroit être envahi par un seul ; et la préoccupation, dans ce cas, ne pourroit avoir d'effet, comme on le verra bientôt, que sous le rapport de la priorité dans l'exercice du droit d'usage (4).

Il ne peut l'être également sur les eaux dont la répartition et l'usage ont été déterminés par un règlement local. « Dans ce cas, » dit M. Julien, on ne peut rien changer à la forme ancienne

(2) *Pardessus*, n.° 82.

(3) Lib. 1, cap. 4, quest. 6, n.° 17, 48 ; lib. 2, cap. 9, quest. 18, n.° 8.—*Gobius*, quest. 9, n.° 1.—*Cœpolla*, pars 2, cap. 4, n.° 43.— *Pardessus*, n.° 75.— *Richeri*, tom. 3, § 63, 67, pag. 25, etc.

(4) Leg. 17, ff. *de serv. pr. rustic.*—*Pecchius*, loc. cit., n.° 48.— *Cœpolla*, loc. cit. — *Gobius*, quest. 9, n.° 7. — *Code civ.*, art. 645.

» des arrosemens, et l'on doit se conformer à ce qui est établi
» par l'usage et par l'ancienne coutume (5). »

95. Il est évident que ce droit ne sauroit s'exercer ni sur
les eaux privées dont le propriétaire *peut user à sa volonté*;

Ni sur les rivières navigables et flottables, propriété de l'État,
et dont les lois prohibent de dériver les eaux.

Mais il s'exerce incontestablement sur toutes les autres eaux
publiques, c'est-à-dire, sur toutes celles qui n'apartiennent à
personne, et dont l'usage est commun à tous (6).

96. Le droit de préoccupation est dévolu en première ligne
aux riverains; c'est principalement en leur faveur que les eaux
publiques, quant à l'usage, sont dévolues au premier occupant.
Le but de toutes les lois sur les eaux, est de les utiliser pour
le plus grand avantage du public. Il est donc naturel que celui
des riverains qui néglige d'en user, ne puisse empêcher les
autres de remplir cette destination.

A défaut des riverains, il semble d'abord que le droit de
préoccupation est interdit aux étrangers, puisque l'art. 644 du
code semble n'accorder l'usage des eaux publiques, qu'à ceux
dont elles traversent ou bordent le fonds.

Mais, si l'on remonte au principe, cet article ne reçoit son

(5) *Julien*, tom. 2, pag. 550, n.º 18. — Leg. 7, cod. *de servit. et
aqu.* — *Gobius*, quest. 9.

(6) *Dupérier*, notes mss., v.º *eau.* — *Code Julien*, v.º *servitutes*,
cap. 3, *de aquâ* etc., n.º 11, litt. k.—*Richeri*, tom. 3, § 67, pag. 26.
—*Pecchius*, lib. 1, cap. 4, quest. 6, n.º 17; lib. 2, cap. 9, quest. 18,
n.º 8.—*Cæpolla*, cap. 4, n.º 43. —*Pardessus*, n.º 75, pag. 134.

application,,

application, qu'autant que l'étranger voudroit concourir avec les riverains; c'est en ce sens que nous avons dit (n.º 91), que le non riverain ne pouvoit réclamer aucun droit sur les eaux.

La loi 2, ff. *de fluminibus*, établit, comme un principe général, que chacun peut dériver l'eau d'une rivière non navigable. *Quominùs ex publico flumine ducatur aqua nihil impedit.*

M. Dupérier dans ses notes mss., v.º *eau*, dit, d'un fleuve public qui n'est point navigable : « *chacun* en peut conduire » l'eau dans son champ sans permission ; celui qui l'occupe le » premier en a le droit, et l'autre ne peut pas après la divertir » et la faire aller au lieu qu'elle n'avoit accoutumé. » *Valla, de reb. dub.*, cap. 8, n.º 7.

Julien dans son code mss., tit. *servitutes*, cap. 3, *de aquâ*, n.º 11, litt. K, dit également que la préoccupation dans les eaux publiques, en attribue le droit au préoccupant. Richeri, tom. 3, § 67, pag. 26, tient le même langage. Aucun auteur n'a concentré l'exercice de ce droit entre les seuls riverains.

La loi du 20 août 1790, qui a chargé les administrations locales de diriger les eaux de leur territoire vers un but d'utilité publique, d'après les principes de l'irrigation, a donc voulu éviter que ces eaux restassent inutiles ; c'est néanmoins ce qui arriveroit, si, quand les riverains négligent d'en faire usage, il n'étoit pas permis aux étrangers de les utiliser à leur profit.

Finalement, si, comme on le verra bientôt, les riverains peuvent se céder mutuellement leurs droits, si d'un commun accord, ils peuvent les céder à un tiers non riverain, comment pourroit-on contester à ce dernier le droit d'user d'une eau que l'insouciance des riverains a rangé, par un consentement tacite, dans la classe des choses, *quæ pro derelictis habentur?*

9

97. Entre riverains, la préoccupation se règle par l'antériorité de possession, et non par la position du local ; c'est ce qu'a jugé l'arrêt si connu du 21 mai 1743, rendu par le parlement d'Aix , pour M. Dellor d'Hyères, contre le sieur Decugis, sur les mémoires de MM. *Pascal* et *Pascalis*.

98. Mais, soit qu'il soit exercé par un riverain ou par un étranger, nous aurions de la peine à penser que cette règle pût porter atteinte aux droits du riverain supérieur au fonds pour lequel il est exercé, et au point où la prise de l'eau est établie. Cette prise , inférieure à sa propriété , pourroit-elle altérer en rien les droits et les avantages qu'il tire de sa position ?

Il n'en seroit pas de même du riverain inférieur au point de dérivation de l'eau. Dans ce cas, l'établissement de la prise sur un fonds supérieur à sa propriété , ne lui permettroit plus de méconnoître les droits du préoccupant, sauf le règlement d'arrosage, s'il y a lieu.

99. L'étranger comme le riverain, sont également obligés, après avoir usé de l'eau, de la rendre à son cours ordinaire. Telle est, pour le riverain, la règle établie par l'art. 644 du code civil.

Quant à celui qui n'est pas riverain, la loi 1 , ff. *ne quid in flumine publico* , prohibe tout ce qui tendroit à changer le cours de l'eau : *quò aliter aqua fluat quàm priore œstate fluxit.* Et le § 2 de la même loi, applique cette règle à tous les cours d'eau navigables ou non navigables. La loi précitée de 1790 , charge les administrations locales de procurer le libre cours des eaux publiques. Et l'art. 644 du code n'est pas moins applicable, sous ce rapport, à l'étranger qu'au riverain.

100. Les docteurs se sont beaucoup agités sur la question de savoir, par quels actes on est censé avoir acquis le droit de préoccupation. En général, ils exigent que l'intention ait été manifestée, par des ouvrages ou par des signes extérieurs, ne fusse, disent-ils, que par un accord passé avec l'entrepreneur des ouvrages (7).

Nous pensons que c'est pousser les choses bien loin. Un marché peut rester ignoré des parties intéressées, et la préoccupation nous paroît ne pouvoir s'établir que par des signes extérieurs, visibles et apparens.

101. L'exercice de ce droit emporte les accessoires nécessaires; de là, dit Richeri, celui qui a acquis par préoccupation la faculté d'établir un engin sur un cours d'eau, a, par là même, le droit d'établir sa digue sur l'un et l'autre bord (8).

102. Il se perd par le non-usage, par la démolition ou la ruine des ouvrages ; mais si, depuis lors, l'eau est restée encor un bien vacant, si nul autre ne s'en est approprié l'usage, celui qui l'avoit abandonnée, peut, par une conséquence du principe, l'occuper de nouveau (9).

103. De tout ce qu'on vient de dire, il suit que le droit de préoccupation présente un caractère tout différent de celui

---

(7) *Pecchius*, lib. 1, cap. 4, quest. 6, n.º 20; lib. 2, cap. 9, quest. 18, n.º 8, 21; tom. 2, quest. 63, n.º 13. — *Cæpolla*, pars 2, cap. 4, n.º 45.—*Gobius*, quest. 9, n.º 2.—*Richeri*, tom. 3, § 67, 68, pag. 26.

(8) *Richeri*, loc. cit., § 69, 70, pag. 27.—*Pecchius*, cap. 4, quest. 8, n.º 7.

(9) *Pecchius*, cap. 4, quest. 9, n.º 8, 30; cap. 2, quest. 5, n.º 2; lib. 3, cap. 13, quest. 38, n.º 23 ; tom. 2, quest. 63, n.º 8, 19. — *Gobius*, quest. 9, n.º 11. — *Richeri*, tom. 3, § 72, pag. 27.

qui dérive de la prescription. Ce droit, on l'a vu, s'acquiert par le seul fait; la prescription, au contraire, exige le temps déterminé par la loi.

Néanmoins la préoccupation immémoriale a la même force que la concession : elle permet d'interpréter ce droit dans le sens le plus favorable (10).

Un arrêt du parlement d'Aix, rendu le 13 mai 1747, au rapport de M. l'Abbé de Montvallon, entre le sieur Jauffret de la Roque - Brussane, et des arrosans supérieurs qui arrosoient par droit de préoccupation, les autorisa à faire restreindre l'arrosage du sieur Jauffret à sa contenance primitive, sans qu'il pût même, en n'arrosant pas cette contenance, porter les eaux dans d'autres parties de son fonds. Dans l'hypothèse de cet arrêt, il paroît qu'il ne s'étoit pas écoulé trente ans depuis que le sieur Jauffret s'étoit permis cette extension.

---

(10) *Cæpolla*, loc. cit., n.º 59.—*Pecchius*, lib. 1, cap. 2, quest. 3, n.º 44 ; cap. 4, quest. 9, n.º 23.—*Richeri*, loc. cit., § 70, 71.

§ 2.

Règlement d'arrosage.

104. Le propriétaire peut user et abuser.

L'usage d'une eau publique commune à tous, ne sauroit être exclusif pour un seul, lorsque plus ou moins elle pourroit fournir aux besoins de tous. *Aquam de flumine publico* (dit la loi 17, ff. *de servit. præd. rust.*), *pro modo possessionum ad irrigandos agros dividi opportet.*

C'est sur ce principe que l'art. 645 du code civil, dit : « s'il » s'élève une contestation entre les propriétaires auxquels ces

« eaux peuvent être utiles , les tribunaux , en prononçant ,
« doivent concilier l'intérêt de l'agriculture avec le respect dû
» à la propriété. »

Pecchius avoit établi le même principe , lib. 2 , cap. 9 ,
quest. 18.

105. Mais ce règlement suppose que déjà les usagers n'avoient
pas été réglés sur leurs droits respectifs ; *nisi* , dit la loi précitée ,
quis proprio jure, sibi plus datum ostenderit.

La loi 7 , cod. *de servit. et aquâ* , avoit également prescrit
la maintenue des anciens usages. *Si manifestè doceri possit jus
aquœ , ex vetere more , atque observatione , per certa loca
profluentis, utilitatem certis fundis , irrigandi causâ exhibere ,
procurator noster , ne quid contrà veterem formam atque
solemnem morem innovetur, prohibebit.*

De là , Gobius , quest. 12 , dit : *usus aquœ ab antiquo
quœsitus , retineri debet; præsertim si consuetudo respiciat
commodum plurium in eâdem contratâ bona possidentium.*

« On ne peut (disoit M. Julien sur le statut , tom. 2 pag.
» 550 , n.º 18 ,) rien changer à la forme ancienne des arro-
» semens , et l'on doit se conformer à ce qui est établi par
» l'usage et l'ancienne coutume. »

Notre article 645 a confirmé cette règle en ces termes :

« Dans tous les cas, les règlemens particuliers et locaux sur
» le cours et l'usage des eaux ; doivent être observés. »

106. Il est peu de communes en Provence où il n'ait existé
des règlemens sur l'usage des eaux publiques. Le plus souvent
ces règlemens étoient faits par l'administration municipale, sous
l'autorisation des juges locaux. La plûpart étoient homologués
au parlement.

On seroit souvent en peine, après vingt-cinq ans de révolution, de retrouver aujourd'hui ces règlemens, que des intérêts
particuliers out pu faire disparoître dans ces temps d'anarchie.
Mais là où l'usage ancien pourroit encore être prouvé, on ne
doute pas que cette preuve ne fût admise même par témoins.
Le principe du règlement est dans la nature des choses ; il est
consacré par la loi. Cette hypothèse n'a donc rien de semblable
à ces conventions arbitraires, libres dans leur principe, qui ne
peuvent être prouvées que par écrit. L'exécution peut donc,
à défaut de titres, se prouver par le fait lui-même. *Ex vetere,
more, atque observatione*; (et comme dit la loi 1, § 23,
ff. *de aquâ et aquæ pluv. arcend.*) *si lex agri non inve-
niatur, vetustas vicem legis obtinet.* La loi 2, au même titre,
ajoute : *vetustas semper pro lege habetur.*

De là, Pecchius, lib. 1, cap. 5, quest. 1, n.º 7, dit : *con-
fugiendum est ad vetustatem aut ad consuetudinem, vel
tandem ad testes.*

Tous les auteurs conviennent que dans cette matière, l'ancien
usage a une grande force. *Plurimùm possunt in hâc materiâ
(dit Gobius) vetustas et consuetudo* (1).

107. L'usage de l'eau est réglé ou à raison du volume que
chaque usager pourra en introduire dans son fonds, par l'espace
de temps pendant lequel il pourra en user.

Dans ce dernier cas, si la priorité n'est pas réglée par le titre

<hr>

(1) *Gobius*, quest. 12.—*De Luca, de servitut.*, disc. 28, n.º 3 et *in
summâ*, n.º 6.—*Pecchius*, lib. 1, cap. 7, quest. 6, n.º 5; quest. 4, n.º 10;
quest. 5, n.º 13, et tom. 2, quest. 40, n.º 2 etc. — *San Léger*, cap.
48, n.º 8, 9.

ou indiquée par des ouvrages apparens, elle appartient au supérieur, comme le résultat naturel de sa position. *In jure irrigandi* (dit Pecchius, tom. 2, quest. 40, n.º 2, 10, etc.) *prædium superius alia prædia præcedere debet.*

C'est ce qui a été jugé par la cour d'Aix, le 21 mars 1813, en faveur de la dame Dellor d'Hyères, pour qui j'écrivois, contre le sieur Riondet.

108. Les règlemens d'arrosage étoient faits jadis de l'autorité des tribunaux civils. La nouvelle législation a changé cet ordre. Les tribunaux ont conservé le droit exclusif de les ordonner : mais la confection en est dévolue à l'autorité administrative, qui, seule, peut aujourd'hui faire des règlemens pour l'avenir.

C'est ce que nous expliquerons au liv. 5, part. 1, tit. 1, chap. 3, § 3, n.º 3.

TITRE II.

Droits résultans du titre.

109. On a vu, ci-dessus (n.º 83), qu'on peut transmettre et céder à un autre l'eau dont on est propriétaire.

On a vu (n.º 80) qu'on peut acquérir sur l'eau un droit d'usage ou de servitude.

Cette transmission, cette cession peuvent être consenties à titre onéreux ou gratuit, par actes entre-vifs ou par dispositions de dernière volonté (1).

_____

(1) *Pardessus*, n.º 267 etc., pag. 467.—Leg. 17, § 1, ff. *de legat.* 3.ª —Leg. 14, § 3, ff. *de aliment. et cibar. legat.*— *Code civ.*, art. 686.

Il est des règles communes à toutes les concessions.

Il est des règles particulières, relatives à la nature, à la qualité, à la destination des eaux qui en sont l'objet.

Telles sont les eaux privées, les rivières navigables, les rivières non navigables, les eaux communales, celles enfin qui sont communes et indivisibles entre divers copropriétaires ou co-usagers.

Toutes ces règles doivent être examinées séparément.

CHAPITRE I.

Eaux, Concessions.

110. Toute concession exige le consentement des parties intéressées, copropriétaires ou co-usagères, *in concedendo jure aquæ ducendæ* (dit la loi 8, ff. *de aqu. et aqu. pluv. arcend.*) *non tantùm eorum in quorum loco aqua oritur, verùm etiam eorum ad quos ejus aquæ usus pertinet, voluntas requiritur, id est, eorum ad quos usus aquæ debebatur ; nec immeritò. Cùm enim minuatur jus eorum, consequens fuit exquiri ut consentiant.*

Les lois 9 et 10, au même titre, la loi 17, ff. *de serv. præd. rust.*, et la loi 4, cod. *de servit. et aquâ*, confirment cette règle. *Iniquum enim visum est*, dit la loi 10, *voluntatem unius ex modicá forte portiunculá domini, præjudicium sociis facere.*

Telle est la force de ce principe, que la concession même du prince n'est jamais présumée avoir été consentie au préjudice du tiers. *Nec in cujusquam injuriam beneficium tribuere,*

moris

moris est nostri, dit la loi 4, cod. *de emancipat. liber* (1). Mais celui qui l'a consentie n'est pas moins personnellement lié pour ce qui le concerne ; et il ne peut y contrevenir de son chef. *Quia tamen*, dit la loi 13, ff. *commun. præd., bona fides contractûs legem servari venditionis exposcit, personæ possidentium, aut in jus eorum succædentium, per stipulationis aut venditionis legem obligantur* (2).

111. Il n'est pas toujours facile de discerner si la concession opère un droit réel et transmissible, ou une simple faculté personnelle qui finit par la mort du concessionnaire.

Le droit est réel et transmissible, quand il a été établi sur un héritage au profit d'un autre héritage. Il est alors une véritable servitude : car toute servitude est un droit réel.

Il n'est qu'une faculté personnelle non transmissible, s'il n'a été accordé qu'à la personne, sans relation à l'utilité du fonds (3).

Cette intention n'est pas douteuse quand le concessionnaire n'a point de fonds voisin. *Ei qui vicinus non est, servitus inutiliter relinquitur*, dit la loi 14, § 3, ff. *de aliment. vel cibar. legat.*, dans l'hypothèse du legs d'un droit d'eau à des

---

(1) *San Léger*, cap. 48, n.° 12, 24. — *Jus Georgic.*, lib. 3, cap. 15, n.° 71. — *Pecchius*, lib. 1, cap. 1, n.° 8 ; cap. 2, quest. 2, n.° 10 ; cap. 3, quest. 12, n.° 5, 13 ; lib. 2, cap. 9, quest. 35 ; *quæsit.* 1, n.° 1, tom. 4, quest. 50. — *Richeri*, tom. 3, § 53, pag. 23. — *De Luca*, tom. 1, *de regal.*, disc. 142, n.° 2. — Leg. 4, cod. *de servit. et aqu.* ; leg. 4, ff. *de emancip. liber.*

(2) Leg. 13, ff. *commun. præd.* — *Pecchius*, lib. 1, cap. 2, quest. 4, n.° 1 ; cap. 3, quest. 1, etc. ; cap. 9, quest. 2, n.° 8.

(3) *Code civ.*, art. 637. — *Pecchius*, lib. 1, cap. 1, quest. 2, 3 ; tom. 2, quest. 33.

affranchis à titre d'alimens; et elle décide en conséquence, que le legs étoit purement personnel, *hæc aqua personæ relinquitur.*

Mais là où le concessionnaire a un fonds voisin, il peut arriver encore que l'autre n'ait entendu lui accorder qu'un droit purement personnel; et c'est là principalement que peut naître la difficulté.

La loi 4, ff. *de servit. præd. rustic.*, dit que si le droit peut être utile au fonds, on le présume réel; *prædii magis quàm personæ videtur.*

Qu'il n'est que personnel, si les termes indiquent que c'est la personne seulement qu'on a eu en vue : *si tamen testator personam demonstraverit, cui servitutem præstari voluit, emptori vel hæredi non eadem præstabitur servitus.*

C'est donc par le titre et par les circonstances que l'on peut discerner l'intention (4).

112. La concession accordée pour un fonds déterminé est limitée à ce fonds, et le concessionnaire ne pourroit ni porter l'eau dans tout autre, ni la céder à un tiers, si celui qui a consenti la concession, ou même des tiers ayant droit sur cette eau, devoient en recevoir quelque préjudice. C'est ce que décide la loi 1, § 16, ff. *de aqu. quotid.*, qui, en accordant cette faculté au concessionnaire, ajoute : *nisi ei nocitum sit ex quo aquam duxit.*

---

(4) Leg. 37, ff. *de servit. præd. rust.—Pardessus*, n.º 11, pag. 25.— *Pratic. legal.*, part. 2, tom. 3, tit. 66, pag. 485.— *Cæpolla*, pars 2, cap. 4, n.º 2.—*Pecchius*, lib. 1, cap. 1, quest. 2, 3.—*Nouv. Répert.*, v.º *servitude*, § 4.—*Dumoulin*, cod. lib. 2, tit. 34; tom. 3, pag. 523.— *Sirey*, tom. 9, pag. 35.

Il est bien vrai, comme on l'a vu (n.º 2), que l'eau légitimement acquise, une fois qu'elle est entrée dans le fonds,
en fait partie, et que le propriétaire peut en disposer comme
du fonds lui-même.

Mais cette règle ne reçoit plus son application, lorsque la
concession est limitée, et que ou celui qui l'a consentie, ou
des tiers ayant des droits acquis, s'opposent à son application (5).

De là il suit que si le propriétaire de l'eau l'a vendue sans
restriction pour un fonds ou pour un usage déterminé, le concessionnaire peut en disposer à son gré et la porter où bon
lui semble, sauf toujours les droits que des tiers pourroient
avoir antérieurement acquis sur cette eau.

113. Quand la concession a été accordée pour le fonds en
général, sans relation à la contenance, elle s'étend, dit Pecchius,
à l'accroissement de l'alluvion, et, dans ce cas, elle donne droit à
l'augmentation proportionnelle du volume de l'eau, si toutefois ce volume n'a pas été déterminé par cette concession (6).

114. Celui qui a concédé un droit d'usage sur ses eaux, n'est
présumé, dit-on, l'avoir accordée qu'autant que l'eau ne lui
seroit pas nécessaire.

Il est donc autorisé, ajoutent les auteurs, à les retenir
quand la sécheresse lui en rend les besoins absolus. Ils se fon-
dent sur la loi 6, cod. *de servitut. et aquâ.*

Cette faculté, prise dans un sens absolu, ne seroit, à notre
avis, qu'une véritable violation du pacte, et la loi que l'on
oppose nous paroît inapplicable à la question en général.

(5) *Richeri*, tom. 3, § 1110, pag. 266.
(6) *Pecchius*, lib. 2, cap. 9, quest. 3.

En voici les termes :

Præses provinciæ, usu aquæ, quàm ex fonte juris pro-
fluere allegas, CONTRA STATUTAM CONSUETUDINIS FORMAM
carere te non permittet, cùm sit durum et crudelitati proxi-
mum, ex tuis prædiis aquæ agmen ortum, sitientibus agris
tuis, ad aliorum usum, vicinorum injuriâ propagari.

Cette loi ne parle que d'un usage récent, usurpé contre la
teneur du titre ou contre l'ancienne coutume, *contrà statutam*
consuetudinis formam.

Le motif qu'elle donne de sa décision, *cùm sit durum* etc.,
ne deviendroit donc applicable que dans le cas d'une concession
vague, à un voisin, d'un arrosage indéterminé, sur-tout si elle
avoit été accordée à titre gratuit.

Mais si l'eau a été concédée en propriété, si la concession
d'un simple usage a porté ou sur la totalité, ou sur une portion déterminée ; si, dans tous ces cas, la cession a été faite
à titre onéreux et sans réserve, celui qui l'a consentie pourroit-
il jamais revenir sur ses pas, et retenir pour lui-même un
objet dont il a reçu le prix ?

La règle trop généralisée dégénéreroit donc en injustice, et
nous pensons qu'on ne sauroit l'appliquer avec trop de circons-
pection. Tout pacte obscur ou ambigu, dit l'art. 1602 du code
civil, s'interprète contre le vendeur (7).

_____

(7) *De Luca, de servit.*, disc. 25, n.° 5 ; disc. 29, n.° 9 ; *de*
emption., tom. 4, disc. 34, n.° 19. — *Pecchius*, lib. 2, cap. 9, quest.
8, n.° 28, 33 ; quest. 15 ; quest. 3, n.° 15 ; cap. 10, quest. 6, n.°
11. — *Buisson, cod. de servit. et aqu.*, n.° 10. — *Mornac* in leg. 6,
cod. de servit.

Aussi Mornac sur cette loi 6, ne l'applique qu'à l'hypothèse d'une concession gratuite.

115. Pecchius examine si, lorsque l'usage d'une eau éloignée du fonds pour lequel elle a été concédée, a été accordé pour tant de jours par semaine ou par mois, on doit compter ces jours de celui où l'eau est entrée dans le canal de dérivation, ou seulement de celui où elle est arrivée dans le fonds. Son opinion est, que l'on doit compter du jour où elle est entrée dans le canal, s'il n'apparoît du contraire par le titre ou par les autres circonstances. Il en donne cette raison, que la question n'étant pas, par elle-même, inhérente à la nature du contrat, c'est au concessionnaire à s'imputer de ne s'être pas clairement expliqué. *Dans le doute, la convention*, dit l'art. 1162 du code, *s'interprète contre celui qui a stipulé*; et si, comme on vient de le voir, l'art. 1602 rejette l'ambiguité à la charge du vendeur, ce n'est, comme l'observe Pecchius, que dans les choses qui viennent *ex naturâ contractûs* (8).

Cette décision nous paroîtroit inadmissible, quand le temps est fixé à un petit nombre d'heures, et que l'eau arrive de loin.

116. Toute concession d'eau, ou d'un droit sur l'eau, soit à titre de servitude ou autrement, comprend les accessoires nécessaires. « Quand on établit une servitude, dit l'art. 696 du » code, on est censé accorder tout ce qui est nécessaire pour » en user; » et l'art. 1615 dit également: « l'obligation de dé- » livrer la chose comprend ses accessoires. »

Ce principe de droit commun, donne lieu dans son application aux concessions d'eau, à quelques questions particulières

(8) Lib. 2, cap. 10, quest. 3.

traitées par Pecchius, sur lesquelles nous aurons occasion de revenir dans la suite du présent livre (9).

117. L'aliénation du fonds, soit à titre onéreux ou gratuit, comprend l'eau qui en fait partie ou qui lui est due à titre de servitude, lors même que l'acte n'en feroit pas mention.

Il n'en seroit pas de même, si l'eau acquise pour le fonds avant la vente, n'y avoit pas été encore amenée; car dans cette hypothèse, l'acheteur ne pourroit dire l'avoir acquise avec le fonds (10).

Telle est la force du principe, que si le possesseur de deux fonds, dont le supérieur fournit l'eau à l'inférieur, vend le supérieur, sans se réserver l'eau, cette eau appartient à l'acquéreur qui peut l'y retenir (11).

118. Pecchius demande si celui qui vend un pré ou une risière qu'il détache de son domaine, et qu'il étoit dans l'usage d'arroser, est tenu de fournir à l'acheteur l'eau nécessaire, il pense que si le vendeur avoit originairement acquis l'eau pour le pré ou pour la risière, elle seroit devenue, pour le fonds, un droit réel qui feroit partie du fonds; que si au contraire, il l'avoit acquise en général pour la totalité de son fonds, et

---

(9) *Pecchius*, lib. 2, cap. 9, quest. 1; lib. 1, cap. 3, quest. 14, n.° 54.

(10) Leg. 47, ff. *de contr. empt.*; leg. 84, § 4; leg. 116, § 4, ff. *de legat.* 1.° — *Pecchius*, lib. 1, cap. 3, quest. 13; lib. 2, cap. 9, quest. 8, n.° 7, etc.; quest. 29. — *Code civ.*, art. 1615.

(11) *Pecchius*, lib. 1, cap. 7, quest. 5, n.° 27; lib. 2, cap. 9, quest. 13; *quæsit.* 3, n.° 12.

qu'il pût encore l'employer pour la partie non vendue, il ne la devroit pas, lors même qu'il eût été dans l'usage de l'employer pour la risière ou pour l'arrosage du pré, sauf s'il paroissoit que la jouissance de l'eau étoit entrée dans la fixation du prix.

Il en donne cette raison, que l'usage du père de famille qui pèse beaucoup dans les dispositions de dernière volonté, est indifférent et sans conséquence dans les contrats (12).

Cette décision est conforme au principe consacré par l'art. 1615 du code civil. « L'obligation de délivrer la chose comprend » ses accessoires, *et tout ce qui a été destiné à son usage* » *perpétuel.* »

_____

(12) Lib. 2, cap. 9, quest. 8, et n.° 52, 53, 64.

CHAPITRE II.

Concession, Eau privée.

119. Le propriétaire de l'eau, on l'a vu ci-dessus (n.° 81, 83), peut en disposer à son gré. Il peut donc concéder et vendre l'eau elle-même, ou y concéder un droit de servitude.

Cette hypothèse particulière n'exige pas d'explication plus étendue. Les questions qu'elle peut faire naître tiennent aux principes généraux qui ont fait l'objet du chapitre précédent.

Nous verrons au chap. 6, les règles particulières aux concessions de l'eau possédée par plusieurs copropriétaires.

CHAPITRE III.

Concessions, Eaux navigables.

120. Les mêmes motifs qui ont fait déclarer les rivières navigables ou flottables, propriété de l'État, qui ont fait défendre d'en altérer ou d'en affoiblir le cours, ont dû rendre le Gouvernement attentif à ne pas accorder trop facilement de pareilles concessions.

La loi 2, ff. *de fluminib.*, et la loi 10, § 2, ff. *de aqu. et aqu. pluv. arcend.*, ne permettoient pas au Préteur de les accorder, *non opportet Prætorem concedere deductionem ex eo fieri.*

Ce n'est pas que là où il étoit possible, sans nuire à la navigation ou aux besoins publics, d'utiliser encore les eaux pour l'agriculture, le commerce ou les arts, le prince refusât de s'y prêter ; les titres *de aquæ ductu*, dans les codes Théodosien et Justinien, en fournissent la preuve.

Le Gouvernement français a adopté de tous les temps ce principe, fondé sur le but essentiel de toute société politique.

Les canaux de *Crapone*, de *Boisgelin* ou des *Alpines*, et tant d'autres en Provence ou ailleurs, prouvent son attention sur cet objet intéressant (1).

Mais ces concessions ne sont jamais des aliénations absolues ; elles ne peuvent être, elles ne sont que des concessions précaires, des facultés essentiellement révocables, quand l'intérêt

---

(1) *Pecchius*, lib. 1, cap. 2, quest. 1 ; lib. 2, cap. 9, quest. 32, n.º 49. — *Jus georgic.*, lib. 3, tit. 34, n.º 17, etc. — *Gobius*, quest. 7 et n.º 25. — *Richeri*, tom. 3, § 37, pag. 20.

et les besoins publics l'exigent. « Elles ne sont, dit M. Par-
» dessus, qu'un acte de police et d'administration, révocable
» quand les motifs qui l'ont fait accorder ne subsistent plus,
» ou quand les circonstances commandent des dispositions diffé-
» rentes ou même contraires (2). »

(2) *Pardessus*, n.º 77, pag. 140. — *Pecchius*, lib. 1, cap. 2, quest.
1, n.º 3. — *San Léger*, cap. 48, n.º 18, 19.

CHAPITRE IV.

Concession, Rivières non navigables.

121. On a vu que l'usage de ces cours d'eau, est, pour les
riverains, un droit exclusif.

De là, comme on l'a dit (n.º 91,) ils peuvent en disposer
entr'eux, là où cette disposition ne porte aucun préjudice à
ceux qui n'y ont pas participé, comme on le verra au chap. 6
ci-après.

Ils ne le pourroient en faveur d'un tiers non riverain comme
eux, à moins qu'ils ne s'accordent tous à cet effet.

On a vu également au liv. 1.er (n.º 23,) que les concessions consenties par les seigneurs dans les temps où ces eaux
étoient leur propriété, n'ont reçu aucune atteinte de l'abolition
du régime féodal.

CHAPITRE V.

Concessions, Eaux communales.

122. Les biens des communes sont, ou des propriétés patri-
moniales, comme des champs, des rentes etc., ou des objets
qui, par leur nature et leur destination, sont affectés ou con-

sacrés à l'usage des habitans; tels sont les édifices publics, les rues, les places, les fontaines, etc.

Les premiers sont aliénables, comme les propriétés ordinaires, sauf toutefois l'autorisation du Gouvernement, à raison de la surveillance qu'il exerce sur les biens des corps et les établissemens publics.

Les seconds, ne pourroient être aliénés sans déroger essentiellement à leur destination.

123. Ce n'est pas que les communes ne puissent, sous l'autorisation de l'administration supérieure locale, utiliser le superflu des eaux communales, soit pour des établissemens dont elle retire quelqu'avantage, soit même au profit des particuliers, qui, par les circonstances, ont pu mériter cette faveur.

Mais ces sortes de concessions, comme celles des eaux navigables, sont toujours révocables par leur nature, quand les besoins de la cité réclament ce superflu. Aucune prescription ne peut être opposée à l'exercice de ce droit; car, quel que soit le motif qui a déterminé la concession, dans quelque forme qu'elle ait été consentie, elle n'a pu l'être qu'à titre de faculté précaire, et dès-lors toujours essentiellement révocable.

Telle est la disposition de la loi 9, cod. *de aquæ ductu.*

Diligenter investigari decernimus qui publici ab initio fontes...... ad privatorum usum conversi sunt..... ut jus suum universitati restituatur et quod publicum fuit aliquandò, minimè fit privatum, sed ad communes usus recurrat...... nec longi temporis præscriptione, ad circumscribenda civitatis jura profutura.

Ces expressions, *longi temporis præscriptione*, et celles de la loi 4, au même titre, *usum aquæ veterem singulis manere civibus sancimus*, avoient fait penser à quelques auteurs, que la possession immémoriale devoit au moins mettre les concessionnaires à l'abri de toutes recherches.

Mais, Godefroi sur la loi 2 du code Théodosien, lib. 15, tit. 2 *de aquæductu*, a repoussé cette erreur ; il a prouvé que la concession, quelqu'ancienne qu'elle fût, n'étoit jamais un titre absolu et irrévocable. *Desinant doctores* (dit-il) *ex hâc lege colligere , jus aquæ publicæ ex publico aquæductu ducendæ præscribi posse tempore , cujus memoria non extat.*

Le nouveau Brillon, v.º *aqueduc*, n.º 18, professe la même doctrine; et au n.º 24, il observe que ce fut sur ce principe que Charles VI, par ses lettres-patentes du 13 octobre 1392, révoqua toutes les concessions des eaux de Paris, attendu les besoins des habitans (1).

124. La concession consentie par une commune, cesse quand le motif qui l'avoit déterminée a cessé d'exister. C'est ce que jugea le parlement d'Aix, le 24 mai 1776, au profit de la communauté de Draguignan, contre l'acheteur du couvent des Ursulines, qui avoit été supprimé (2).

Les communes ne sauroient apporter trop d'attention sur un objet aussi intéressant. La faveur, l'importunité multiplient les concessions ; l'insouciance, la foiblesse les maintiennent au préjudice des besoins publics. Il est affligeant pour les citoyens, de voir

---

(1) *Ordonnance du Louvre*, tom. 7, pag. 511. — *Prat. des terr.*, tom. 4, chap. 4, quest. 39, pag. 504.— *Janety*, 1776, pag. 528. — *San Léger*, cap. 48, n.º 18, 20.

(2) *Janety*, loc. cit.

des eaux conduites à grands frais, devenir en partie l'appanage de quelques individus, et de manquer souvent au sein de l'abondance, de ce secours de première nécessité.

Du reste, c'est le besoin réel et non le caprice, l'émulation, ou des vues arbitraires, qui doit déterminer légitimement cette révocation, lors sur-tout qu'elle avoit été accordée par de justes considérations.

CHAPITRE VI.

Concession, Copropriétaires, Co-usagers.

125. Le même cours d'eau peut fournir aux besoins de plusieurs particuliers.

Soit à titre de propriétaire, soit à titre de co-usager.

Leurs droits sont déterminés ou par le volume d'eau que chacun peut prendre dans le canal commun, ou par le nombre de jours ou d'heures pendant lesquels il peut l'introduire dans son fonds.

Le canal est public, ou il est leur propriété commune.

La question est de savoir si dans toutes ces hypothèses, l'un des communistes peut céder son droit à un autre ou à un étranger.

Le principe général, on l'a vu ci-dessus, est, qu'aucune concession d'eau ne peut être consentie au préjudice des co-intéressés, soit comme copropriétaires, soit comme simples usagers.

On a vu également que l'un des riverains d'une eau publique ne pourroit céder à un étranger non riverain, un droit dont il n'est que co-usager, dont l'art. 644 du code ne lui accorde l'usage que pour se servir de l'eau *à son passage pour l'irrigation de ses propriétés, ou pour en user dans l'intervalle qu'elle parcourt dans son fonds.*

Il ne pourroit pas plus céder son droit à l'un des autres riverains, ou même permuter avec lui l'époque de son exercice,
sans le consentement de ceux d'entr'eux qui pourroient en souffrir
quelque préjudice.

Supposons, par exemple, que parmi huit ou dix riverains,
dont les prises sont à quelques distances les unes des autres,
le sixième ou le septième dans l'ordre des arrosages, vienne à
céder son droit au premier ; il est sensible, 1.º que tandis
que celui qui venoit après lui, recevoit l'eau immédiatement de
lui, il est obligé d'aller la chercher à une distance beaucoup plus
éloignée, de l'attendre une heure ou même deux, ou plus, et
de perdre pendant tout ce temps, le bénéfice qu'il devoit en
retirer.

2.º Que pendant le temps que le cessionnaire use de son
droit, le canal reste à sec en-dessous de lui, et que lorsqu'il
vient à rendre l'eau à son cours, la terre desséchée en absorbe
une partie.

De là, dit pecchius, lib. 2, cap. 9, quæst. 22, celui qui
vient après le cédant, perd le bénéfice du temps et une partie
même de l'eau. *Amittit beneficium temporis quod aqua con-
sumit in perveniendo à buchello* B *usque ad buchellum* F,
*quod non est modici præjudicii, ratione distantiæ. Secundum
damnum*, ajoute-t-il, *est quod patitur ratione ariditatis rugiæ*;
*nam hæc ariditas nedum aquam furatur, sed retardat ejus
cursum, donec fissuræ terræ seu crepaturæ impleantur,
claudantur et obturentur.*

C'est ce qu'il observe encore au liv. 1, chap. 3, quest. 17,
n.º 14 etc., dans l'hypothèse d'une eau concédée à divers particuliers, et dérivée par un canal commun.

Dans ce dernier cas, si la cession étoit faite à un étranger, il en résulteroit encore ce préjudice pour les autres communistes, que le cessionnaire ne pouvant quelquefois user de son droit par la prise du cédant, seroit obligé d'en établir une nouvelle, de toucher au canal commun contre le gré des autres communistes ; ce qu'il pourroit d'autant moins se permettre, que le cédant lui-même ne l'auroit pas pu. *Sabinus ait* (dit la loi 28, ff. *comm. divid.*), *in re communi neminem dominorum jure facere quicquam invito altero posse : undè manifestum est prohibendi jus esse ; in re enim pari potiorem causam esse prohibentis constat.*

Pecchius observe dans cette même question 17, que si l'eau n'est pas divisée par temps, mais par mesure, de manière que chacun jouisse en même temps du volume qui lui a été assigné, l'un d'eux pourroit céder son droit à un autre, sauf toujours le cas où les autres pourroient souffrir quelque préjudice de cette cession.

On a cru devoir entrer dans ces détails, parce que la question en général est d'un usage journalier.

TITRE III.

Droits dérivans de la prescription.

126. Tout ce qui peut être aliéné, est susceptible d'être acquis ou perdu par la prescription. *Alienationis verbum* (dit la loi 28, ff. *de verb. signif.*), *etiam usucapionem continet. Vix est enim ut non videatur alienare, qui patitur usucapi.*

On peut donc acquérir ou perdre par cette voie, soit la propriété des eaux, soit l'usage de ces mêmes eaux.

Le droit romain ancien, avoit fixé la durée de la prescription à un an pour les choses mobiliaires, à deux ans pour les immeubles avec titre et bonne foi. Il l'appelloit usucapion, *usucapere* (1).

Justinien étendit cette prescription à trois ans pour les meubles et pour les immeubles, à dix ans entre présens, et vingt ans entre absens avec titre et bonne foi (2).

Déjà l'Empereur Théodose, et après lui Honorius et Théodose le jeune, avoient établi la prescription de trente ans, dans quelques cas, de quarante ans pour toutes les actions réelles, personnelles et mixtes, ainsi que pour les immeubles sans titre ni bonne foi (3).

La prescription immémoriale doit son origine au droit des gens; le droit romain la supposoit plutôt qu'il ne l'établissoit lui-même, comme il paroît par les lois 2 et 23, ff. *de aqu. quotid. æstiv.*

Dans le langage des lois, la première s'appele *usucapio.*

La prescription de dix et vingt ans y est appelée, *longum tempus*, *diuturnum tempus*, *longi temporis præscriptio* (4).

Celle de trente ans étoit appelée *longissimum tempus* (5).

L'expression *vetustas* signifioit ou le laps de quarante ans, ou, plus rarement, la possession immémoriale, *secundùm subjectam materiam* (6).

---

(1) Princ., *inst. de usucap. et long. tempor.*, etc. — Leg. 1, cod. *de usucap. transform.* — *Dunod*, pag. 3.

(2) *Les mêmes.*

(3) Leg. 3, cod. *de præscript. 30 vel 40 annor.* — *Dunod*, pag. 7.

(4) *Dunod*, part. 2, chap. 8, pag. 174.

(5) *Idem*, loc. cit.; et chap. 12, pag. 210.

(6) *Idem*, pag. 210. — *Cujas* ad leg. 6, cod. *de præscript. 30 vel 40 annor.*, col. 1504. *D.*

Ces notions préliminaires répandront plus de clarté dans la discussion.

CHAPITRE I.

Prescription, acquisition.

§ I.

Eau publique.

127. Les eaux des rivières navigables, insusceptibles de devenir une propriété privée, ne peuvent être acquises par la possession, puisqu'elles ne pourroient l'être par titre, *nonobstant tout titre et possession contraire*, dit l'ordonnance de 1669, tit. 27, art. 41.

Cet article, il est vrai, maintenoit les droits de pêche, bacs *et autres usages* acquis *par possession*, et l'on a vu qu'il falloit que cette possesion remontât à 1556; qu'aujourd'hui et d'après les articles 560, 2227, et 2281, trente ans doivent suffire.

On verra dans la troisième partie de ce livre, tit. 3, que le droit de pêche y a été déclaré imprescriptible par les nouvelles lois.

On auroit de la peine à penser que sous cette expression, *autres usages*, l'ordonnance eût entendu comprendre la dérivation des eaux que l'art. 44 prohiboit expressément, *à peine contre les contrevenans, d'être punis comme usurpateurs.*

Mais puisque le Gouvernement peut accorder cette concession, que dès-lors elle n'est révocable dans sa justice que par des motifs supérieurs, la longue possession fait présumer le titre *ductus aquæ cujas origo memoriam excessit, constituti loco habetur,* disoit la loi 3, § 4, ff. *de aqu. quotid. et æstiv.* La loi 4, cod. *de aquæ ductu,* confirmoit cette règle; et la

loi

loi 6, au même titre, qui, dans l'espèce proposée, repoussoit par une exception formelle toute prescription, lui donnoit une nouvelle force.

De là, les auteurs regardoient ce droit comme prescriptible par une possession immémoriale (1).

Trente ans suffiroient donc aujourd'hui, depuis le code civil, qui ne connoît plus de prescription au-delà de ce terme, qui a même réduit à ce terme, les prescriptions les plus longues déjà commencées à l'époque de sa publication.

Mais, comme on l'a vu, la possession ne pourroit pas plus que le titre lui-même, essentiellement précaire et révocable par la nature des choses, altérer le droit qu'a le Gouvernement de reprendre les eaux, soit en cas de mésusage, soit pour les besoins publics.

128. Quant aux rivières et autres cours d'eau publique non navigables, comme les riverains pourroient d'un commun accord, transmettre leurs droits à un tiers non riverain, il n'y auroit pas de raison pour que ce tiers ne pût l'acquérir par prescription, comme il pourroit l'acquérir par préoccupation.

Il en est de même des riverains entr'eux, soit pour la priorité [d'arrosage, constatée par des ouvrages indicatifs de cette priorité, soit pour leurs droits respectifs entr'eux, puisque, comme on l'a vu, l'un d'eux pourroit céder son droit à l'autre, avec le consentement de tous, et que la prescription équivaut et suppose le titre et le consentement.

Mais la possession exclusive, là où il y auroit assez d'eau

---

(1) *Pecchius*, lib. 1, cap. 2, quest. 3, 4. — *Gobius*, quest. 7, n.º 25. — *Richeri*, tom. 3, § 63, pag. 25.

pour suffire plus ou moins aux besoins de tous, ne nous paroîtroit pas un obstacle à l'application de l'art. 645 du code, *concilier l'intérêt de l'agriculture avec le respect dû à la propriété.*

§ 2.

Prescription, Eaux privées.

129. La propriété des eaux privées étoit comme les autres droits réels, prescriptible parmi nous par trente ans.

Le code civil adoptant la règle du droit romain dont nous étions écartés sur ce point, a réduit cette prescription à dix et vingt ans avec titre et bonne foi (1).

Le droit d'usage de ces mêmes eaux, est ou une servitude *continue*, comme le droit d'aqueduc, ou une servitude *discontinue*, comme le droit de pêche, de puisage, d'abreuvage etc.

Les servitudes *discontinues* s'acquéroient parmi nous par la possession immémoriale.

Les servitudes *continues apparentes* s'acquéroient par dix et vingt ans, à compter de l'établissement des ouvrages pratiqués à cet effet sur le fonds servile (2).

Le code civil n'admet plus les servitudes *discontinues* sans titre, malgré toute possession.

Il en est de même des *continues non apparentes.*

_____

(1) *Julien*, **Statut**, tom. 2, pag. 515. — *Code civ.*, art. 2262, 2265.

(2) *Julien*, loc. cit. pag. 541, 548. — *Bonnet*, litt. p, som. 6. Cette règle que j'avois annoncée *dans mes Observations sur quelques coutumes de Provence*, pag. 30, a été attaquée par un de mes confrères. Il a prétendu que les servitudes continues ne s'acquéroient parmi nous que par trente ans. Voyez ma *Réponse aux objections*, chap. 3, pag. XIV.

Il exige trente ans pour les *continues apparentes*, du jour
de l'établissement des ouvrages (3).

130. L'application de ces règles générales aux droits de servitude sur les eaux exige quelques développemens.

L'art. 641 du code qui permet à celui qui a une source
dans son fonds, d'en user à sa volonté, ajoute : « sauf le droit
que le propriétaire du fonds inférieur pourroit avoir acquis par
titre ou par *prescription*.

La question est de savoir quel doit être le caractère de cette
prescription.

Tous les auteurs conviennent que par quelque temps que le
propriétaire supérieur ait laissé couler l'eau dans le fonds inférieur, le propriétaire de ce fonds inférieur n'a acquis aucun droit
sur cette eau, que le supérieur peut toujours la retenir quand
bon lui semble.

L'obligation de recevoir cette eau est, pour l'inférieur, une
servitude naturelle ; il seroit donc contre la nature des choses,
qu'il pût s'en former un droit ; par elle-même, cette eau est
une chose inanimée, incapable dès-lors de lui acquérir ce droit.
L'usage qu'il a pu en faire est toujours subordonné à la disposition du supérieur, disposition de mère faculté qui ne peut
se perdre, que par une contradiction formelle de la part de
l'inférieur ; et cette contradiction ne peut s'établir, qu'autant
qu'il a manifesté son intention par des actes extérieurs, visibles
et permanens, à l'objet desquels le supérieur n'ait pu se mé-
prendre.

La jurisprudence a toujours exigé à cet effet que l'inférieur

_____

(3) *Code civ.*, art. 690, 691.

eût établi sur le fonds supérieur, des ouvrages visibles et permanens, seuls capables d'annoncer son intention au propriétaire
de ce fonds ; car enfin, comment des ouvrages placés par-tout
ailleurs, pourroient-ils avoir l'effet de grever son fonds d'aucune
servitude (4)?

Il suffisoit parmi nous que ces ouvrages eussent été établis
depuis dix ans entre présens, et vingt ans entre absens (5).

L'art. 642 du code civil, a adopté le principe , mais il a
étendu a trente ans le terme de la prescription.

« La prescription , dans ce cas , dit cet article, ne s'acquiert
» que par une jouissance non interrompue pendant l'espace de
» trente ans, à compter du moment où le propriétaire inférieur
» a fait et terminé des ouvrages apparens, destinés à faciliter
» *la chûte et le cours* de l'eau dans ses propriétés. »

Cet article, il est vrai , ne dit pas littéralement que ces ouvrages aient dû être établis sur le fonds supérieur.

Il convient même d'observer que le tribunat, dont l'opinion

(4) *Julien*, tom. 2, pag. 548, n.° 5. — *Bonnet*, litt. p, som. 6. —
Bézieux, pag. 600. — *San Léger*, tom. 1, cap. 48. — *Cæpolla*, part.
2, cap. 4, n.° 25, 51. — *Gobius*, quest. 11 , n.° 9. — *Pecchius*, lib.
1, cap. 7, quest. 4, 5, 6; tom. 2, quest. 1, 25. — *De Luca*, *de
servit.*, disc. 25. — *Nouv. Répert.*, v.° *cours d'eau*, n.° 2. — *Quest.
de droit*, eod. v.°, § 1. tom. 3, pag. 187.—*Henrion*, chap. 26, § 4,
n.° 1, pag. 273. — *Pardessus*, n.° 77, 100, pag. 141, 186. — *Sirey*,
tom. 8, pag. 493; tom. 12, pag. 350. — *Discussion* sur l'art. 641 du
code. — *Chabrol*, sur la *coutume d'Auvergne*, tom. 2, chap. 17, art.
2, sect. 2, pag. 718. — *Richeri*, tom. 3, § 1112, pag. 267. — *Prat,
legal.*, part. 2, tom. 3, tit. 67, n.° 27, pag. 502.

(5) Leg. 2, 7, cod. *de servit. et aqu.* ; leg. 10, ff. *si servit. vindic.*—
Julien, *Bonnet*, loc. cit.

tendoit à regarder cette circonstance comme indifférente, proposa de substituer au mot *ouvrages extérieurs*, employé dans le projet de l'article, cette autre expression *ouvrages apparens*, et que cette substitution fut adoptée.

De là, quelques auteurs avoient pensé que le code, dérogeant sur ce point à la règle ancienne, n'exigeoit plus que l'ouvrage eût été établi sur le fonds prétendu servile (6).

Mais le principe l'a emporté : l'art. 642 s'est expliqué assez clairement, lorsqu'il exige des ouvrages apparens destinés à faciliter la *chûte* et le *cours* de l'eau ; car si les ouvrages extérieurs peuvent faciliter ce *cours*, ce ne peut être que par des ouvrages établis dans le fonds même, qu'on peut en faciliter *la chûte*.

C'est ce qu'a pensé M. Henrion ; c'est ce qu'a jugé la cour de cassation, par son arrêt du 25 août 1812 (7), dont les motifs sont essentiels à connoître.

« Attendu que l'écoulement des eaux d'une source d'un hé» ritage supérieur sur le terrain inférieur, *ne peut constituer* » *une servitude au profit du propriétaire de ce terrain ;*

« Que cependant, le jugement attaqué a décidé qu'il suffisoit » de l'existence de cet écoulement pendant un temps immémo» rial, pour faire acquérir la possession des eaux au propriétaire » inférieur ;

« Qu'à cette *erreur*, il a ajouté *une erreur non moins* » *grave*, en décidant *contrairement à l'art. 642 du code*,

---

(6) *Pardessus*, n°. 96, pag. 180. — *Discuss. du code*, tom. 1, art. 641 ; tom. 3, pag. 142.

(7) *Henrion*, chap. 26, § 4, n.° 1, pag. 278. — *Sirey*, tom. 12, pag. 350.

» *qui n'a fait que consacrer les anciens principes en cette*
» *matière,* qu'il n'y avoit pas lieu à examiner, si les ouver-
» tures par où s'écouloient les eaux avoient été pratiquées par
» le propriétaire du fonds inférieur, ou par celui de l'héritage
» supérieur, *tandis que ce n'est que de l'existence de ces ou-*
» *vrages de la part du propriétaire inférieur* SUR LE FONDS
» DU PROPRIÉTAIRE DE LA SOURCE, *que peut naître la ser-*
» *vitude sur son héritage et par suite la prescription.....La*
» *cour casse.* »

Il n'est pas de nouveautés que les temps que nous venons
de traverser n'aient vu éclore. Le projet du nouveau code
rural en fournit un exemple, lorsqu'au mépris d'un principe
constamment adopté depuis qu'il existe des lois, on y propose
d'établir que le temps seul étoit capable d'acquérir à l'inférieur
un droit irrévocable sur les eaux du fonds supérieur.

C'est moins la nouveauté de ce système, que sa contradiction avec le principe du droit sacré de propriété, qui doit
en opérer le rejet.

Le code civil a marqué les deux seules exceptions dont le
principe peut être ici susceptible ; la nécessité publique, la prescription.

Il a déterminé le caractère de la possession nécessaire pour
opérer cette prescription, par la contradiction résultant d'ouvrages pratiqués sur le fonds servile.

Les besoins publics tiennent certainement à des motifs d'un
ordre supérieur : néanmoins dans ce cas encore, la loi n'admet
que le public même, elle ne reçoit pas la réclamation de particuliers isolés, quels que fussent leurs besoins ou leur possession.

Comment donc pourroit-elle faire céder le droit de propriété
à l'intérêt d'un seul individu pour l'arrosage de ses terres.

L'inférieur utilise l'eau qu'il reçoit, tant que le supérieur la
laisse couler jusques à lui. Celui-ci vient-il à la retenir, c'est
pour l'utiliser de son chef ou à son profit. L'eau ne reste donc
jamais inutile. L'intérêt public est toujours sauvé ; et si l'inférieur s'est livré à des dépenses, il ne peut alléguer sa bonne
foi, parce qu'il ne pouvoit ignorer qu'il ne devoit sa jouissance
qu'à la tolérance du supérieur.

131. Du reste, la possession n'acquiert de droit à la prescription qu'autant qu'elle est exercée à titre de propriété. Elle
devient inutile lorsqu'elle n'est exercée qu'à titre de précaire et
de familiarité (8).

Il n'est pas toujours facile de préciser ce caractère, car le
possesseur est présumé posséder pour lui-même, s'il n'apparoît
du contraire (9).

Pecchius, lib. 4, quest. 30, a traité au long cette question
relativement aux eaux. Mais dans cette matière sur-tout, l'application des principes généraux est toujours subordonnée aux
circonstances.

Cette question se présentera peu désormais en matière de
servitude, puisque le code ne reconnoît plus de servitudes discontinues ou même continues, mais non apparentes sans titre ;
et que les servitudes apparentes continues ne peuvent s'établir
que par des ouvrages dont la permanence exclut toute idée de
tolérance et de familiarité.

---

(8) *Code civ.*, art. 2229, 2236.
(9) *Code civ.* art. 2230. — *Pardessus*, n.° 283, pag. 491.

C'est ce qu'on opposoit, avec raison, lors de l'arrêt du 19 juillet 1718, au sieur Berthet, qui prétendoit n'avoir laissé établir sur son fonds l'acqueduc du sieur de Clapiers, qu'à titre de voisinage et de familiarité (10).

(10) *Bonnet*, litt. p, som. 6.

CHAPITRE II.

Prescription, Extinction.

132. Les servitudes naturelles ou légales, dit M. Pardessus, ne s'éteignent pas par la prescription. La disposition des lieux, la volonté de la loi réclament toujours, elles ne peuvent être, que modifiées, quand la nature des choses ne s'y oppose pas (1).

Cette proposition ne doit pas, à notre avis, être prise dans un sens trop absolu.

C'est par l'effet d'une servitude naturelle, que l'inférieur est tenu de recevoir les eaux du fonds supérieur.

C'est par l'effet d'une servitude légale, que le voisin ne peut ouvrir sur l'héritage de son voisin, des vues droites ou obliques, qu'à une certaine distance.

Mais personne n'ignore que la contradiction résultante d'un acte contraire à la servitude, suivi du laps de temps en opère l'extinction ; et sans doute, M. Pardessus n'a pas eu une autre idée.

133. Les servitudes ordinaires s'éteignent par le non usage pendant trente ans.

Mais à l'égard des servitudes continues, les trente ans ne

(1) N.° 301, pag. 520.

commencent

commencent à courir que du jour qu'il a été fait un acte contraire à la servitude (2).

Ainsi, la servitude de puisage et d'abreuvage se perd par trente ans de non usage.

La servitude d'aqueduc ne se perd, quel que soit le temps depuis lequel on n'en ait pas usé, qu'après trente ans, du jour que le débiteur de cette servitude a fait un acte contraire.

Parmi nous, les servitudes continues ou discontinues se perdoient par dix et vingt ans (3).

134. « Les servitudes cessent, dit l'art. 703 du code, lors-
» que les choses se trouvent en tel état qu'on ne peut plus en
» user.

« Elles revivent si les choses sont rétablies de manière
» qu'on puisse en user.

« A moins qu'il ne se soit déjà écoulé un temps suffisant
» pour faire présumer l'extinction de la servitude. (Art. 704).»

Or, comme d'après l'art. 707, les trente ans de non usage exigés par l'art. 706, ne commencent à courir pour les continues, que du jour où il a été fait un acte contraire, la servitude continue revit à quelque époque que les choses aient été rétablies, si dans l'intervalle, il n'a pas été fait d'actes contraires, ou si depuis cet acte, il ne s'est pas écoulé trente ans.

La servitude de l'eau cesse donc, si la source tarit, si la rivière a changé subitement de lit, si les écluses, les canaux ou autres engins sont dégradés, emportés ou hors d'usage. Elle

_____

(2) *Code. civ.* art. 707.

(3) Cette règle attestée par *Julien*, tom. 2, pag. 554, n.° 25, a été encore critiquée. *Vid. ma Réponse*, chap. 4, pag. XIX.

revit, si les eaux reparoissent, si elles rentrent dans leur lit,
si les ouvrages sont remis en état (4).

Mais si ce rétablissement n'a eu lieu qu'après trente ans, les
droits de puisage, d'abreuvage et autres pareils seroient perdus
sans retour. Au contraire, les droits d'égout, d'aqueduc revi-
vroient encore, si avant le rétablissement ou avant les trente
ans du jour du rétablissement, il n'avoit été fait aucun acte
contraire.

135. On dit communément que la servitude se conserve
par les vestiges, *servitus per vestigia retinetur* (5); le code
civil ne présente aucune disposition à cet égard.

Les difficultés auxquelles l'application de cette règle donnoit
lieu, ne peuvent plus se présenter à l'égard des servitudes continues; car d'une part, à quelqu'époque que le rétablissement
s'opère, elle revit, soit qu'il y ait ou non des vestiges, pourvu
qu'il n'y ait pas eu d'acte contraire, ou qu'il ne se soit pas
écoulé trente ans depuis cet acte. De l'autre, les vestiges ne
la sauveroient plus, si depuis trente ans il avoit été fait un acte
contraire.

Quant aux servitudes discontinues; qu'il reste ou non des

---

(4) Leg. 34, § 1, leg. 35, ff. *de servit. præd. rust.*; leg. 14, ff.
quemadmod. servit. amitt.; leg. 3, § 2, ff. *de aqu. quotid. et æstiv.*—*Pecchius*, lib. 1, cap. 2, quæst. 5; lib. 3, cap. 13, quæst. 33, 39.—*Cœpolla*,
pars 2, cap. 4, n.° 35. — *Sirey* tom. 15, pag. 100.

(5) *D'Argentré*, art. 266, cap. 1, n.° 1, col. 1167, art. 368, col.
1556.—*Julien*, tom. 2, pag. 555, n.° 17.—*Cœpolla*, loc. cit., n.° 94.—
Pecchius, lib. 4, quæst. 63.—*Dunod*, part. 1, chap. 4, 9; pag. 19,
154.

vestiges, la loi est absolue ; elle les déclare éteintes par le seul effet du non usage pendant trente ans.

136. Mais dans cette hypothèse, si le changement de l'état des lieux a été indépendant du fait ou de la volonté de celui à qui la servitude est due, nous pensons avec les auteurs, qu'il est en droit de faire renouveller ou reconnoître son titre avant les trente ans.

Dans le cas contraire, c'est à lui à s'imputer d'avoir négligé de remettre les choses dans leur premier état, ou d'y avoir contraint le débiteur de la servitude là où il en avoit le droit (6).

Les lois 34, § 1 et 35, ff. *de servit. præd. rust.*, et la loi 14, ff. *quemadm. servit. amitt.*, présentent sur cet objet des décisions remarquables.

Dans l'hypothèse des deux premières, la source avoit disparu ; elle étoit revenue, mais après le temps fixé pour la prescription, *post constitutum tempus.* L'empereur rétablit dans leurs premiers droits, ceux qui avoient ainsi perdu l'usage de l'eau, *quod non negligentiâ aut culpâ suâ amiserunt.*

La troisième, décide que celui qui avoit perdu la faculté de passage par le débordement des eaux, qui ne s'étoient retirées qu'après le terme fatal, étoit obligé de faire renouveller son droit. *Quod si id tempus præterierit ut servitus amittatur, renovare eam cogendus est.*

Mais d'après les articles 706 et 707 du code, il faut avoir fait renouveller le titre avant les trente ans, sur-tout si l'on

---

(6) *Nouv. Répert.*; v.° *servitude*, § 3, n.° 3. — *La Laure*, liv. 1, chap. 12, dist. v. — *Pardessus*, n.° 311, pag. 535; n.° 296, pag. 511. — *Boniface*, tom. 4, pag. 635. — *Cæpolla*, loc. cit., n.° 94, 95. — *Pecchius*, lib. 3, cap. 13, quæst. 38, 39.

observe que lorsque le droit romain déclaroit la servitude éteinte par dix ans de non usage, le code a étendu ce terme à trente ans.

137. Le droit d'eau conservé pour le fonds, se conserve, bien qu'on n'en ait usé que dans une partie du fonds. (7).

Nous n'entrerons pas dans le détail des autres règles sur la prescription active ou passive des servitudes sur les eaux. Elles tiennent aux principes généraux sur la prescription de toute servitude, et dès-lors elles seroient étrangères à notre plan.

---

(7) *Pecchius*, lib. 3, cap. 12, quæst. 9; tom. 4, quæst. 58.—Leg. 8, § 1, ff. *quemadm. servit. amitt.*; leg. 18, ff. *de servit. præd. rust.*; leg. 9., § 1, ff. *si servit. vindic.*

PARTIE DEUXIÈME.

Des moyens de conduire les Eaux.

Les eaux destinées aux besoins de l'homme et de ses bestiaux, à l'irrigation de ses terres, au jeu de ses engins, ne naissent pas toujours sur le lieu même où on se propose de les employer. Il faut les dériver de leur source par une prise, les conduire par des canaux ou des aqueducs.

TITRE I.

De la Source.

138. Quel que soit le lieu où les eaux soient prises, le point duquel on les dérive est, sous ce rapport, ce que la loi appelle la *source* d'eau, *caput aquæ*; ainsi comme dit la loi 1, § 8,

ff. *de aquâ quotidianâ*, on appelle source de l'eau le lieu d'où elle sort. *Caput aquæ illud est undè aqua oritur.*

Si donc on la prend dans une fontaine, la *source* est la fontaine elle-même, *caput, ipse aquæ fons.*

Si on la dérive d'un cours d'eau ou d'un lac, on appelle *source*, les premières coupures, ou les premiers ruisseaux destinés à la recevoir. *Prima incilia vel principia fossarum, ex quibus aquæ ex flumine, vel ex lacu, in primum rivum communem pelli solent.*

Si enfin, l'eau est prise dans un château d'eau, ou réservoir, c'est ce château qui est la *source* (1).

---

(1) *Pecchius*, lib. 1, cap. 5, n.º 2 etc. — Leg. 1, § 32, 40, 41, ff. *de aqu. quotid.*; leg. 78, ff. *de contrah. empt.*

TITRE II.

Prise, Écluse.

139. Les moyens que l'on emploie pour dériver les eaux, diffèrent suivant la nature des lieux.

Si on la prend dans un ruisseau ou un canal, cette dérivation se fait communément par une coupure à la rive du ruisseau ou canal que le droit romain appelle *incile.*

Incile (dit la loi 1, § 5, ff. *de rivis*,) *est locus depressus ad latus fluminis, ex eo dictus quod incidatur. Inciditur enim vel lapis vel terra, undè primùm aqua ex flumine agi possit* (1).

Si ce moyen ne suffit pas, on force l'eau à s'élever, en l'ar-

---

(1) *Pecchius*, lib. 1, cap. 8, n.º 12, 13; lib. 4, quæst. 5, n.º 2.— *Richeri*, tom. 11, § 1678, pag. 448. — *Pratic. legal.*, pars 2, tom. 3, tit. 68, pag. 517.

rétant par un amas de gazon ou de pierres, ou par une planche posée en travers du ruisseau , *septa*.

Septa sunt, (dit la même loi, § 4 ,) *quœ ad incile oppo-nuntur , aquœ derivandœ, compellendœve ex flumine causâ; sivè ea lignea sunt, sivè lapidea ; sivè quâlibet aliâ materiâ sint, ad continendam , transmittendamque aquam exco-gitatæ* (2).

Quand le cours d'eau trop considérable, ne permet pas d'employer ces petits moyens , on la dérive par une écluse régu-lière formée par des digues établies dans le lit de l'eau ; car, ainsi que l'observe Pecchius, lib. 4 , quest. 5 , n.º 2, tous ces petits moyens de dérivation , ne sont au fond qu'une sorte d'écluse (3).

140. On ne peut établir des écluses sans permission , sur les rivières navigables et flottables, sur les canaux de navigation , et sur les canaux généraux de dessèchement et d'irrigation. C'est sur quoi on reviendra ci-après en parlant des moulins.

141. Quant aux autres cours d'eau publique , le riverain n'étant propriétaire que de la moitié de l'eau , il ne peut établir son écluse sur l'un et l'autre bord, comme on l'a vu ci-dessus (n.º 89).

On ne peut également établir sur le fonds d'un particulier, ni la prise, ni l'écluse sans son consentement, sauf les droits particuliers aux moulins. Nous reviendrons sur ce point.

142. L'élévation de l'écluse doit être combinée de manière

---

(2) *Les mêmes.*
(3) *Nouv. Répert.* v.º *écluse.*

que les eaux ne portent aucun dommage aux riverains. C'est ce dont on parlera sur l'article *moulins*.

143. L'écluse est comprise dans la vente du moulin dont elle fait partie (4).

144. En général, le droit sur l'eau se conservoit jadis par les vestiges de l'écluse. Nous avons exposé ci-dessus (n.º 135), quels paroissent être aujourd'hui les principes sur cette question.

145. Pecchius examine, si un particulier qui a cédé à son voisin une partie de l'eau qu'il a droit de dériver, est obligé de rétablir l'écluse emportée par un accident. Il décide que si cet évènement est arrivé sans aucune faute de sa part, il n'y est pas tenu; que cependant, il doit rendre à l'acheteur de cette portion d'eau, le prix qu'il en avoit reçu, à moins que ce dernier n'eût traité à ses risques, péril et fortune (5).

Cette décision se rattache au principe établi dans l'art. 1629 du code civil, et dans la loi 11, § *ult.*, ff. *de actionibus empti*, qui dans le cas même de la stipulation de non garantie, soumettent le vendeur à rendre le prix en cas d'éviction, si l'acquéreur n'a déclaré acheter à *ses péril et risques*, comme dit cet article 1629. *Neque enim*, dit la loi, *bonæ fidei contractus hanc patitur conventionem, ut emptor rem amittat, et pretium venditor retineat.*

---

(4) *Pecchius*, lib. 4., quæst. 5, n.º 8. — *Code civ.*, art. 1615.
(5) *Pecchius*, lib. 3, cap. 9, quæst. 15, *quæsit.* 4.

TITRE III.

Dérivation de l'Eau par temps ou par mesures.

146. L'usage de l'eau, quand il est limité, se règle par la fixation du temps pendant lequel on peut en user, ou par le

volume qu'il est permis d'en dériver, *cùm constet* (dit la loi
5, ff. *de aquâ quotidianâ*), *non solùm temporibus, sed etiam
mensuris posse aquam dividi* (1).

Souvent même, cet usage est réglé tout à la fois et par le
volume, et par le temps ; c'est-à-dire, que l'usager n'a droit
qu'à un volume d'eau déterminé, pendant tant d'heures ou tant
de jours de la semaine ou du mois.

Les accords des parties déterminent ces divers modes ; à
défaut, ils sont réglés par la longue possession.

147. L'un ou l'autre mode exigent également que l'on prenne
des moyens, pour que l'eau n'entre dans le canal de dérivation, que dans le volume ou pendant le temps déterminés.

Dans les petits cours d'eau, ce moyen n'est autre chose
qu'une levée mobile et passagère en pierres ou en gazon.

Mais dans les autres, l'ouverture est fermée par une martellière, dont la vanne permet de recevoir ou de retenir l'eau
à volonté. C'est par ce moyen qu'on règle le temps pendant
lequel il est permis d'en user. La martellière a encore l'avantage de déterminer, soit par ses dimensions, soit par le point
d'élévation de la vanne, le volume de l'eau qu'on peut prendre.

La description de la martellière et de ses différentes parties,
tient plus à l'art hydraulique qu'à la législation, on la trouvera,
au besoin, dans la pratique légale du Piémont, part. 2, tom.
3, tit. 68, pag. 517 et suivantes.

148. Il arrive par fois que l'ouverture de la martellière ou

(1) *Pecchius*, tom. 2, quæst. 40 n.° 14; et lib. 2, cap. 9, quæst.
21, n.° 8.—Leg. 4, § 2, ff. *de servitut.*

celle

celle qui, à défaut de martellière, a été pratiquée dans le canal mère pour déterminer le volume d'eau concédé, donne plus ou moins d'eau qu'il n'avoit été déterminé entre les parties. Pecchius, tom. 2, quest. 5, examine si elles peuvent respectivement se plaindre et faire rétablir cette ouverture dans ses justes dimensions. Il décide qu'elles n'en ont pas le droit, lorsque l'ouvrage a été établi de leur consentement mutuel, quel que soit le préjudice qui peut en résulter pour l'une ou pour l'autre. C'est à elles, dit-il, à s'imputer d'avoir choisi un expert inhabile.

Et là, où cet ouvrage eût été pratiqué par l'une d'elles, à l'insçu de l'autre, Pecchius décide que toute réclamation est interdite si l'ouvrage est ancien.

Nous ajoutons à ce traité un apperçu des moyens que l'art hydraulique fournit pour déterminer d'une manière précise, les dimensions de l'ouverture qui doit recevoir un volume d'eau déterminé.

TITRE IV.

Aqueducs.

L'eau est conduite à sa destination par des canaux ou aqueducs.

On appelle plus particulièrement *canal* dans le langage des lois, les canaux généraux de navigation, de dessèchement, d'irrigation. Nous en parlerons dans la troisième partie de ce livre, relative aux divers usages de l'eau. Pour le moment, nous confondrons ici le canal considéré comme moyen de dérivation avec l'aqueduc.

Les aqueducs sont publics ou privés.

14

CHAPITRE I.

Aqueducs publics.

Les aqueducs destinés à l'utilité publique forment dans l'histoire des peuples anciens, un article bien intéressant (1).

149. Sous le rapport de la législation, les principes relatifs à ces aqueducs sont consignés dans les codes Théodosien et Justinien, tit. *de aquœ ductu.*

On y entendoit par aqueducs publics, ceux qui conduisoient les eaux destinées aux besoins de la cité, à l'usage des palais du Souverain.

Il n'étoit permis à personne d'en dériver les eaux sans une permission expresse.

Il n'étoit pas permis de la dériver de l'aqueduc même, mais seulement du réservoir et château d'eau; précaution sage, dont l'objet étoit de prévenir les dégradations de l'aqueduc (2).

La loi annulloit toutes concessions obtenues par surprise ou par importunité (3).

Elle maintenoit l'ancienne possession fondée sur une concession primitive, mais restreinte à la personne du concessionnaire, et que ses successeurs avoient négligé de faire confirmer (4).

La loi 1, cod. *de aquœ ductu*, ne permettoit de planter auprès des aqueducs, qu'à la distance de 15 pieds, mais la loi 6 réduisit cette distance à 10 pieds (5).

---

(1) *Nouv. Brillon*, *Fournel*, v.º *aqueduc.*
(2) *Nouv. Brillon*, eod., n.º 17. — *Fournel*, eod. pag. 126.
(3) Leg. 9, cod. *de aquœ duct.*
(4) Leg. 4, eod. — *Nouv. Brillon*, loc. cit., n.º 16, 18.
(5) *Fournel*, v.º *aqueduc*, pag. 129.

Le règlement du 16 mars 1674, pour le canal du Languedoc, l'a réglée à 10 toises des francs-bords pour les mûriers, figuiers et ormeaux; à 5 toises pour les oliviers et les chênes; à 3 pieds pour la vigne.

Les propriétaires des fonds traversés par les aqueducs étoient exemptés des charges extraordinaires, *ab extraordinariïs oneribus, volumus esse immunes*, dit la loi 1, cod. *de aquæ ductu*, sous la condition de les faire nétoyer; à défaut, leurs fonds étoient confisqués.

La législation française ne présente sur les aqueducs publics, que quelques règlemens locaux, on ne trouve pas même l'article *aqueduc* dans nos répertoires.

CHAPITRE II.

Aqueducs privés.

15o. Le mot aqueduc se prend en deux sens.

1.º Le droit d'aqueduc, c'est-à-dire, le droit de dériver et conduire l'eau jusqu'au lieu de sa destination, *jus aquæ ducendæ per fundum alienum.*

2.º L'aqueduc même, ou le canal par lequel on la conduit (1).

---

(1) Leg. 1, ff. *de servit. pr. rustic.* — *Nouv. Brillon, Fournel,* v.º *aqueduc.*

§ 1.

Droit d'aqueduc.

151. Le droit de dériver et conduire l'eau par le fonds d'autrui est une servitude réelle, continue.

Elle est réelle, parce qu'elle est établie sur un fonds au profit d'un autre fonds (1).

Elle est continue, parce que l'existence de l'aqueduc, lors même que l'eau n'y couleroit pas toujours, lui donne une cause continue : *habet causam perpetuam* (2).

152. On ne peut conduire ses eaux par le fonds d'autrui, si l'on n'en a acquis le droit par titre ou par prescription (3).

Il est néanmoins des cas où l'utilité publique autorise ce droit, à titre de servitude légale.

Ainsi, notre statut accorde ce droit pour les eaux nécessaires au travail des moulins et engins, comme on le verra sur le tit. *des moulins*.

Ainsi encore, on l'accorde pour les eaux destinées à l'usage d'une contrée du territoire d'une commune, même d'un quartier de ce territoire. Il suffit, disoit la cour de Montpellier dans ses observations, pag. 26, et aux additions, pag. 152, que l'utilité de l'arrosage soit assez générale, assez prédominante, pour qu'on puisse la considérer comme devant l'emporter sur le droit de propriété.

C'est sur ce principe, que lors de l'établissement du canal

---

(1) *Code civ.*, art. 637. — *Pecchius*, lib. 1, cap. 1, quæst. 2. — *Pardessus*, n.° 10, pag. 23.

(2) *Pecchius*, loc. cit., cap. 1. quæst. 2, 3 ; cap. 3, quæst. 12, n.° 62 ; tom. 2, quæst. 33. — *Cœpolla*, pars 2, cap. 4, n.° 23. — Leg. 37, ff. *de servit. pr. rust.* ; leg. 1, ff. *de usufr. et redit.* etc.

(3) *Cœpolla*, pars 1, cap. 69. — *Pecchius*, lib. 1, cap. 3, quæst. 17, n.° 48 ; cap. 7, quæst. 8. — Leg. 17, ff. *de servit. pr. rust.* — *Pardessus*, n.° 83, pag. 151.

Boisgelin, aujourd'hui *des Alpines*, l'arrêt du Conseil du 20 février 1783, autorisa MM. les Procureurs du pays de Provence,
à faire passer le canal par-tout où il seroit nécessaire, en indemnisant les propriétaires.

Déjà le parlement d'Aix, avoit jugé la même chose, le 30
mai 1778, pour les syndics d'un quartier de la commune de
Fugeiret (4).

Pecchius et Gobius attestent que par les statuts particuliers
de la Lombardie, cette faculté est accordée à tout individu. Il
en est de même dans le Piémont, suivant les constitutions
sardes. La multiplicité des irrigations, des engins et leur haute
importance dans toutes ces contrées, ont pu déterminer cette
règle locale, que les principes ordinaires repoussent, et que,
malgré l'opinion de Brétonnier sur Henrys, nous n'avons pas
adoptée en France (5).

153. La faculté d'établir l'aqueduc dure trente ans, du jour
qu'elle est accordée, attendu, disent de Cormis et Pecchius,
qu'il en naît une action personnelle qui a trente ans de durée (6).

_____

(4) *Janety*, 1778, pag. 358. — *Julien*, tom. 1, pag. 507, 508. —
Pardessus, n.º 83, pag. 151. — *Gobius*, quæst. 2, n.º 10, *Cæpolla*,
pars 2. cap. 4, n.º 69 70. — *Pecchius*, lib. 1, n.º 10, cap. 2, quæst.
5; cap. 7, quæst. 3, n.º 34, lib. 3; cap. 38, n.º 13.

(5) *Pecchius*, loc. cit. — *Const. sardes*, liv. 5, tit. 19, n.º 6. —
Richeri, tom. 3, § 73 et 1104, pag. 28, 265. — *Pratic. legal.*, part.
2; tom. 3, tit. 67, n.º 25, pag. 499. — *Gobius*, quæst. 17. — *Pardessus*,
loc. cit.

(6) *De Cormis*, tom. 2, col. 1527. — *Julien*, tom. 1, pag. 554,
n.º 26. — *D'Argentré*, art. 271, n.º 23, col. 1260. — *Pecchius*, cap.

Mais quand l'aqueduc est établi, l'usage de l'eau se perdoit, comme on l'a vu (n.º 141), par dix et vingt ans ; il se perd aujourd'hui par trente ans.

154. Bien que la servitude d'aqueduc s'éteigne, comme les autres, par la confusion, c'est-à-dire, par la réunion dans la même main du fonds dominant et du fonds servile, néanmoins elle continue de subsister, là où celui à qui elle est due par deux fonds supérieurs, venant à acquérir le plus haut, vend ensuite le sien propre, parce que, dit la loi, le fonds du milieu a empêché la confusion (7).

155. Si le propriétaire du fonds dominant en vend une partie, l'eau se divise en raison de la contenance des deux parties, sans égard à leur qualité, ni à l'usage que le vendeur en faisoit lui-même (8).

156. Le droit d'aqueduc suit l'héritage auquel il est dû, et passe à l'acheteur de cet héritage. C'est ce que décide la loi 36, ff. *de servit. præd. rust.* ; c'est une conséquence de ce que nous avons dit ci-dessus (n.º 80, 83, 109, 119), que la servitude d'aqueduc est un droit réel et dès-lors transmissible. Et la loi

---

1, quæst. 3, n.º 10, 11 ; cap. 3, quæst. 13, n.º 1 ; cap. 4, n.º 7 ; cap. 9, quæst. 8, n.º 2, 17 ; quæst. 34, n.º 2 ; cap. 11, quæst. 1, n.º 3 ; tom. 2, quæst. 41, n.º 13 ; quæst. 45, n.º 12.

(7) *Code civ.*, art. 705. — Leg. 31, ff. *de servit. præd. rust.* ; leg. 15, ff. *quemadm. servit. amitt.*

(8) Leg. 25, ff. *de servit. præd. rust.* — *Cœpolla*, pars 2, cap. 4, n.º 13. — *Pecchius*, lib. 1, cap. 3, quæst. 18.

47, ff. *de contrah. empt.*, lui donne cet effet, lors même qu'il n'en auroit pas été parlé dans la vente ; *si aquæ ductus debeatur prædio, jus aquæ transit ad emptorem etiam si nihil dictum sit* (9).

---

(9) *Pecchius*, lib. 1, cap. 1, n.° 12, 13.

§ 2.

Aqueducs, manière d'en user.

15*7*. L'emplacement de l'aqueduc est déterminé par le titre.

A défaut, celui à qui ce droit a été accordé peut l'établir où bon lui semble.

Mais ce choix n'est pas tellement arbitraire, que, hors le cas d'absolue nécessité, il puisse le faire passer à travers les édifices, les vignes, et autres lieux qu'il n'est pas à présumer que le propriétaire ait entendu assujettir à cette incommodité : *ne tamen*, dit Richeri, *duriorem quàm par est conditionem efficiat debitoris* ; et (comme dit la loi 9, ff. *de servitutib.*), *quædam in sermone tacitè excipiuntur* (1).

Le droit romain accordoit le choix à l'héritier de celui qui avoit fait la concession, quand elle avoit été faite par disposition de dernière volonté. Mais il exigeoit un choix équitable : *sine captione legatarii* (2).

---

(1) Leg. 21, 22, ff. *de servit. præd. rust.* ; leg. 8, ff. *de aqu. quot.* ; leg. 9, ff. *de servit.—Cæpolla*, pars 2, cap. 4, n.° 21, 34.—*Pecchius* lib. 1, cap. 3, quæst. 14 ; et tom. 2, quæst. 57. — *Richeri*, tom. 3, § 1109, pag. 266.

(2) Leg. 26, ff. *de servit. præd. rust.* — *Pecchius*, lib. 1, cap. 3, quæst. 14, n.° 32, 33.

158. L'aqueduc établi, le concessionnaire ne peut plus en changer l'emplacement, à moins que par les circonstances, ce changement ne devienne absolument inévitable, à l'effet qu'il puisse user de son droit.

Mais dans ce cas, il doit indemniser le propriétaire.

Celui-ci, au contraire, peut le changer pour de justes motifs, à ses frais, et pourvu qu'il ne porte pas un préjudice réel au concessionnaire (3).

Les difficultés auxquelles cette faculté réciproque peut donner lieu, les précautions qu'elle exige, se règlent par les principes communs à toutes les servitudes ; et dès-lors, ces détails seroient étrangers à notre plan.

159. Le droit d'aqueduc, comme toutes les servitudes, comprend les accessoires nécessaires (4).

Tels sont : le droit de le réparer et de le nétoyer (5).

De prendre, s'il est nécessaire, dans le fonds servile, la terre nécessaire pour former ses bords (6).

Le passage des deux côtés, assez large pour le terre-jet et pour y reposer les pierres, le sable, et les autres matériaux (7).

---

(3) Leg. 9, ff. *de servit.* ; leg. 3, § 9, ff. *de religios.* etc.—*Pecchius*, lib. 2, cap. 11, quæst. 3, tom. 2 ; quæst. 57.—*Richeri*, tom. 3, § 11, n.° 8, pag. 266.—*Code civ.*, art. 701, 702.

(4) Leg. 11, § 5, ff. *comm. præd.* ; titre du ff. *de rivis.*—*Pecchius*, lib. 2, cap. 9, quæst. 1, 4 ; et tom. 2, quæst. 31. — *Cod. civ.*, art. 697.

(5) D.a leg. 11 ; d.o tîtulo *de rivis.*

(6) *Pecchius*, lib. 2, cap. 9, quæst. 1, n.° 2.

(7) D.a leg. 11, § 5.

De

De placer en tout temps , dans le canal , des tuyaux, *fistulas* (8).

De pratiquer , si le canal est couvert, les vues ou regards nécessaires , *specus* (dit la loi 1 , § 3 , ff. *de rivis*).

En un mot, d'y faire tout ce qui est utile , en nuisant le moins possible au fonds servile.

Ce principe a donné lieu à une question qu'il est utile d'éclaircir.

Un canal d'arrosage , dérivé d'un ruisseau public , traverse divers fonds dont les propriétaires ont droit à l'eau , aux jours et heures déterminés par un règlement local.

Un des propriétaires à qui l'eau est due , du mardi à midi, jusques à la même heure du mercredi, passoit dans le fonds supérieur sur la douve du fossé , soit les jours où l'eau lui étoît due, soit même dans les autres jours de la semaine , pour surveiller et inspecter l'état de la prise et du canal.

Le propriétaire supérieur , en lui accordant le passage aux jours où l'eau lui étoit due , le lui a refusé dans tous les autres jours de la semaine.

L'inférieur a consulté; il lui a été répondu, que la faculté de passer sur la douve ne pouvoit lui être refusée dans aucun temps, 1.º parce que s'agissant d'un canal fait à mains d'hommes , la présomption légale étoit que la propriété de ce canal et de la douve, appartenoit aux co-usagers de l'eau ; 2.º parce que quand même les propriétaires des fonds sur lesquels le

(8) Leg. 15, ff. *de servit. præd. rust.*; leg. 3, § 2 , ff. *de rivis*; leg. 3, § 5, ff. *de aqu. quotid.*

15

canal est établi, seroient restés propriétaires du sol du canal et des douves, et que leurs fonds ne seroient grévés que d'une servitude de passage, la faculté de passer, accessoire nécessaire de la servitude, ne pourroit être refusée toutes les fois que l'intérêt du co-arrosant pouvoit l'exiger; et qu'il est sensible que le co-arrosant a toujours intérêt de surveiller et de connoître l'état de la prise, celui du canal, et d'y faire les réparations que cet état exige; et ce, dans les jours même où il n'a pas droit à l'eau, à l'effet d'assurer sa jouissance aux jours où elle lui est destinée.

Nous pensons que cette décision n'est qu'une juste conséquence du principe. Le procès est en instance.

Le droit romain ne permettoit pas de construire l'aqueduc en pierres, si le titre ne l'autorisoit. Mais il permettoit de construire en briques celui qui étoit d'abord en terre, et réciproquement (9).

Il ne permettoit de couvrir celui qui étoit découvert, ou de découvrir celui qui étoit couvert, qu'autant qu'il ne devoit en résulter aucun inconvénient pour le fonds servile (10).

Tous ces détails sont une conséquence du principe général, 1.º que le propriétaire du fonds servile ne peut rien faire qui tende à diminuer l'usage de la servitude, ou à le rendre moins commode.

---

(9) Leg. 1, § 10, ff. *de rivis*; leg. 3, § 1, eod.; leg. 17, § 1, ff. *aqu. pluv. arcend.* — *Pecchius* lib. 2, cap. 9, quæst. 1, n.º 14; cap. 11, quæst. 11, n.º 20, 21.

(10) Leg. 2, 3, ff. *de rivis*.

2.º Que le propriétaire du fonds dominant ne peut en user qu'en conformité de son titre ; qu'il ne peut faire des changemens qui aggravent la condition du fonds servile (11).

3.º Qu'enfin, les premiers principes de justice et de sociabilité, ne permettent pas de s'opposer à ce qui est utile à l'un et ne nuit pas à l'autre (12).

Pecchius, lib. 1, cap. 3, quæst. 13, n.º 11; et lib. 2, cap. 9, quæst. 2, examine au sujet du passage de l'eau, une question qui peut se présenter tous les jours.

Un fonds à qui l'eau est due, se partage entre les enfans du propriétaire. Il est convenu dans ce partage que chacun jouira de sa portion de l'eau. Se doivent-ils le passage quand l'acte n'en parle pas ?

Pecchius pense qu'ils ne le doivent pas, même lors qu'il y eût été dit que chacun en jouira avec ses entrées, *cum suis accessibus, regressibus, ingressibus* ; expressions, dit-il, qui ne se rapportent qu'aux droits du fonds contre celui qui doit l'eau, et dont on ne peut induire que les copartageans aient entendu établir entr'eux une servitude nouvelle.

Mais, ajoute cet auteur, il en seroit autrement, s'il avoit été convenu que les canaux seroient communs, *che li cavi sieno communi.*

Cette décision peut être vraie dans ce sens, que l'un ne doit pas à l'autre le passage gratuit.

Mais il seroit difficile d'admettre que celui qui ne pourroit jouir de sa portion de l'eau qu'en la conduisant par le fonds de

_____

(11) *Code civ.* art. 701, 702.
(12) *Observations sur quelques coutum. de Provence*, pag. 76.

l'autre, ne pût l'obliger à lui vendre le passage, par cela même qu'il a été convenu qu'elle se partageroit entre eux, *qui vult finem, vult media.*

160. Si un cours d'eau se trouve sur le passage de l'aque-duc, on peut établir un pont en-dessus ou en-dessous du cours d'eau sans en gêner la liberté (13).

161. On ne peut placer ni l'aqueduc, ni les tuyaux, dans le mur mitoyen ou contre le mur (14).

162. Le propriétaire du fonds servile doit toujours être indemnisé des dommages que son fonds peut recevoir de l'a-queduc; et lors même qu'il se seroit soumis à souffrir ce dom-mage, ce pacte doit être restreint dans ses justes bornes: *sic ta-men*, dit la loi, *si non ultrà modum noceat* (15).

163. Celui qui a droit d'aqueduc n'y peut mêler une eau étrangère (16).

De son côté, celui qui a accordé ce droit, ne peut se servir de l'eau à son passage dans son fonds (17).

---

(13) Leg. 3, § 6, ff. *de aqu. quotid.* — *Cœpolla*, pars 2, cap. 4, n.° 85, 86. — *Pecchius*, lib. 1, cap. 5, quæst. 1.

(14) Leg. 18, 19, ff. *de servit. præd. urb.* — *Code civ.*, art. 662, 674.

(15) Leg. 2, § 10, ff. *de aqu. et aqu. pluv. arcend.* — *Pecchius*, lib. 2, cap. 9, quæst. 17.

(16) Leg. 1, § 17, ff. *de aqu. quotid.* — *Pecchius*, lib. 1, cap. 7, quæst. 2. — *Jus georgic.*, lib. 3, cap. 33, n.° 21.

(17) *Pardessus*, n.° 107, pag. 199. — *Henrys*, tom. 2, liv. 4, quæst. 35. — *Sirey*, tom. 14, pag. 6. — *Nouv. Répert.*, v.° *bief*, et v.° *moulin*, § 12, pag. 406.

Ni bâtir sur l'aqueduc, s'il doit en résulter un préjudice (18).

164. La présomption est que celui qui a droit d'aqueduc est propriétaire du béal ou du canal, s'il a été construit à mains d'homme, sauf néanmoins la preuve contraire. Nous avons adopté sur ce point l'opinion d'*Henrys*.

On voit dans Pecchius sous quel rapport on peut regarder dans ce cas, le droit du maître du fonds dominant, devenu propriétaire du canal, comme un droit de servitude (19).

Il peut donc planter sur ses bords, sans toute fois nuire au fonds servile.

Si au contraire, le propriétaire du fonds servile n'a cédé que la faculté du passage de l'eau, le sol est à lui; il peut planter les bords, sans en gêner l'usage.

A son défaut, l'autre peut y planter lui-même, si ce moyen est nécessaire pour soutenir sa rive; mais dans ce cas, les arbres appartiennent au propriétaire du fonds servile, comme propriétaire du sol (20).

165. On ne peut établir un aqueduc à côté d'un autre aqueduc, qu'en laissant une distance égale à la profondeur de celui qu'on veut établir (21).

166. On ne peut sans permission établir un aqueduc à travers la voie publique (22).

---

(18) *Leg.* 20, ff. *de servit. præd. rustic.*
(19) *Pardessus. — Henrys. — Nouv. Répert.*, loc. cit. — *Pecchius*, lib. 2, cap. 11, n.º 10.
(20) *Pecchius*, lib. 2, cap. 11, quæst. 2, et tom. 2, quæst. 34.
(21) *Pecchius*, lib. 1, cap. 5, quæst. 2, n.º 1, 18.
(22) *Leg.* 18, § 1, ff. *de aqu. pluv. arcend.*

167. Les réparations, l'entretien sont à la charge de celui à qui l'aqueduc est dû. Celui qui le doit n'est tenu que de laisser faire ; *præstat patientiam.*

Il en seroit autrement, s'il s'étoit obligé de conduire l'eau lui-même (23).

168. Pecchius examine si celui qui conduit dans son fonds une eau dérivée d'un cours d'eau publique, peut en cas de nécessité, se servir du canal du supérieur : il lui accorde ce droit. Mais on doit observer que cette faculté est dans la Lombardie, comme dans le Piémont, le résultat d'un droit local (24).

Les mêmes principes qui l'y ont fait établir, ont été appliqués par exception au droit commun français, sur les eaux dérivées dans le territoire d'Arles, du canal de Crapone.

Une transaction de 1581, entre la commune d'Arles et les propriétaires de ce canal, donne à tous les possédans-biens dans ce territoire, la faculté d'en dériver les eaux pour l'arrosage de leurs terres, « de degré en degré, chacun pour son rang, » suivant la pente où l'eau pourra dériver, en payant iceux » l'arrosage.

Dans l'usage, les propriétaires s'unissent entr'eux par quartier, pour dériver l'eau par un canal commun appelé *Rajeirol*, d'où ils la conduisent ensuite chacun dans leur fonds par de petits canaux particuliers.

---

(23) *Leg.* 6, §. 2, ff. *si servit. vind.* — *Cod. civ.* art. 698. — *Pecchius*, lib. 1, cap. 3, quæst. 12, n.° 34 ; — lib. 2, cap. 11, quæst. 4, 6, 8 ; et tom. 2, quæst. 35. — *Cœpolla*, pars 2, cap. 4, n.° 90.

(24) *Pecchius*, lib. 1, cap. 7, quæst. 3. — *Pratic. legal*, pars 2, tom. 3, tit. 67, n.° 23, pag. 500.

Cet usage est fondé sur une sage économie et sur les dommages intolérables qu'éprouvcroient les fonds supérieurs, si chaque arrosant devoit avoir son *Rajeirol* particulier.

C'est pour éviter cet inconvénient, que le droit local, consacré par un arrêt de 1694, oblige l'inférieur à dériver l'eau dans son fonds par le *Rajeirol* le plus à portée, suivant la position des lieux.

Ainsi les PP. Dominicains d'Arles ayant voulu ouvrir un *Rajeirol* particulier, à travers les fonds des sieurs Martin, Chapus, Bœuf et Artaud, ceux-ci s'y opposèrent; et au bénéfice de l'offre qu'ils leur firent de se servir de leur *Rajeirol*, il fut fait droit à leur opposition par l'arrêt du 23 février 1748 (25).

---

(25) Ces deux arrêts ont été extraits d'une consultation délibérée en 1803 pour la Dlle. Farnalier, par feu M. Pazery et M. Fabry, aujourd'hui Président au tribunal civil d'Aix.

PARTIE TROISIÈME.

Des divers usages de l'eau.

CHAPITRE I.

Canaux de navigation

169. Les détails relatifs à ces grandes et utiles entreprises appartiennent à l'histoire.

Sous le rapport de la législation, la loi du 21 vendémiaire an 5, (dit le nouveau Répertoire, v.° *canal*), a établi à l'occasion du canal *du midi* (du Languedoc) un grand principe, qui reçoit naturellement son application à tous les canaux de même nature. Ce principe est que les grands canaux de navigation font essentiellement partie du domaine public. Les concessions, dit-il, qui peuvent en avoir été faites, ne portent aucun obstacle aux mesures à prendre pour leur conservation, améliorations et agrandissemens, sauf le droit des concessionnaires aux remboursemens et indemnités qui peuvent leur être dus.

De ce principe il suit qu'on ne peut en dériver les eaux sans permission.

170. Quand l'État juge à propos de céder des canaux de navigation à des compagnies, ces canaux forment dans leurs mains une propriété indivisible dont il ne peut être distrait aucune portion, et leur destination ne peut être convertie à d'autres usages. Telle est la disposition du décret du 16 mars 1810 sur la cession des canaux d'Orléans et de Loïng (1).

Il seroit impossible d'entrer dans les détails des lois et des règlemens particuliers aux divers canaux ouverts en France. Cette discussion, d'un intérêt purement local, seroit ici déplacée. On peut voir les documens dans l'ancien Répertoire, dans les dictionnaires géographiques de l'abbé Expilly et de l'encyclopédie méthodique, v.º *canal*, et dans le code de police par Fleurigeon, v.º *navigation* intérieure, tom. 2, pag. 452 et suivantes.

_____

(1) *Sirey*, tom. 10, part. 2, pag. 284.

CHAPITRE II.
Irrigation.

171. L'irrigation, ce puissant mobile de la fécondité des terres, à laquelle on doit principalement la multiplicité et le perfectionnement de leurs produits, n'est pas moins intéressante pour le gouvernement qu'elle est utile pour le propriétaire (1). C'est

_____

(1) *Pecchius*, lib. 1, cap. 7, quæst. 3, n.º 12 ; tom. 2, quæst. 11, n.º 7. — *Jus Georgic.*, lib. 3, cap. 9, n.º 8.

sous

sous ce rapport que les administrations locales ont été chargées
« de diriger, autant qu'il seroit possible, toutes les eaux de leur
» territoire, vers un but d'utilité générale, *d'après les principes*
» *de l'irrigation* (2).

De - là, bien que les canaux d'irrigation, soit du territoire
d'une commune, soit d'une contrée, ne soient pas des canaux
publics dans le même sens que les canaux de navigation, leur
grande utilité les place sous la surveillance et l'administration de
l'autorité locale, dans tout ce qui tient au mode de construction,
réparations et curage.

C'est ce qu'on expliquera plus particulièrement dans le cinquième livre.

On a vu ci - dessus (n.º 152), que les propriétaires sont
obligés de les laisser établir à travers leur fonds, sous due
indemnité.

172. La loi 17, ff. *de servit. præd. rust.*, veut que les riverains n'emploient l'eau publique pour l'irrigation de leurs fonds,
qu'en proportion de l'étendue du terrain qu'ils veulent arroser;
pro modo possessionum, ad irrigandos agros, dividi opportet.

Elle excepte néanmoins le cas où l'un des co-usagers prouveroit
avoir acquis un droit plus étendu ; *nisi proprio jure plus sibi
datum ostenderit* (3).

Cette loi et la loi 7, cod. *de servit. et aquâ*, sont, comme
on l'a vu (n.º 104, etc.,) le principe du règlement d'arrosage,
de la stabilité des règlemens existans, l'un et l'autre adoptés
par la jurisprudence, et consacrés par l'art. 645 du code civil.

---

(2) *Instruct.* des 12 et 20 août 1790. — *Cod. de police*, v.º *eaux,
rivières*, tom. 1, pag. 285.

(3) *Pecchius*, cap. 4, quæst. 6, n.º 8.

16

L'art. 644 détermine l'usage que le riverain peut faire de l'eau qui traverse ou borde son fonds. On a exposé (n.º 90) les points de vue qui peuvent servir à fixer l'étendue de cet usage.

Nous avons vu (n.º 107) que par la nature des choses, la priorité en arrosage est due au supérieur, s'il n'existe un titre contraire.

173. La loi 1, § 32, ff. *de aquâ quotid.*, etc., fixoit la saison des arrosages, depuis l'équinoxe du printems jusques à l'équinoxe d'automne. Il est fixé en Lombardie du 25 mars au 8 septembre (4). On doit suivre à cet égard les usages locaux déterminés par la nature du climat et des productions.

C'est par-là qu'on distingue les eaux d'été des eaux quotitidiennes, dont nous avons parlé au livre 1, tit. 2, chap. 2, § 5. (n.º 32).

L'étendue de cette faculté est limitée par le tems accordé pour user de l'eau, ou par le volume qu'on peut en dériver; c'est ce qu'on a expliqué ci-dessus (n.º 146).

174. On a vu également (n.º 115) que là où elle est limitée par le tems, la règle ordinaire est que ce tems se compte en général du moment que l'eau est entrée dans le canal par lequel elle arrive au fonds arrosable, et non de celui où elle entre dans le fonds.

De-là et par une juste réciprocité, l'eau qui reste dans le canal (dans l'intervalle qui sépare le premier et le dernier ar-

---

(4) *Pecchius*, lib. 2, cap. 9, quæst. 36. — Lib. 3, cap. 13, quæst. 24, n.º 15. — *De Luca, de servit.*, disc. 28, n.º 2.

rosant) au moment où celui-ci a fini son tems et où le premier recommence, appartient au dernier, attendu, dit Pecchius, qu'il est en possession; que les arrosans intermédiaires n'y ont aucun droit, et que le premier n'en reçoit aucun préjudice; c'est ce qu'il appèle la queue de l'eau, *la coda dell'aqua* ou *aquæ cauda* (5).

175. Le même auteur observe que l'eau commune à plusieurs arrosans et dérivée par un aqueduc commun, devient la propriété de celui qui en use dans le tems qui lui est assigné (6).

176. Rien ne s'oppose à ce que deux co-arrosans changent entr'eux l'heure de leurs arrosages, lorsqu'ils sont seuls; mais s'ils sont en plus grand nombre, cet échange peut devenir préjudiciable aux autres, ainsi qu'on l'a expliqué dans l'hypothèse de la cession du droit lui-même (n.º 110 et 125), et l'on doit se décider à cet égard, par le même principe.

L'irrigation excessive ou mal dirigée, peut porter préjudice aux propriétaires inférieurs et donner lieu à leurs réclamations; on expliquera les principes sur ce point dans le titre 1.er du 4.e livre.

_____

(5) *Pecchius*, cap. 9, quæst. 25.
(6) Cap. 9, quæst. 36. *Quæsit.* 4, n.º 3, cap. 3; quæst. 12, n.º 16, 44.

CHAPITRE III.

Moulins, engins.

Les moulins et autres engins doivent être considérés ici sous deux rapports.

Le droit de les établir.

Les moulins eux-mêmes et la manière d'en user.

§ 1.

Moulins, engins, droit de les établir.

177. L'établissement des moulins et autres engins peut être subordonné à la surveillance de l'autorité publique sous deux rapports.

La permission de les établir.

Les précautions qu'ils exigent sur la direction et l'élévation des eaux qui les alimentent.

Nul ne peut établir des moulins et engins sur les rivières navigables et flottables, même sur les canaux de navigation, sans la permission directe du Gouvernement.

Cette permission n'est pas exigée pour ceux qui sont établis soit sur les autres cours d'eau publique non navigable;

Soit sur des eaux de propriété privée.

Mais dans toutes ces hypothèses, leur établissement est subordonné à la surveillance de l'autorité administrative locale, qui seule a le droit de fixer la hauteur des eaux et de leur deversoir.

Ces règles exigent quelques dévelopemens.

178. L'ordonnance de 1669, tit. 27, art. 42, 43, dit: « nul » ne pourra faire *moulins*, batardeaux, écluses, etc., dans les » rivières *navigables* et *flottables*.

« Ceux qui auront fait bâtir des *moulins*, etc., dans l'étendue » des fleuves et rivières *navigables* et *flottables*, sans en avoir » obtenu la permission de nous ou de nos prédécesseurs, seront » tenus de les démolir.

L'arrêté du directoire du 19 ventôse an 6 prescrivit l'exé-

eution de ces deux articles, et en conséquence, il enjoignit aux administrations locales de veiller « à ce qu'il ne soit établi aucun
» *moulin*, digue etc. , dans les *rivières navigables* et *flottables*;
» dans les *canaux d'irrigation* ou *de dessèchement généraux*,
» sans en avoir obtenu la permission de l'administration cen-
» trale, *qui ne pourra l'accorder que de l'autorisation ex-*
» *presse du Directoire exécutif* (1). »

Il en est de même aujourd'hui des canaux de navigation, devenus, comme on l'a vu (n.º 169), propriété de l'État.

Une instruction donnée par le ministre de l'intérieur, sur l'exécution de cet arrêté, le 9 thermidor même année an 6, trace la marche que l'on doit suivre pour obtenir cette permission.

La demande est adressée au préfet; il la communique au maire qui la fait afficher; à l'ingénieur du département, à l'inspecteur de la navigation, là où il en existe. Sur leurs observations, le préfet prend un arrêté; il l'adresse au ministre de l'intérieur, sur le rapport duquel, le Gouvernement statue.

Il en est de même pour les changemens à faire à l'état des lieux, même dans les moulins antérieurs à l'arrêté (2).

Cette permission ne gêne pas le Gouvernement dans la dis-

---

(1) *Nouv. Répert*, v.º *moulin*, § 7, art. 4; v.º *rivières*, § 2; v.º *maire*, sect. 13, § 5. — *Quest. de droit* , v.º *cours d'eau*, § 1. — *Code de police*, v.º *navigation intérieure*, tom. 2, pag. 462; v.º *moulin*, pag. 442. — *Pardessus*, n.º 92, pag. 174. — *Pratiq. des terriers*, tom. 4, chap. 4, quest. 27, 28, pag. 491 ; quest. 56, pag. 527.

(2) *Code de police*, v.º *navigation intérieure* , pag. 463. — *Nouv. Répert.*, v.º *maire*, sect, 13, § 5, pag. 688.

position des eaux ; et dans ce cas , elle ne le soumet à aucune indemnité (3).

Indépendamment de l'autorisation du Gouvernement, l'établissement des moulins est subordonné à la surveillance de l'administration supérieure locale, que la loi des 12 et 20 août 1790, charge d'empêcher la submersion des terres, *par la trop grande élévation des écluses des moulins* (4).

Le code rural, art. 16, ordonna que cette élévation seroit *fixée par le directoire du département , d'après l'avis du directoire du district.*

« La surveillance continuelle de l'administration à ce sujet » (dit le décret du 2 février 1808), est indispensable, à cause » des dommages que les eaux pourroient causer aux chemins » et propriétés voisines, par la trop grande élévation des dever- » soirs , ou par toute autre construction non conforme à » l'art (5). »

Il faut donc distinguer ici la permission du Gouvernement lui-même, quant au droit d'établir des moulins , avec la surveillance de l'autorité administrative locale , sur le mode de leur établissement.

La permission tient au droit de propriété , à l'intérêt général de l'État sur ce qui concerne la navigation.

La surveillance de l'administration locale n'est plus qu'un

_____

(3) *Code de police ,* loc. cit.
(4) *Code de police*, v.° eaux, *rivières ,* pag. 285.
(5) *Nouv. Répert.*, v.° *moulin ,* § 13, pag. 408. — *Sirey ,* tom. 7, part. 2, pag. 716.

objet de police locale qui n'intéresse que les voisins, ou la contrée.

De là, quand cette surveillance s'étend sur tous les moulins et engins, quelles que soient les eaux sur lesquelles ils sont établis, la permission du Gouvernement n'est nécessaire que pour ceux qui sont établis sur des eaux *navigables* ou *flotta-bles*.

« Il faut distinguer, disoit La Poix de Fréminville, dans sa » *pratique des terriers*, les rivières *navigables* et *flottables*, des » rivières *seigneuriales*. A l'égard des premières , il est très- » expressément défendu d'y faire des moulins et écluses, par l'art. 42 , tit. 27 de l'ordonnance de 1669.

» A l'égard des rivières *seigneuriales* (aujourd'hui les ri- » vières et autres cours d'eau privées non navigables), les sei- » gneurs sont *maîtres* d'y établir des moulins et écluses, pourvu » qu'ils ne nuisent et ne portent préjudice à personne, sur- » tout au public (6). »

L'arrêté et l'instruction des 19 ventôse et 9 thermidor an 6, on l'a vu, ne parlent également que des rivières *navigables* et *flottables* ; et aucune loi postérieure n'a exigé pour les autres, l'intervention du Gouvernement.

Comment donc se fait-il que quelques auteurs récens aient regardé dans ce dernier cas, la permission du Gouvernement comme un préalable indispensable ?

Le nouveau Répertoire, v.º *moulin*, § 7, n.º 3, dit qu'elle est regardée comme nécessaire *dans l'usage*. Il regarde cet usage comme fondé sur la disposition par laquelle le code rural a

---

(6) Tom. 4, chap. 4, quest. 27, 28 , pag 491 ; quest. 56, pag. 527.

attribué, comme on vient de le voir, « aux administrations de
» département, le droit de fixer la hauteur à laquelle les pro-
» priétaires de moulins doivent tenir la hauteur des eaux. »

Il ajoute qu'un décret du 6 messidor an 12, rendu *pour le
Piémont*, porte, art. 2, que personne ne pourroit y établir
des moulins *sur aucune rivière*, sans cette permission.

Que la même règle résulte de deux arrêtés des 30 frimaire
et 28 pluviôse an 11 (7).

Le code de police se prévaut de ce que le cours des eaux
publiques ne peut être changé ni diverti, sans l'autorisation de
l'administration supérieure (8).

M. Pardessus rapporte une réponse du ministre de l'intérieur,
à des questions qu'un préfet lui avoit proposées en l'an 12,
relativement à des moulins existans avant 1790, sur des cours
d'eau non navigables de son département.

Le ministre lui prescrit de ne faire supprimer que ceux qui
seroient *reconnus nuisibles*, *non fondés en titre*.

Il regarde comme *fondés en titre*, « ceux qui existoient
» avant 1790, en vertu de permissions légales, ou dont l'exis-
» tence sans trouble, avoit et a acquis le temps de la prescription.
» Mais, ajouta-t-il : depuis 1790, aucun moulin n'a pu s'é-
» tablir sans l'autorisation de l'administration centrale, *approu-
» vée par le Gouvernement*, et les propriétaires qui se seroient
» permis d'en former de leur propre mouvement, seroient sans
» doute dans le cas d'être recherchés, *principalement si ces*

(7) *Bulletin des lois*, 3.ᵉ série, n.° 2220, pag. 294; n.° 2333, pag.
482.

(8) *Code de police*, v.° *eaux*, tom. 1, pag. 286.

» *établissement*

» *établissemens nuisoient au cours d'eau et aux propriétés*
» *voisines* (9).

Il est aisé de reconnoître l'erreur de ce système, tant dans
ses motifs, que dans les bases sur lesquelles on a cru pouvoir
l'appuyer.

Dans ses motifs, 1.º parce que, quand le code rural a voulu
que la hauteur des eaux fût fixée par l'administration de département, il n'a eu en vue qu'un objet de police locale, qui, nous
l'avons dit, doit embrasser dès-lors tous les moulins, sur
quelques eaux qu'ils soient établis; mais qui n'a rien de
commun, ni avec l'intérêt général, ni avec la propriété de l'É-
tat sur les eaux navigables; 2.º il n'est pas exact de dire,
comme on l'a avancé dans le code de police, que le cours des
eaux *publiques*, ne peut être changé ni *dérivé sans l'autorisation de l'autorité supérieure.*

Cette règle, de vérité absolue pour les eaux navigables, ne
seroit plus qu'une erreur pour les autres eaux publiques, puisque l'art. 644 du code civil donne aux riverains le droit de
les dériver pour leurs usages, et qu'il ne subordonne l'exercice de ce droit à aucune formalité préalable, sauf d'en faire
déterminer l'élévation par l'administration locale, là où les fonds
voisins pourroient avoir à en souffrir.

Toute eau publique, dit le même auteur, *est une propriété
publique.*

Mais toute propriété publique n'est pas la propriété de l'État.
Celle-ci seule est dans ses mains à titre de droit. L'autre, dans
son exercice, peut, il est vrai, être subordonnée à sa surveil-

(9) *Pardessus*, n.º 91, 92, pag. 173, 175.

lance. Mais cette surveillance est moins alors un droit qu'une obligation ; et comme cet exercice est d'un intérêt purement local, c'est à l'administration locale seule que les lois l'ont confiée, sans qu'aucune ait subordonné ses déterminations à l'approbation du Gouvernement. C'est ce qu'on voit dans la loi de 1790, dans le code rural, dans l'article 714 du code civil, où en parlant des choses publiques en ce sens, que n'appartenant à personne, l'usage en est commun à tous, il est ajouté : *des lois DE POLICE règlent la manière d'en jouir.*

La lettre ministérielle, transcrite ci dessus, est donc exacte, lors qu'il y est dit que depuis 1790, aucun moulin n'a pu s'établir *sans l'autorisation de l'administration centrale,* puisque la loi du 20 août de la même année, a chargé cette administration de surveiller, conséquemment comme l'a expliqué le code rural de 1791, de fixer l'élévation des eaux. Mais elle a été trop loin, lorsque, tandis qu'aucune loi ne l'avoit alors exigé, et ne l'a exigé depuis cette époque, il y est ajouté que cette autorisation doit être *approuvée par le Gouvernement.*

On conviendra sans doute, qu'une simple lettre sur une hypothèse particulière, ne sauroit avoir l'effet de proscrire ce qu'aucune loi n'a jamais prohibé.

Les décrets et arrêtés sur lesquels on a cherché à établir cette opinion, n'ont rien d'applicable à la question.

Le décret du 7 messidor an 12, rendu pour le Piémont, dit, il est vrai, que personne ne pourroit établir à l'avenir *sur aucune rivière du Piémont,* ni moulin ni barrage, sans avoir rempli les formalités ordonnées par l'arrêté du 19 ventôse an 6 (10).

(10) *Bulletin des lois,* 4.e série, n.° 69, pag. 108.

Mais ceux qui se prévalent de ce décret, ont ignoré sans doute qu'il n'est que la confirmation des constitutions sardes, liv. 6, tit. 7, art. 2, qui défendent d'y construire des moulins sans en avoir obtenu la concession du Roi, et que cet article n'est que la conséquence de l'art. 1 du même titre, qui déclare *royaux, et en conséquence appartenir au domaine, tous les fleuves, rivières et torrens de cet état.*

L'arrêté du 30 frimaire an 11, fut rendu à raison d'une rivière qui se jette dans la Seine, qu'elle concourt à rendre navigable.

Celui enfin, du 28 pluviôse même année, n'indique en aucune manière, sur quel cours d'eau avoit été établi le moulin qui en fut l'objet.

Il seroit donc superflu d'observer que des décisions particulières et locales, ne sauroient intervertir les dispositions formelles de la loi, qui n'a jamais exigé la permission du Gouvernement pour les moulins établis sur les rivières et autres cours d'eau qui ne sont ni navigables, ni flottables.

Les auteurs qui ont allégué un prétendu *usage* contraire, auroient évité une erreur fâcheuse pour les administrés, si, plus conséquens avec leurs motifs, ils avoient senti la différence des bases sur lesquelles reposent la surveillance locale, et la permission directe du gouvernement.

Il est temps d'ouvrir les yeux sur cet inconvénient grave et jadis inconnu, de tout attirer au Gouvernement, de l'accabler d'une immensité de détails qui l'entravent dans sa marche, qui

sont le plus souvent au-dessous de sa dignité ; d'écraser les administrés par des déplacemens, ou par des frais ruineux pour
des objets, souvent de peu d'importance. Ces mesures désas-
treuses pouvoient convenir à un Gouvernement soupçonneux et
jaloux. Mais sous un Gouvernement juste, ce n'est qu'autant
que les intérêts généraux et essentiels de l'État pourroient être
compromis, que la majesté du Trône et l'intérêt des sujets
peuvent comporter une intervention directe.

179. La permission du Gouvernement est nécessaire pour
établir des moulins dans la ligne des douanes.

Ceux même qui y existoient avant la loi, peuvent être frappés
d'interdiction, s'il est prouvé qu'ils servoient à la contrebande
des grains et farines.

On excepte de la prohibition ceux qui sont établis dans l'intérieur des villes.

Telles sont les dispositions de la loi du 27 août 1791, tit.
13, art. 37, 41 ; de celles des 21 ventôse an 11, 30 avril
1806, et 10 brumaire an 14 (11).

180. On peut établir un moulin auprès d'un autre moulin,
pourvu toutefois, que ce ne soit pas par émulation, *cum injuriâ alterius et animo nocendi*, dit Leiser, *non utilitatis, vel
necessitatis gratiâ* (12).

Mais il faudroit que cette intention fût bien marquée, pour
présumer l'émulation.

---

(11) *Nouv. Répert.*, v.º *moulin*, § 7, art. 4, n.º 3. — *Code de police*, eod. v.º, tom. 2, pag. 443.

(12) *Nouv. Répert.*, v.º *moulin*, § 6. — *Fournel*, eod. v.º, tom.
2, pag. 283. — *Richeri*, tom. 3, § 59, pag. 24. — *Jus georgic.*, lib.

Le parlement d'Aix a jugé, le 4 juin 1779, que le propriétaire d'un moulin avoit pu y joindre un moulin de recense du
marc d'olives, en remettant toutesfois les eaux dans le canal-
mère, bien que ce nouveau moulin retardât quelque peu le
travail des moulins inférieurs. Le supérieur n'avoit fait qu'user
de son droit ; et (comme dit la loi 55, ff. *de regul. jur.*),
nullus videtur dolo facere qui jure suo utitur (13).

Cette décision se rattache au principe consacré par l'art. 644
du code, exposé ci-dessus (n.º 87, etc.)

3, cap. 15, n.º 47.— *Gobius*, quæst. 15.— *Henrys*, tom. 1, liv. 3,
chap. 3, quest. 34.

(13) *Janety*, 1779, pag. 178.— *D'Antoine*, sur la loi 55, ff. *de
reg. jur.*— Leg. 26, ff. *de damn. infect.*— Vid. *infrà*, n.º 183.

§ 2.

Moulins, Engins, manière d'en user.

181. Un statut du Roi René, Comte de Provence, autorise les propriétaires des moulins et engins à y conduire les eaux
à travers les fonds voisins, sous due indemnité.

Ce statut fut confirmé à la demande des États de Provence,
par l'édit d'Henri II, Roi de France, du 26 mai 1547, en ces
termes :

« Sera permis à un chacun, ayant droit et faculté de mou-
» lins et engins, de faire fossés, levées et recluses par les pro-
» priétés de ses voisins, et où sera convenable, en payant toutes-
» fois l'intérêt des parties, ez fonds et propriétés desquelles se
» feront lesdites levées et fossés ; et ce, non seulement aux

» moulins à blé , mais aussi aux autres engins (1). »

San Leger, cap. 48, regardoit cette faculté comme une sorte
de droit commun , fondé sur la grande utilité, on peut dire
même, la nécessité de ces engins pour le service du public.

182. Mais cette faveur ne s'étend pas jusques à leur donner
aucune préférence sur les eaux au préjudice des arrosans inférieurs. Cette prétention avoit été élevée en 1807 par le propriétaire d'un moulin situé dans le ressort de la Cour d'appel
de Lyon. Elle fut victorieusement repoussée par la consultation
si connue du respectable défenseur de l'infortuné Louis XVI,
dont les principes furent adoptés par la Cour de Lyon et par
la Cour de cassation qu'il préside aujourd'hui (2).

Néanmoins cette préférence peut leur être due là où la nécessité publique l'exige. Tel fut le motif de l'ordonnance de
Louis III. , Comte de Provence, en faveur des moulins établis
dans le terroir d'Aix, sur le ruisseau dit de la *Touesso* , à une
époque où les engins n'étoient pas multipliés comme ils le sont
aujourd'hui.

183. Lorsque plusieurs moulins sont établis sur le même cours
d'eau, l'inférieur ne peut se permettre aucun ouvrage qui, en
faisant refluer les eaux , gêneroit le travail du moulin supérieur.

---

(1) *Mourgues* , sur les *statuts de Provence* , édit. de 1658, pag.
218. — *Julien* , *eodem* , tom. 2 , pag. 476.

(2) *Sirey* , tom. 9 , pag. 316, où la consultation est rapportée en
entier. — *Cœpolla* , pars 2 , cap. 4 , n.° 31. — *Richeri* , tom. 3, §
73 , pag. 28. — *San Leger* , cap. 48 , n.° 11. — *Nouv. Répert.* , v.° *bièf* ,
v.° *cours d'eau* , n.° 2 ; — v.° *moulin* , § 12 , pag. 406 .

Mais cette règle n'a lieu qu'autant qu'il a été établi avant
le supérieur.

A son tour, le supérieur ne peut changer la direction des
eaux, ni en diminuer le volume au préjudice de l'inférieur.
Probè considerare debet (dit Leiser), *ne hoc novo opere,
molitoribus qui suprà vel infrà molendina* JAM *possident,
aut repercussione aquæ, aut mutatione fossarum aut rivorum,
aut diminutione aquæ, aut aliis quibuscumque modis,
damnum inferat.* Cet auteur indique les moyens à prendre pour
éviter cet inconvénient, ou pour reconnoître la contravention (3).

La Cour royale d'Aix a rendu un arrêt remarquable sur cette
question le 28 décembre 1815.

Les eaux du moulin du sieur Feraud, dans le territoire de
Carnoule, ont leur fuite dans un fonds inférieur, appartenant
au sieur Poncet. Le sieur Poncet voulut les utiliser ; il établit
un moulin dans son fonds, et à cet effet, il releva dans ce même
fonds le niveau de l'eau. Le sieur Feraud réclama contre cette
innovation. Un rapport déclara que dans l'état actuel, elle ne
lui portoit aucun préjudice ; mais que si un jour, les eaux
venant à diminuer, il se trouvoit obligé d'agrandir sa roüe, le
niveau actuel ne le lui permettroit pas. Le sieur Poncet déclara
que dans ce cas il se soumettoit à rabaisser le niveau au point
nécessaire ; et au bénéfice de cette offre, le sieur Feraud fut

---

(3) *Jus Georgic.*, lib. 3, cap. 15, n.º 48, 64, 71. — *Nouv. Répert.*,
v.º *moulin*, § 11, pag. 404. — *Fournel*, eod. v.º — *Henrion*, chap.
26, § 2, pag. 267. — *San Leger*, cap. 48, n.º 15. — *Gobius*, quæst.
14, n.º 31. — *Pecchius*, tom. 2, quæst. 11. — Leg. 3, § 3, ff. *ne
quid in flum. publ.* — *Heringius*, quæst. 19, n.º 16.

débouté de sa demande ; plaidans MM. Chansaud et Bouteille (4).

Cet arrêt et celui de 1779, que nous avons rappelé au §
précédent (n.º 180), indiquent que dans la pratique, il faut un
préjudice grave et actuel pour réclamer avec succès.

184. La coutume de Provence déclare le maître du moulin
responsable des dommages soufferts par les voisins à raison du
débordement des eaux du fossé du moulin, à moins, dit Bomy
dans ses *mélanges*, pag. 21, que *ledit débord* provienne de
quelque déluge d'eau, vu que le cas fortuit ne peut être imputé
à personne. Mais, ajoute-t-il, « si l'eau fuit dudit fossé, à raison
» des brêches qu'il y a au bord, ou pour n'être pas bien curé,
» ou pour n'avoir sa juste largeur et profondeur, ou autrement,
» par la faute dudit fossé, le maître est tenu.

Il fixe la largeur et la profondeur du fossé à *six pans*.

M. d'Olive, tom. 1, chap. 35, rapporte un arrêt du parlement
de Toulouse, qui condamna le propriétaire d'un moulin établi
sur une rivière, aux dommages soufferts par un bâteau emporté
contre les piles du moulin par la violence de l'eau sortant de
l'écluse à laquelle il y avoit une rupture.

Denisart, v.º *moulin*, n.º 14 et 15, rapporte des arrêts
semblables.

Le code pénal, art. 457, prononce des peines et des amendes
contre les propriétaires ou les fermiers des moulins et usines,
qui par l'élévation du déversoir au dessus de la hauteur *déterminée par l'autorité compétente*, auroient inondé les chemins
où les propriétés voisines.

---

(4) Le sieur Feraud s'est pourvu contre cet arrêt ; sa requête a été
admise.

185.

185. Mais il ne faudroit pas conclure de cet article, que parce qu'il n'y auroit pas lieu à son application, là où il n'existeroit aucun règlement sur la hauteur de l'eau, le maître du moulin ne seroit pas tenu des dommages - intérêts. La peine établie dans l'intérêt de la loi n'a rien de commun avec l'indemnité due à la partie qui a souffert le dommage. Le premier principe de l'ordre social est qu'on ne doit nuire à personne, et que tout dommage, même involontaire, de quelque cause qu'il procède, doit toujours être réparé, à moins qu'il ne provienne d'un cas fortuit, d'une force majeure dont personne n'est tenu, ou de l'exercice régulier et sagement mesuré d'un droit légitime. *Injuriam hìc accipimus* (est-il dit au titre du digeste *ad legem aquiliam*) *damnum culpa datum etiam ab eo qui nocere noluit.*

On a vu ci-dessus (n.º 164) que le propriétaire du moulin est présumé l'être aussi du canal ou *biéf* qui y conduit les eaux.

Les moulins n'entrant dans notre plan que sous le rapport des eaux qui les alimentent : nous ne nous occuperons donc pas des diverses parties qui les composent. Elles sont détaillées par Pecchius, liv. 3, quest. 5; par Leiser, *jus Georgicum*, lib. 3, cap. 15, n.º 22, etc. Elles sont d'ailleurs sous les yeux de tout le monde. Les contestations auxquelles elles peuvent donner lieu, ne nous intéressent ici que relativement aux eaux, et se décident par les règles que l'on vient d'exposer, ou par les principes ordinaires.

186. Le moulin fixé sur piliers et faisant partie du bâtiment, est immeuble par nature ; les autres sont meubles (5).

_____

(5) *Cod. civ.*, art. 519, 531. — *Jus Georgic.*, lib. 3, cap. 15, n.º 81. — *Pecchius*, lib. 3, quæst. 9.

18

CHAPITRE IV.

Droit de Pêche.

187. Le droit romain déclaroit la pêche libre (1).

L'ordonnance de la marine l'a déclarée libre en mer (2).

L'ordonnance de 1669 la prohibe dans les rivières navigables et flottables ; elle maintenoit néanmoins ce droit, s'il avoit été acquis par titre ou par possession (3).

Mais depuis la loi du 14 floréal an 10, « nul ne peut pê- » cher dans les rivières *navigables*, s'il n'est muni d'une licence, » ou s'il n'est adjudicataire de la pêche. »

Si ce n'est à la ligne flottante et à la main (4).

Un avis du conseil d'État, du 30 messidor et 11 thermidor an 12, a décidé que tous titres et possession contraires, maintenus par l'ordonnance de 1669, sont anéantis sans retour (5).

La loi du 14 floréal an 10, on vient de le voir, ne parle que des rivières *navigables*. De là, on a conclu que la pêche étoit restée libre dans les rivières simplement *flottables*. C'est ce qu'on lit dans une instruction ministérielle, adressée aux conservateurs des eaux et forêts, et transmise par les administrateurs généraux à leurs préposés, par leur circulaire du 19 vendémiaire an 14.

---

(1) § 1, *inst. de rer. divis.*

(2) Liv. 5, tit. 5. — *Valin*, eod. — *Nouv. Répert.*, v.ᵉ *pêche*, sect. 2, § 1.

(3) Tit. 27, art. 41.

(4) *Loi* du 14 floréal an 10, tit. 5, et art. 14. — *Nouv. Répert.*, loc. cit., sect. 1. — *Sirey*, tom. 2, part. 2, pag. 103 ; tom. 4, part. 2, pag. 240 ; tom. 7, part. 2, pag. 1097.

(5) *Sirey*, tom. 7, loc. cit.

188. La pêche dans les rivières non navigables, appartenoit jadis aux seigneurs, comme les rivières elles-mêmes ; elle est aujourd'hui la propriété exclusive des riverains (6).

189. Cette propriété est tellement inhérente à la qualité de riverain, qu'elle ne peut être aliénée qu'avec le fonds lui-même. C'est ce que le conseil d'état a déclaré par son avis des 11 et 19 octobre 1811 (7).

190. Le droit de pêche dans les eaux privées, appartient exclusivement au propriétaire de l'eau. Tout attentat à ce droit est un délit (8).

Nous avons parlé, au titre *des étangs*, liv. 1.er, des obligations respectives des propriétaires des étangs voisins, relativement à la pêche.

La police de la pêche est étrangère à notre plan, on peut en voir les détails dans l'ordonnance de 1669, tit. 30 *de la pêche* ; dans celle de 1681, liv. 5 ; dans le *nouveau Répertoire* v.º *pêche*, sect. 1, § 2 ; sect. 2, § 1, 2.

On exposera dans le 5.e livre, les règles actuelles sur la compétence des diverses autorités à qui la loi a confié cette police et le droit de réprimer les contraventions.

-----

(6) *Jurispr. féod.*, tit. 7, n.º 6, 7. — *Nouv. Répert.*, loc. cit. — *Sirey*, tom. 11, pag. 138. — *Pardessus*, n.º 103, pag. 192. — *Henrion*, chap. 26, § 6, pag. 283.

(7) *Sirey*, tom. 12, part. 2, pag. 141.

(8) *Ordonnance* de 1669, tit. 26, art. 5 ; tit. 31, art. 1. — *Code pénal*, art. 388.

CHAPITRE V.

Droit de Puisage.

191. Le droit de puisage, *haustus*, est le droit de puiser de l'eau dans la source, la fontaine, le puits etc., du voisin (1).

192. Ce droit est une servitude réelle ; *non hominis sed prædii est*, dit la loi 20, § 3, ff. *de servit. præd. rust.*

Ce n'est pas que la loi 14, § 3, ff. *de aliment. vel cibar. legat.*, ne l'ait appelé *servitus personæ*. Mais cette loi est dans l'hypothèse d'une concession personnelle à des affranchis qui n'avoient pas de fonds voisin. Car, dit cette loi : cette faculté seroit inutilement léguée comme servitude, *ei qui vicinus non est* (2).

193. Là où le droit de puisage pouvoit s'acquérir par le seul effet de la possession immémoriale, on présumoit aisément qu'il avoit été exercé à titre de droit de voisinage et de familiarité.

Cette observation peut encore être utile pour les droits de puisage acquis à l'époque de la publication du code civil, dont l'art. 690 a déclaré qu'aucune servitude discontinue ne pourroit plus être acquise sans titre (3).

194. Le droit de puisage, comme toutes les servitudes, com-

_____

(1) *Cœpolla*, pars 2, cap. 7.

(2) *Cœpolla*, loc. cit. cap. 4, n.º 2, pars 1, cap. 2, n.º 5. — *Nouv. Répert.*, v.º *servitude*, § 4. — *Dumoulin*, cod. lib. 2, tit. 34 ; tom. 3, pag. 623. — *Sirey*, tom. 9, pag. 35. — *Pratic. legal.*, tom. 3, pars 2, tit. 66, n.º 8, pag. 485.

(3) *Pardessus*, n.º 282, pag. 489. — *De Luca, de servit.*, disc. 33, n.º 6, tom. 2, pag. 39.

prend les accessoires nécessaires (4), tels que le passage (5),
le curage (6), la complainte (7).

195. Quand l'eau se trouve dans un lieu clos, la règle générale, à défaut de titre, est que ce droit ne s'exerce que de
jour. Mornac rapporte un arrêt du parlement de Paris, du 16
février 1618, qui le régla de Saint-Remy à Pâques, depuis 6
heures du matin jusqu'à 9 heures du soir ; et de Pâques à Saint-
Remy, depuis 4 heures du matin, jusqu'à 10 heures du soir (8).

196. Ce droit s'éteint par le non-usage pendant trente ans (9).
La loi 10, § 1, et les L. L. 17 et 18, ff. *quemadm. servit.*
amitt., le déclaroient éteint par ce non-usage, soit qu'on eût
puisé à une heure différente de l'heure désignée par le titre ;
soit qu'en cessant d'exercer le puisage, on eût continué de jouir
du passage ; soit enfin, qu'on eût puisé dans toute autre source
que celle pour laquelle le puisage avoit été accordé.

MM. Pardessus et Fournel, regardent ces décisions comme
bien rigoureuses. Ils observent d'ailleurs que le mode de la ser-

---

(4) *Code civ.*, art. 697.

(5) Leg. 3, § 3, ff. *de servit. præd. rust.*; leg. 10, ff. *de servit. præd.*
urb.; leg. 40, § 1, ff. *de contr. empt.*; leg. 1, § 15, ff. *de fontib.* —
La Laure, liv. 1, chap. 11.

(6) Leg. 1, § 3, ff. *de rivis*; leg. 1, § 6, 7, 8, ff. *de fontib.*

(7) D.ª leg. 1, ff. *de rivis.* — *La Laure, compilation*, etc., n.º 815,
not. 1.

(8) *Mornac*, in leg. 4, ff. *de servit.* — *La Laure*, liv. 1, chap. 11.—
Leg. 14, ff. *commun. servit.*

(9) *Code civ.*, art. 706, 707.

vitude est prescriptible, ainsi qu'on le voit dans l'art. 708 du
code civ. (10).

Mais cette prescriptibilité n'est admise qu'autant que le changement n'aboutit pas à dénaturer la servitude. Les circonstances
peuvent être telles, que celui qui a consenti le puisage dans
telle source ou à telle heure, ne l'eût pas consenti dans toute
autre source ou pour une heure différente, et que ce changement dût lui porter un préjudice grave.

Depuis que cette servitude, du genre des servitudes discontinues ne peut plus être acquise sans titre, le changement ne
peut plus être regardé, ce semble, que comme l'exercice d'un
droit de familiarité, dès-lors incapable d'acquérir un droit irrévocable.

On voit par la loi 17, ff. *de aqu. et aqu. pluv. arcend.*,
que si celui à qui le droit de puisage a été accordé pour la nuit,
l'acquiert ensuite pour le jour, il perd ce dernier s'il n'a puisé
que la nuit. La loi en donne cette raison, que ce sont là deux
servitudes distinctes qui ont chacune une cause différente. Pecchius est du même avis (11).

197. Nous avons parlé des puits dans nos *Observations sur
quelques coutumes de Provence*, pag. 21. Nous ajouterons à
ce que nous y avons dit: Que le puits commun peut être partagé quand le sol est commun aussi (12).

---

(10) *Pardessus*, n.º 304, pag. 523. — *Fournel*, v.º *puisage.*
(11) *Pecchius*, lib. 3, cap. 3, quæst. 24.
(12) Leg. 4, § 1, ff. *commun. divid.* — *Cæpolla*, pars 2, cap. 47,
n.º 2.

Qu'on peut se délivrer des réparations et de l'entretien en renonçant à son droit (13).

Que ce n'est que par le fait qu'on peut décider, à défaut du titre, a qui à dû rester le puits d'une maison partagée, quand l'acte n'en parle pas (14).

---

(13) *Cœpolla*, loc. cit., n°. 3.

(14) *De Luca*, *de servit.*, disc. 32, tom. 2, pag. 37.

CHAPITRE VI.

Droit d'Abreuvage.

198. Le droit d'abreuvage, *pecoris ad aquam appulsus*, est, comme le puisage, une servitude réelle, discontinue, et qui ne peut être établie que pour l'utilité d'un fonds voisin (1).

Il donne le même droit au passage, au curage, à la complainte (2).

199. La loi 30, ff. *de servit. prœd. rust.*, enseigne que celui qui en vendant le fonds, s'est réservé l'abreuvage et 10 pieds autour, et *latè decem pedes*, n'est pas censé s'être réservé la propriété de ces 10 pieds, mais le simple usage, comme lui donnant un accès plus facile à l'abreuvoir.

200. Un arrêté du Directoire, du 3 messidor an 7, défend de conduire aux abreuvoirs publics les bestiaux infectés d'une maladie contagieuse (3).

---

(1) Leg. 4, 5, § 1, ff. *de servit. prœd. rust.*; leg. 14, § 3, ff. *de alim. vel cibar. legat.* — *Fournel*, v.° *abreuvoir*.

(2) Leg. 1 § 2, 3, 6, 10, ff. *de fontib.*

(3) *Fournel*, loc. cit.

Ce principe est naturellement applicable aux abreuvoirs particuliers.

On voit dans le *nouveau Brillon*, v.º *abreuvoir*, les autres règles de police sur les abreuvoirs publics.

201. Ainsi, la déclaration du 20 avril 1782, défend qu'un seul homme y conduise à la fois, plus de trois chevaux; néanmoins, et d'après la loi du mois de juillet 1792, les maîtres de poste, peuvent y en faire conduire jusques à quatre (4).

Diverses ordonnances de la police municipale d'Aix, défendent de laver du linge dans les fontaines publiques où l'on abreuve les bestiaux.

(4) *Sirey*, tom. 9, pag. 293.

LIVRE QUATRIÈME.

LIVRE QUATRIÈME.

DES EAUX CONSIDÉRÉES SOUS LE RAPPORT DE LEURS INCONVÉNIENS.

Les eaux qui sont un bienfait de la nature, en sont aussi quelquefois un fléau bien redoutable.

Nul ne répond du fait de la nature.

Mais nul ne peut par son propre fait, aggraver la condition de ses voisins par rapport au passage et à l'écoulement des eaux.

De là naissent les obligations respectives des propriétaires supérieurs et inférieurs sur cette matière.

TITRE I.

Obligations respectives du supérieur et de l'inférieur sur le passage des eaux.

202. La nature a assujetti les fonds inférieurs à recevoir les eaux qui leur arrivent naturellement des fonds supérieurs ; *non aqua*, dit la loi, *sed loci natura nocet* (1).

Mais le supérieur ne peut par son fait, empirer la condition de l'inférieur.

Le droit romain présente sur ce principe, une série de décisions d'autant plus intéressantes, qu'elles forment encore aujourd'hui notre droit commun.

Elles sont renfermées dans le titre du digeste *de aquâ et aquæ pluviæ arcendæ*, lib. 39, tit. 3.

---

(1) *Pardesus*, n.° 81, pag. 147. — *Fournel*, v° action, *aquæ arcendæ.* — *Henrion*, chap. 26, § 4, n.° 2, pag. 278. — *Pothier, de la société* ; n.° 236.

19

203. Ce titre ne statue que sur les eaux pluviales et sur les dommages qu'elles peuvent causer aux terres, *sciendum est* (dit la loi 1, § 13 de ce titre), *hanc actionem non aliàs locum habere, quàm si aqua pluvia agro noceat* (2). Les autres eaux produisoient des actions différentes quant à leur dénomination, soumises à des formules particulières. Mais les principes sont toujours les mêmes.

La loi *apud trebatium* 3 du même titre, et le § 1 de cette loi, le décident formellement pour les eaux de source. *Admittimus*, dit pecchius, lib. 9, quæst. 19, n.° 23, *aquam vivam quæ ad inferiorem fluit, teneri vicinum illam suscipere* (3).

204. L'obligation est réciproque; si l'inférieur est tenu de recevoir les eaux qui lui arrivent naturellement du fonds supérieur, le supérieur ne peut en changer le cours au préjudice de l'inférieur.

Sciendum est hanc actionem, vel superiori adversùs inferiorem competere, ne aquam quæ naturâ fluat, opere facto, inhibeat per suum agrum decurrere; et inferiori, adversùs superiorem, ne aliter aquam mittat quam fluere solet. (Leg. 13, § 1).

205. Le § 10 expliquant l'obligation de l'inférieur, dit: *Si opere facto, aqua in superiorem partem repellitur* (4).

_____

(2) Leg. 1, § 17, 19; leg. 3, § 1, ff. *eod.* — *Pardessus*, n.° 82, pag. 250, not 7.

(3) *Henrion*, chap. 26, § 4, pag. 278. — *Pardessus*, n.° 81, pag. 147.

(4) D.ᵃ, leg. 1, § 1, 2, 6, 18. — *Pardessus*, n.° 85, pag. 154. — *Julien*, *élémens*, pag. 153.

Ce même §, et le § 1, expliquent celle du supérieur, en ces termes :

Quotiens manufacto opere, agro aqua nocitura est : id est, cùm quis manu fecerit quo aliter flueret quam naturâ soleret : Si fortè immitendo eam, aut majorem fecerit, aut citatiorem, aut vehementiorem ; aut si comprimendo, redundare fecerit (5).

Toutes les décisions particulières que ce titre renferme, se rattachent à ces deux conséquences de ce principe général, *ne aliter fluat quàm naturâ soleret.* Elles ne sont que le développement et l'application de ce principe aux diverses hypothèses.

Le code civil a résumé ces deux conséquences par l'art. 640, en ces termes :

« Les fonds inférieurs sont assujettis envers ceux qui sont plus » élevés, à recevoir les eaux qui en découlent *naturellement,* » *sans que la main de l'homme y ait contribué.*

« Le propriétaire inférieur ne peut point élever de digue » qui empêche cet écoulement.

« Le propriétaire supérieur ne peut rien faire qui aggrave la » servitude du fonds inférieur. »

206. Le supérieur ne peut donc renvoyer à l'inférieur les eaux qu'il ramasse dans son fonds et qui n'y seroient pas venues d'elles-mêmes ; même celles qu'il y reçoit ailleurs que sur la terre, comme seroient celles de ses égouts, celles de ses toîts, ainsi qu'on le verra ci-après, tit. 3 et 4.

---

(5) *Henrion,* chap. 26, § 4, pag. 278. — *Janety,* 1783, pag. 26.— *Cœpolla,* part. 2, cap. 5, n.º 2. — *Pardessus,* n.º 82, pag. 150.

Mais la culture de ses champs peut-elle l'autoriser à changer, au préjudice de l'inférieur, le cours de l'eau qu'il y reçoit naturellement?

Cette question importante et d'un usage journalier, mérite d'être examinée.

La loi 1.re de notre titre, § 3, 4, 5, 7, 8 et 15, et la loi 24, et § 1, sont le siège de la matière.

Les § 3, 7 et 15, décident que le voisin ne peut se plaindre des changemens opérés pour la nécessité de la culture; *opus manufactum*, dit le § 8, *in hanc actionem venit, nisi si quid agri colendi causâ fiat*: et quand le § 3 sembloit ne les permettre que pour la culture du blé, *frumenti causâ duntaxat*; le § 7, permet *ea quæcumque, quæ frugum vel fructuum recipiendorum causâ facta sunt; NEQUE REFERRE QUORUM FRUCTUUM.*

Les § 4 et 5, permettent les fossés et les sillons destinés à dessécher le champ; si toutefois ils sont nécessaires, *si aliter serere non possit* (6).

La loi 24, dit également que l'inférieur ne peut se plaindre dans ce cas, des sillons et rigoles qui rejettent les eaux sur son fonds. *Respondit non posse eum facere quominùs agrum vicinus quemadmodùm vellet; araret.*

La loi ne regarde donc pas comme un changement du cours naturel de l'eau, celui qui est déterminé par la nécessité ou l'avantage de la culture.

« De ce qu'il est exigé, dit M. Pardessus, n.º 82, que la » main de l'homme n'ait pas contribué à l'écoulement, il ne

_____

(6) *Pecchius*, lib. 4, quæst. 75; lib. 2, cap. 9, quæst. 19, n.° 40.

» faut pas conclure que le propriétaire dont le terrain transmet
» les eaux à l'héritage inférieur, ne puisse rien se permettre sur
» son fonds, et qu'il soit condamné à l'abandonner à une stéri-
» lité perpétuelle, ou à ne jamais en varier l'exploitation, parce
» que cette culture ou ces travaux apporteroient quelque change-
» ment au mode d'écoulement des eaux......... *La culture*,
» ajoute cet auteur, n.º 86, *étant l'état naturel d'un fonds*,
» *pour l'intérêt de la Société, on ne peut dire que les eaux*
» *aient cessé de couler naturellement*; le propriétaire supérieur
» pourroit même diriger non-seulement ses sillons, mais encore
» des rigoles nécessaires au desséchement de son terrain, vers
» tel plutôt que vers tel autre héritage inférieur, sans que celui
» du fonds qui se trouveroit grevé, eût droit de le forcer à
» changer cette direction. »

Ou les eaux, dit-il encore, n.º 85 et 86, coulent par un ou
plusieurs points fixes et déterminés, ou elles se répandent in-
différemment et sans lit particulier sur toute la surface du fonds
inférieur.

Au premier cas, l'état fixe des lieux a opéré une sorte de
convention entre les parties. Le supérieur ne peut y toucher
au préjudice de l'inférieur.

Au second, les changemens qu'il pourroit faire « *quoiqu'ils*
» *pussent quelquefois être désavantageux au fonds inférieur*,
» *ne lui sont pas indistinctement prohibés*. On ne doit point
» considérer comme tels ceux que nécessite la conservation ou
» la culture de son héritage; le soin de sa propriété doit l'em-
» porter sur toute autre considération. »

De là, M. Pardessus conclut que le supérieur peut réunir
dans un étang les eaux qu'il reçoit sur toute la surface de son

fonds, et en faire couler, soit le superflu, soit la totalité sur le fonds inférieur, en le dirigeant de manière à ne causer aucun ravage.

Le code civil n'a pas littéralement parlé de cette exception à la règle générale. Mais la nature des choses mène à cette conséquence, qu'en déclarant les fonds inférieurs assujettis à recevoir les eaux qui découlent *naturellement* de ceux qui sont plus élevés, il a regardé comme n'ayant pas cessé de couler naturellement celles dont le cours est déterminé par la culture, qui, elle-même, est *l'état naturel d'un fonds, pour l'intérêt de la Société.*

Ce n'est pas que sous ce prétexte, le supérieur puisse se permettre arbitrairement des changemens inutiles ou combinés sans précaution ; que pour un intérêt modique, il puisse porter à l'inférieur un préjudice grave. Il y auroit dans ce procédé, émulation, envie de nuire, bien plus qu'utilité réelle. Ce sentiment répréhensible, est condamné par toutes les lois. Le changement doit être déterminé par des motifs graves. C'est ce qu'observe Pecchius, lib. 4, quæst. 65, n.º 40. *Quotiescumque quis fecit aliquod opus in suo fundo, agri colendi causâ, per quod damnum inferatur vicino, eo in casu, cessat actio pluviæ arcendæ, dummodò illud opus non fuerit factum ad æmulationem, animo nocendi.*

Le même auteur, lib. 2, cap. 9, quæst. 19, observe que lorsqu'il s'agit d'eaux vives, que l'inférieur n'est pas moins tenu de recevoir que les eaux pluviales, le supérieur qui change la culture de son fonds, qui, par exemple, convertit un champ semable en un pré, ou un pré en risière, doit ramasser au bout de sa terre les écoulemens des eaux superflues, *collaticia scolatica*, dans un fossé, pour qu'elles ne portent aucun dommage au fonds inférieur; et au livre 4, chap. 81, il établit que ce changement qui exige un arrosement plus fréquent, ne doit porter aucun dommage à ce fonds.

De ces détails il résulte:

1.° Que les changemens déterminés par la nécessité de la culture elle-même, *agri colendi causá*, ne sont pas regardés comme ayant changé, dans le sens de la loi, le cours naturel de l'eau, parce que le propriétaire ne peut être obligé de laisser son fonds *dans un état de stérilité perpétuelle*, et que la culture est, dans l'ordre social, *l'état naturel des fonds*.

2.° Que dans l'application du principe général et de l'exception, relativement au mode de cette culture, *on ne peut* (comme dit M. Pardessus, n.° 86), *donner de règles certaines*.

« L'utilité de tel ou tel mode de culture dans un champ
» (ajoute cet auteur), sera toujours une question controversée
» et livrée à l'arbitraire des opinions..... On doit croire que
» celui qui a agi, a usé de son droit, plutôt pour son utilité
» que par envie de nuire. Ce ne peut être que dans le cas
» d'une malice évidente, d'un véritable défaut d'intérêt du pro-
» priétaire supérieur, qui rendroit l'inférieur admissible dans sa
» réclamation...... C'est dans les usages locaux et les circons-
» tances du fait, que les magistrats doivent puiser les motifs de
» leurs décisions. »

207. Sur ce principe, Leiser, dans son *Jus georgicum*, lib. 3, cap. 9, n.° 18, décide, d'après la loi 3, § 2, ff. *aqu. pluv.*

arcend., que l'inférieur ne peut se plaindre de ce que le supérieur a converti une terre semable en un pré arrosable.

Cette loi, ajoute, il est vrai, que sa réclamation seroit fondée, si le supérieur en applanissant le terrain, avoit disposé les lieux, de manière à rendre le cours de l'eau plus rapide. Mais on pense que cette exception doit être entendue avec une juste modération, indiquée par toutes les lois que l'on a rappelé ci dessus, qui légitiment les ouvrages pratiqués *agri colendi causâ.*

C'est dans le même sens, que l'on doit entendre ce que dit Pecchius, lib. 2, cap. 9, quæst. 19, que le supérieur ne peut ni convertir son pré en risière, ni arroser ses blés ou un pré qui ne l'avoit jamais été. Tout dépend dans cette matière, des circonstances; mais le principe fondamental sera toujours, que le supérieur n'est pas repréhensible, lorsque sans esprit d'émulation, sans aucun dessein de nuire à l'inférieur, il n'a d'autre objet que d'améliorer ses fonds, en prenant toutefois les précautions que les localités peuvent permettre pour porter à l'inférieur le moindre préjudice possible.

208. Le supérieur peut se servir pour ses usages licites, de l'eau qu'il renvoie à l'inférieur; mais il ne peut les lui renvoyer infectes, chaudes, corrompues, *si spurcam immittat*, dit la loi 3, *potest impediri.*

La loi 1, § 27, ff. *de aqu. quotid.* etc., et la loi 12, cod. *de re militar.*, établissent la même règle pour les eaux vives et les eaux publiques (7).

_____

(7) *Mornac*, in lĕg. 3, ff. *de aqu. et aqu. pluv.* etc., tom. 2, pag. 270. — *Desgodets*, sur l'art. 186, n.° 13, pag. 55. — *Cœpolla*, part. 2, cap. 4, n.° 83. — *Pardessus*, n.° 88, pag. 165.

Mais

Mais ce principe doit être entendu avec un juste tempéram-
ment, sur-tout pour les eaux publiques. L'usage des eaux ne
permet pas toujours de les rendre dans leur pureté primitive. Il
suffit que cet usage soit légitime et modéré.

Ainsi le Parlement d'Aix a jugé le 18 juin 1781, que la
servitude de recevoir les eaux d'une maison, ne s'étendoit pas
aux eaux sales et fumantes du teinturier à qui cette maison
avoit été arrentée (8).

Le 11 mai 1782, il a rejeté la demande de l'inférieur, tendante à faire inhiber au supérieur de verser dans le ruisseau
public les eaux de son lavoir et d'une fabrique de crême de
tartre (9).

Il a jugé en 1785 que des fabricans d'eau-de-vie de la Valette,
près Toulon, avoient pu rejeter dans un ruisseau public dont
les eaux servoient à l'arrosage d'un domaine inférieur du sieur
Toussaint Granet, pour qui j'écrivois, les eaux vineuses pro-
venant de leur fabrique, malgré les désagrémens et le préjudice
qui en résultoient pour le sieur Granet.

209. Là où le droit de rejeter les eaux sur le fonds voisin
est le résultat d'une servitude conventionnelle, l'inférieur ne peut
se plaindre de leur augmentation naturelle ; mais le supérieur
ne pourroit les augmenter lui-même, de manière à lui porter
un préjudice grave : *si tamen non ultrà modum noceat*, dit
la loi 2, § 10 de notre titre.

210. Il arrive quelquefois que l'eau est retenue dans le fonds
supérieur par des obstacles physiques, naturels ou artificiels.

---

(8) *Janety*, 1781, pag. 178.
(9) *Idem*, 1784, pag. 147.

20

Dans la première hypothèse, si l'obstacle est emporté par un accident, la loi 2, § 5, refuse à l'inférieur le droit de se plaindre, même celui d'obliger le supérieur à permettre qu'il rétablisse lui-même les lieux dans leur premier état; c'est le fait de la nature.

Il en est de même de l'éboulement accidentel d'une partie du fonds, *si vitio loci*, *pars aliqua soli subsedit* (10).

Mais le supérieur ne pourroit lui-même détruire l'obstacle, puisqu'alors ce seroit par son fait, que l'eau couleroit à l'inférieur, dit la loi 1, § 1.

L'obstacle artificiel est, ou l'ouvrage du supérieur pour retenir l'eau dans son fonds;

Ou celui de l'inférieur pour empêcher qu'elle n'arrive dans le sien.

Dans le premier cas, l'inférieur ne peut se plaindre, si le supérieur n'a donné à l'eau un autre cours que celui qu'elle eut eu naturellement, (leg. 1, § 22).

Au second, il peut rétablir lui-même l'ouvrage à ses frais, *hæc*, *æquitas suggerit*, dit la loi 2, § 5; et le § 23 de la loi 1 le soumet à l'entretenir.

211. Des accidens imprévus, la succession des tems, peuvent combler dans le fonds inférieur ou supérieur le canal naturel ou artificiel de l'eau.

M. Pardessus, n.º 89, pense que dans ce cas, chacun doit recurer dans son fonds. C'est, dit-il, le résultat des servitudes naturelles et légales, à la différence de la servitude convention-

---

(10) *Leg.* 14, § 1, ff. *de aqu. et aqu. pluv.*, etc. — *Nouv. Répert.*, v.º *eaux pluviales.*

nelle, où celui qui la doit n'est tenu à rien de son chef;
præstat tantùmmodo patientiam.

La loi 2, § 1 de notre titre paroît contredire cette opinion :
elle décide que si le fossé ancien dans le fonds inférieur n'est
pas entretenu, et que par-là, l'eau reflue vers le fonds supérieur,
le propriétaire supérieur peut simplement obliger l'inférieur à
souffrir qu'il le remette en état, *te pateretur in pristinum
statum eam redigere.*

Au contraire, le § 7 refuse toute action au supérieur, là où
l'eau a fait une excavation dans le fonds inférieur ; mais il ajoute
que s'il y jouit d'un fossé à titre de servitude ou par possession
immémoriale, il peut obliger l'inférieur à l'entretenir.

M. Fournel, v.º *curage*, pag. 386, concilie ces deux textes
par la différence des hypothèses. Dans la première, le fossé
étoit l'ouvrage des eaux ; dans la seconde, l'inférieur obligé
d'établir lui-même le fossé, doit l'entretenir.

Nous aurions donc de la peine à penser comme M. Pardessus,
que dans le cas où le fossé est comblé par l'ouvrage du temps
ou de la nature, et sans aucun fait de l'homme, le supérieur
pût obliger l'inférieur, ou celui-ci, le supérieur, à le rétablir;
car la loi ne prohibe que les changemens auxquels *la main
de l'homme a contribué* (cod. civ., art. 640); et comme dit
la loi 3, § 3. *Aquæ pluviæ arcendæ non nisi eum teneri,
qui in suo opus faciat, receptum est.*

212. On ne peut se plaindre d'un ouvrage ancien : *quod ab
his qui primi agros constituerunt* (dit la loi 23), *opus
factum fuerit, in hoc judicium non venit.* Trente ans suffiroient
aujourd'hui (11).

---

(11) *Leg.* 2, § 3 eod. — *Pardessus*, n.° 307, pag. 528, 330.

213. L'action *aquœ arcendœ*, est plus personnelle que réelle; *non in rem sed personalem esse sciendum est*, dit la loi 6, § 5 : la raison en est qu'elle dérive d'un fait personnel, *cùm quis manu fecerit*.

De là, la loi 4 décide qu'on peut se pourvoir contre l'auteur du dommage, bien qu'ensuite, il ait cessé de posséder le fonds.

Que si le dommage a été causé à l'insçu du propriétaire, par un tiers, des faits duquel il ne soit pas responsable, il n'est tenu que de souffrir le rétablissement des lieux. (Leg. 6, § 7, ff. eod.)

Que le propriétaire, auteur du dommage, ne seroit pas libéré en délaissant le fonds.

Mais l'acquéreur de bonne foi auroit le choix de délaisser ou de souffrir la réparation (12).

214. Il peut arriver que l'un des deux fonds soit possédé en commun par plusieurs propriétaires.

Que parmi ces copropriétaires, se trouve celui qui possède l'autre fonds.

Dans ces deux cas, l'auteur seul du dommage en est tenu; les autres ne sont obligés qu'à souffrir la réparation.

Chaque copropriétaire peut agir pour sa part et portion (13).

Le copropriétaire doit indemniser l'autre pour sa part (14).

215. L'action *aquœ arcendœ*, ne se donne à l'usufruitier,

---

(12) Leg. 7, et § 1 ; leg. 12, ff. *de aqu. et aqu. pluv. arcend.*
(13) Leg. 11, § 1, 2, 3, 4, 5, ff. *eod.*
(14) D.ª, § 5 ; leg. 6, § 2, 3, *eod.*

qu'autant que c'est le propriétaire lui-même qui a causé le dommage.

Mais elle a lieu contre lui (15).

Elle est admise contre le fermier, et dans ce cas le propriétaire doit souffrir les réparations (16).

Elle est admise dès que l'ouvrage est terminé, bien que le
dommage ne soit pas encore vérifié. *Quotiens manufacto opere,
agro aqua nocitura est* (17).

---

(15) Leg. 3, § 4; leg. 22 et § 2, *eod.*
(16) Leg. 4, § 2; leg. 5, ff. *eod.*
(17) Leg. 1, § 1; leg. 14, §. 2, ff. *eod. — Nouv. Répert.*, v.° *inondation. — Sirey*, tom. 6, pag. 145.

TITRE II.

Ouvrages offensifs, défensifs.

216. La loi qui soumet les fonds inférieurs à recevoir les
eaux qui coulent naturellement des fonds supérieurs, permet
en même temps aux riverains des eaux publiques, de garantir
leurs fonds contre les irruptions de ces eaux.

Ces deux principes ne doivent pas être regardés comme
contradictoires.

Le premier n'a pour objet qu'une servitude naturelle et légale, l'obligation de recevoir les eaux qui découlent du fonds
supérieur.

Le second est relatif aux eaux publiques dont le cours est
l'ouvrage de la nature.

C'est dans cette dernière hypothèse, que le riverain, sans

détourner le cours de l'eau, sans toucher à son lit, peut se garantir de ses débordemens par deux moyens.

Le premier, en fortifiant ses bords.

Le second, en établissant sur son fonds des digues ou levées,
qui le mettent à l'abri des inondations.

217. Le premier moyen est autorisé par la loi 1, ff. *de ripâ
muniendâ* ; par la loi 1, code *de alluvionibus*.

Quamvis, dit cette dernière, *fluminis naturalem cursum,
opere manufacto, aliò non liceat avertere, tamen, ripam
suam, adversùs rapidi amnis impetum munire, prohibitum
non est.*

La raison en est, dit Richeri, que les bords étant la propriété du riverain, il doit lui être permis de les fortifier, sans
toucher au cours ordinaire des eaux, *ad propriam deffensionem
et fluminis impetum coërcendum, non autem propulsandum* (1).

C'est sans doute sous ce rapport que la loi 23, § 2, ff. *aqu.
pluv. arcend.*, et la loi 1, § 3 et 4, ff. *de ripâ muniendâ*,
exigent que ces ouvrages ne portent aucun préjudice aux voisins,
et soumettent même le riverain à donner caution.

218. Le second moyen est fondé sur la loi 2, § 9, au même
titre du digeste *aqu. pluv. arcend.* En voici les termes :

*Si vicinus flumen torrentem averterit ne aqua ad eum
perveniat, et hoc modo sit effectum ut vicino noceatur, agi
cum eo pluviæ arcendæ non potest. Aquam enim arcere,*

***

(1) Tom. 3, §, 78, pag. 29. — *Cœpolla* pars 2, cap. 36, n.° 13;
cap. 37, n.° 5. — *Pecchius*, tom. 2, quæst. 73. — *Gobius*, quæst. 21,
n.° 22; quæst. 22, n.° 7. — *Fournel*, v.° *digues*.

*hoc est curare ne influat; quæ sententia verior est: si modo
non hoc animo fecit, ut tibi noceat, sed ne sibi noceat.*

Cujas, sur cette loi, en donne cette raison, que l'objet de ces
ouvrages n'est pas de repousser l'eau, mais seulement de la contenir, *flumen non repellit, sed arcet* (2).

219. Mais dans l'une et l'autre hypothèse, l'ouvrage deviendroit
offensif s'il étoit pratiqué dans le lit même de l'eau, ou qu'il
eût pour objet d'en détourner le cours naturel et ordinaire.

C'est ce que la loi prohibe, c'est ce qui a été jugé par un arrêt du
parlement d'Aix, rendu le 30 avril 1782, au profit du sieur
Arnoux, contre le sieur Laugier, du lieu de Fayence, qui s'é-
toit permis de construire une muraille dans le lit d'un torrent,
et de jeter des amas de pierre et de gravier dans la rivière
de *Camandoule* (3).

On a vu ci-dessus (n.º 36), que le lit est l'espace qui
contient les eaux dans leur cours ordinaire aux époques de leur
plus grande abondance, *quod plenissimum flumen continet.*

220. La faculté accordée au riverain d'établir des digues dans
son fonds pour se garantir des irruptions de la rivière, a été
reconnue par l'arrêt de la Cour royale d'Aix, rendu le 19 mai
1813, en faveur de M. Clément de Gravaison, contre M. de
Raousset Boulbon.

M. de Gravaison, propriétaire d'un fonds sur les bords du

---

(2) *Cujas, indt.*, lég. 2, § 9, lib. 49. — *Paul., ad edit.*, col. 724. —
Richeri, Cœpolla, Pecchius, loc. cit.

(3) *Janety*, 1783, pag. 26. — Leg. 1, ff. *ne quid in loc. public.* —
Leg. 1 etc., ff. *ne quid in flum. public.*

Rhône, s'appercevant de l'insuffisance des anciennes digues établies dans ce fonds, les abandonna et établit, toujours dans son
fonds, de nouvelles levées plus éloignées du fleuve. M. de
Raousset Boulbon, riverain inférieur, prétendit que ces nouvelles digues, tendoient à rejeter les eaux sur sa propriété, il en
demanda la démolition; il demanda en même temps, que M. de
Gravaison rétablît les anciennes digues pour leur intérêt commun.

M. de Gravaison répondit en premier lieu, qu'il avoit tra-
vaillé sur son fonds et non dans le lit du fleuve; que c'étoit
à M. de Boulbon à se garantir de son côté, si bon lui sembloit.

Il répondit en second lieu, que rien n'indiquoit que les anciennes digues eussent été établies en commun par les deux
propriétaires; que dès-lors, il avoit pu les reculer et sacrifier
une portion de son fonds pour conserver l'autre; qu'il étoit
inoui et contraire à tous les principes, que le riverain fût obligé
de garantir ses voisins.

L'arrêt rendu sur la plaidoirie de MM. *Chansaud* et *Manuel*,
débouta M. de Raousset Boulbon, de toutes ses demandes, sauf
à lui de rétablir les digues anciennes à ses frais, là où M. de
Gravaison n'en devroit recevoir aucun préjudice.

Cet arrêt a été inséré dans le recueil de *Sirey*, tom. 14, part.
2, pag. 9.

221. La prétention de M. de Raousset Boulbon sur le rétablissement des anciennes digues, n'avoit en effet aucun appui;
aucune loi n'a jamais donné ce droit aux voisins du riverain.
Le titre du digeste *de ripâ muniendâ*, la loi 1, § 6 et 7, ff.
ne quid in public. flumin. etc., ne parlent du droit du riverain
que comme d'une faculté, et l'on n'y voit rien d'où l'on puisse
conclure qu'elle soit également pour lui une obligation.

Les

Les auteurs observent que les bords et rivages des eaux publiques, ont été accordés aux riverains, en considération des
dépenses qu'exige la conservation de ces bords ; *pro curâ*
et expensis, dit Pastour, *quas impendunt in ripis munien-*
dis (4).

Mais aucun d'eux n'a dit, que cette propriété leur ait été
attribuée dans l'intérêt des voisins, autant que dans le leur propre ; que la loi les ait établis, en quelque manière, les gardiens
et les conservateurs des fonds que le fleuve pourroit atteindre
dans ses irruptions : les dépenses qu'ils auroient à faire pour
remplir cet objet, n'auroient souvent aucune proportion avec
l'avantage qu'ils pourroient retirer de cette propriété ; elle
leur rendroit quelquefois le déguerpissement de leur fonds
moins préjudiciable, que l'obligation où ils seroient de réparer
ces bords.

Cette question que l'arrêt précité a formellement jugée en
faveur du riverain, l'avoit été déjà en 1767, par le parlement
d'Aix, dans une cause remarquable.

M. de Calvi possédoit des fonds le long de la rivière de
Siagne ; M. de Jarente, évêque d'Orléans, et abbé du Tho-
ronet, possédoit en cette dernière qualité, des fonds séparés de
la rivière, non-seulement par celui de M. de Calvi, mais encore par d'autres fonds intermédiaires.

M. de Calvi avoit fait au bord de la rivière, des réparations
considérables ; la rivière les emporta, coupa son fonds et pénétra
dans les fonds inférieurs.

---

(4) *Pastour*, *de jur. feud.*, lib. 1, tit. 5, n.° 5. — *Perezius*, sur
le titre du code *de alluvionib.* — *Corvinus*, code *de ripa munienda.* —
Ranchin, v.° *ripa.*

M. l'évêque d'Orléans demanda que M. de Calvi fût obligé
de rétablir ses ouvrages; une sentence arbitrale qui étonna le
Barreau, avoit fait droit à sa demande; la Cour réforma cette
sentence au rapport de M. de Laboulie.

Cette même question s'est présentée encore en
entre le tuteur des enfans du sieur Michel, et les sieurs
du lieu de Barrèmes. M. Roux, Conseil du tu-
teur, que les voisins vouloient obliger à réparer les bords, dé-
veloppa à fonds les principes de la matière par une consultation
savante du floréal an 13. Il paroît que la demande fut abandonnée.

227. Pecchius, lib. 1, cap. 4, quæst. 7, examine si le riverain
peut, pour son utilité, réparer ou couper les bords ou rivages,
bien que par là, il prive l'autre riverain de l'eau que les inégalités du bord faisoient arriver dans son aqueduc.

Il lui accorde ce droit quand le bord avoit été corrodé par
la rivière, et qu'il n'a eu d'autre objet que de le rétablir; c'est
la décision de la loi 1, § 6 et 7, ff. *ne quid in publ. flum.*
etc.; mais il le lui refuse quand ces inégalités sont l'ouvrage de
la nature elle-même, et non d'une corrosion produite par les
eaux.

Peu de questions ont été plus souvent agitées, en Provence
sur-tout, où les rivières, notamment la Durance, deviennent,
au moindre orage, des torrens dévastateurs. Les contestations
fréquentes qui s'élevoient à ce sujet, avoient constamment ex-
cité la juste sollicitude de l'administration générale du pays.
Les procès-verbaux de ses délibérations, annuellement imprimés
depuis 1613, et dont la collection complète se trouve encore
chez quelques particuliers, présentent des vues et des principes

bien sages; on y trouve sur quelques-unes de nos rivières, des documens importans aujourd'hui oubliés, et que les propriétaires riverains peuvent avoir intérêt de connoître ; c'est dans cet objet qu'on a cru devoir indiquer dans une note, celles de ces délibérations qui nous ont paru les plus essentielles (5).

---

(5) Sur le RHÔNE :

Commune de *Boulbon*, assemblée du 12 décembre 1710, pag. 66 ;

Commune de *Barbentane*, 14 décembre 1717, pag. 29 ;—16 octobre 1718, pag. 20 et 66 ; — 2 novembre 1728, pag. 36 , 66, 87 ; — 15 novembre 1733 , pag. 32 ; — 4 février 1761 , pag. 119, 121 ;

Commune de *Mesouargues*, février 1776, pag. 35.

Sur la DURANCE :

Commune de *Manosque*, 10 décembre 1724, pag. 64 ;

Commune de *Peyruis*, 22 janvier 1764, pag. 78 , 182 ;

Commune de *Châteaurenard* et de *Noves*, février 1776, pag. 35 ;

Commune de *Noves*, ibidem, pag. 113 ;

Commune de *Cadenet*, 10 décembre 1786, pag. 136.

Sur la rivière D'ARGENT :

Commune de *Fréjus*, 8 février 1759, pag. 109 ;

Commune de *Bras*, février 1760, pag. 243 ;

Commune de *Saint-Maximin*, 24 octobre 1762, pag. 64, 176, 189.

Sur le VAR :

Commune de *Saint-Laurent*, 15 novembre 1767, pag. 49, 51.

TITRE III.

Gouttières, Stillicide.

223. Le droit romain appèle stillicide, l'eau qui tombe de chaque tuile, goutte à goutte, *quæ stillat.*

Il appèle *flumen*, celle qui tombe ramassée dans une gorgue (1).

224. Il n'est pas permis de verser l'eau de son toit sur le
fonds, ou même sur le toit de son voisin, si l'on n'en a acquis
le droit par le titre ou par la prescription.

Ce droit devient alors une servitude, connue sous la dénomination de servitude *stillicidii*, *vel fluminis recipiendi* (2).

225. Celui a qui elle est due, doit l'exercer conformément
à son titre ; ainsi, s'il n'a acquis que le droit de stillicide, il
ne peut faire tomber l'eau par une gorgue (3).

Il peut faire tomber l'eau de plus haut, parce que dans ce
cas, dit la loi, la chûte est plus modérée. Mais par la raison
contraire, il ne peut la faire tomber de plus bas (4).

226. Si ce droit s'exerce sur une place vuide, *in areá*, le
propriétaire du fonds servile ne peut avancer sa bâtisse au-delà
du point sur lequel tombe le stillicide ; *usque ad eum locum
perducere ædificium potest undè stillicidium cadit rectè.*

Mais s'il s'exerce sur un bâtiment, on peut l'élever, sans

(1) *Fournel*, v.º *gouttière.* — *Cæpolla*, cap. 28, n.º 1. — *Terrasson*,
sur la loi 66 des douze tables, pag. 161.

(2) Voyez les auteurs cités, not. 1. — *Code civ.*, art. 681. — *Pardessus*, n.º 212, pag. 379. — *Nouv. Répert.*, v.º *eaux pluviales.* —
Sirey, tom. 14, part. 2, pag. 9.

(3) Leg. 26, § 4, 5, ff. *de servit. præd. urb.* — *Cæpolla*, loc. cit.,
n.º 35 ; et cap. 41, n.º 2. — *Sirey*, tom. 7, part. 2, pag. 188. —
Fournel, loc. cit., pag. 153, v.º *égout*, pag. 50.

(4) Leg. 20, § 5, ff. *de servit. præd. urb.*

nuire au droit, *dum tamen stillicidium rectè recipiatur* (5).

Il n'y a, ce semble, d'autre motif de cette différence, que la présomption que celui qui a droit de stillicide, est propriétaire du terrain, *quatenùs se protendit rigor stillicidii ;* car dans l'hypothèse où il n'auroit sur ce terrain qu'un simple droit de servitude, on ne voit pas comment l'autre nuiroit davantage à son droit en bâtissant, pourvu qu'il ne nuise pas au stillicide, qu'il lui nuiroit en relevant le bâtiment déjà existant et soumis au stillicide (6).

227. Lors même que celui à qui le stillicide est dû sur une place vuide, *in areâ*, n'en jouit qu'à titre de servitude, il peut y ouvrir une porte pour réparer et entretenir les lieux en bon état (7).

228. Quand on n'a pas le droit de stillicide sur le voisin, on ne peut avancer son toit sur son fonds, même en dirigeant les eaux d'un autre côté, car ce seroit anticiper sur ce fonds; et si l'on veut faire tomber les eaux de ce côté, il faut reculer l'édifice et laisser hors de l'aplomb du mur, et sur son propre terrain, un espace suffisant pour le recevoir. Cet espace, ainsi que la disposition des lieux, sont réglés par les usages locaux; à défaut, ils doivent être réglés par experts (8).

---

(5) D.a leg. 20, § 3, 6; leg. 9, ff. *si servit. vindic.*

(6) *Cœpolla*, part. 1, cap. 28, n.° 9, 10; cap. 40, n.° 8; cap. 42; n.° 4. — *Pardessus*, n.° 213, pag. 381.

(7) *Cœpolla*, loc. cit., cap. 40, n.° 6; cap. 42, n.° 2, 3, 4.

(8) *Cœpolla*, cap. 28, n.° 2; cap. 41, n.° 2. — *Pardessus*, n.° 212, pag. 380.

229. La démolition de l'édifice pour lequel le stillicide est dû, ne fait pas perdre le droit, si on vient à le rétablir avant que la prescription ait été acquise; mais on ne peut en le rétablissant, rien changer à l'ancien état (9).

230. La permission de bâtir emporte la remise de la servitude, quand elle est accordée sans réserve. C'est la décision de la loi 8, ff. *quemadm. servit. amitt.*

Mais la loi 21, ff. *de servit. præd. urb.*, dit au contraire, que celui qui a la double servitude du stillicide, et d'empêcher son voisin d'élever, *stillicidii non avertendi*, *altiùs non tollendi*, ne perd pas le stillicide par la seule permission d'élever son édifice (10).

231. La clause si connue dans le droit romain, *stillicidia uti nunc sunt*, *ità sint*, n'a trait qu'au droit dû au vendeur et non à celui auquel il pouvoit être soumis. *Hoc pollicetur venditor, sibi quidem stillicidiorum servitutem deberi; se autem nulli debere.* Il ne seroit donc pas par cette clause, à l'abri de recherche pour la servitude passive de stillicide, qu'il auroit omis de dénoncer à l'acheteur (11).

232. Il existe quelquefois une servitude toute opposée; c'est celle par laquelle le voisin est obligé de verser ses eaux sur le toit de son voisin, pour l'avantage de ce dernier. Elle est connue sous la dénomination *stillicidii non avertendi*.

___

(9) Leg. 20, § 2, ff. *de servit. præd. urb.* — *Cœpolla*, cap. 28, n.° 6. — *Fournel*, v.° *goutière*, pag. 153.

(10) *Cœpolla* pars 1, cap. 28, n.° 11. — *Fournel*, v.° *gouttière*, pag. 157.

(11) Leg. 17, § 3, ff. *de servit. præd. urb.*; leg. 33, ff. *de contrah. empt.*

Elle rejète l'entretien sur celui qui s'y est soumis, vu quelle est la suite d'un fait personnel auquel il s'est obligé (12).

---

(12) *Cœpolla*, pars 1, cap. 29. — D.ª leg. 33. — Leg. 6, § 2, ff. *si servit. vindic.* — *Fournel*, loc. cit., pag. 153. — *La Laure*, liv. 1, chap. 4.

TITRE IV.

Égouts, Cloaque.

233. Les eaux qui ont servi aux usages domestiques ou des arts, ne sont plus que des résidus incommodes, quelquefois dangereux par leur infection, et dont il est urgent de se délivrer. Le canal par lequel on les évacue est ce qu'on appèle égout; *locus cavus, per quem colluvies quœdam fluit* (1).

234. Il en est de l'égout comme du stillicide; on ne peut renvoyer les eaux sales ou inutiles au voisin, si l'on n'en a acquis le droit par titre ou par prescription (2).

235. Si ce droit a été accordé pour des eaux déterminées, on ne peut y en joindre d'autres. Mais s'il l'a été en général, pour les eaux d'une maison, celui qui doit la servitude ne peut se plaindre qu'autant qu'on y joindroit des eaux nouvelles, qui, à l'époque de la concession, prenoient une autre direction (3).

236. Celui qui a le droit d'égout, doit placer et entretenir

---

(1) Leg. 1, § 4, ff. *de cloac.* — *Cœpolla*, pars 1, cap. 48; cap. 6. — *Fournel*, v.º *égout*.

(2) Leg. 16, ff. *si servit. vind.* — *Fournel*, loc. cit.

(3) Leg. 29, ff. *de servit. prœd. urb.* — *Fournel*, loc. cit.

à l'orifice du canal, une grille qui arrête la transmission des ordures (4).

237. Les réparations, le curage, sont à sa charge; et, dans tous les cas, il est tenu du dommage (5).

Rien ne peut arrêter ces réparations, ce curage; car, dit la loi, *utrumque ad salubritatem pertinet* (6).

238. M. Fournel, v.° *égout*, rappèle un arrêt du parlement de Paris, du 21 juin 1721, qui soumet les propriétaires des maisons sous lesquelles passent des égouts publics, à contribuer aux réparations.

239. Nous observerons en passant, que le droit de jeter des eaux dans la cour du voisin, ne comporte pas le droit d'y jeter des ordures, *nec stercus*, *nec urinam*, dit Cœpolla (7).

---

(4) *Fournel*, loc. cit.

(5) Leg. 13, *si servit. vind.*

(6) Leg. 1, § 1, 2, 3, 5, 7, 8, 12, 13, ff. *de cloac.*—*Cœpolla*, pars 1, cap. 48, n.° 5.; pars 2, cap. 6, n.° 1, 6.

(7) Pars 1, cap. 31, n.° 5, 6. — *Fournel*, v.° *vues*, pag. 581.

TITRE V.

Droit de curage.

240. Le curage des rivières, ruisseaux, fontaines, puits etc., est une précaution indispensable, soit pour désobstruer leur lit et prévenir leurs ravages, soit pour procurer des eaux saines et pures à ceux qui ont droit d'en user, soit enfin pour éviter l'infection des eaux stagnantes; *nisi enim*, dit la loi, *purgare et reficere fontem licuerit, nullus ejus usus erit*; et, comme

dit

dit une autre loi, le curage et les réparations, *ad salubritatem ci-vitatum et ad tutelam pertinent* (1).

241. Le curage des rivières navigables et flottables, est à la charge de l'État (2).

Celui des rivières non navigables est à la charge des rive-rains. La loi du 14 floréal an 11, veut qu'il y soit pourvu sui-vant les anciens règlemens et usages locaux.

A défaut de règlemens, ou si des changemens survenus exi-geoient des dispositions nouvelles, il y est pourvu par un rè-glement d'administration publique, sur la proposition du préfet.

La contribution des parties intéressées, et les rôles des ré-partitions, sont arrêtés sous sa surveillance.

Il rend les rôles exécutoires.

Le recouvrement en est fait comme celui des contributions publiques.

Les contestations sont portées au conseil de préfecture, sauf le recours au Gouvernement (3).

242. Le droit d'usage sur tout autre cours d'eau, source, fossé, aqueduc, puits, égout, cloaque etc., donne droit au curage, ou au moins, si l'usager n'y est pas tenu lui-même, il donne la faculté de le surveiller (4).

---

(1) Leg. 1, § 7, ff. *de fontib.*; leg. 1, § 2, ff. *de cloac.*

(2) *Nouv. Répert.*, v.º *curage.*

(3) *Nouv. Répert.*, v.º *curage*, v.º *cours d'eau*, n.º 5, pag. 247.—*Hen-rion*, chap. 27, pag. 313.—*Bulletin des lois*, 3.ᵉ série, n.º 2763, pag. 287.

(4) Leg. 1, § 7, 8, 11., ff. *de cloac.*; leg. 1, leg. 3, § 3, 4, 5, 9, 10, 11, ff. *de rivis*; leg. 1, § 6, 7, 8, 9, 10, ff. *de fontib.*; leg.

22

Ce droit emporte le passage, le transport des matériaux, le terre-jet, à charge de déblayer et d'indemniser (5).

Les fossés, canaux et puits communs, sont recurés ou nétoyés à frais communs (6).

243. Celui qui est en possession annale, ne peut être arrêté dans l'exercice de ce droit, lors même que sa possession seroit clandestine ou précaire. L'utilité de cette mesure, sa nécessité même, toujours urgente pour la salubrité publique et le libre cours des eaux, exigent d'écarter tous les obstacles (7).

Mais on ne peut, sous ce prétexte, changer le cours de l'eau ou l'état des lieux ; *ei demùm permittitur reficere et purgare rivum , qui aquæ ducendæ causá fecit ;* et une autre loi ajoute : *dummodò non aliter utatur quàm sicuti hoc anno usus est...... dummodò non permittatur ei novas aquas quærere vel aperire* (8).

Nous ne reviendrons pas ici sur le curage des fossés établis dans le fonds supérieur ou inférieur pour l'écoulement des eaux de pluie. Il en a été parlé au titre 1 de ce livre.

---

2 , § 7 , ff. *de aqu. et aqu. pluv. arcend. — Fournel*, v.º *curage. — Cæpolla* , pars 2 , cap. 4 , n.º 90.

(5) *Fournel*, loc. cit., pag. 384. — *Henrion*, loc. cit. , pag. 317. — leg. 1 § 6 ; leg. 3 , § 9 , 10 , ff. *de rivis.*

(6) *Fournel*, loc. cit., pag. 385. — Leg. 2 , § 2 , ff. *de aqu. et aqu. pluv. arcend.*

(7) Leg. 1 , § 9 ; leg. 3 , § 8 ; leg. 4 , ff. *de rivis. — Fournel*, loc. cit.

(8) Leg. 1 , § 8 , ff. *de rivis. —* leg. 1 , § 8 , 9 , ff. *de fontib.*

LIVRE CINQUIÈME.

EAUX, ACTIONS, COMPÉTENCE.

Chaque contrat, et, pour ainsi dire, chaque fait, produisoient dans le droit romain des actions particulières, soumises à des formules différentes.

Le droit Français n'a admis dans les actions, que les distinctions générales qui résultent de la nature des choses.

A quelques exceptions près, toutes les contestations qui s'élèvent au sujet des eaux, étoient du ressort exclusif de l'autorité judiciaire.

La législation actuelle a établi un nouvel ordre de choses. Elle a élevé entre le pouvoir judiciaire et l'autorité administrative, une ligne de séparation jusques à présent inconnue. Elle n'a laissé aux tribunaux, relativement aux eaux, que les questions de propriété. Elle a attribué à l'autorité administrative, toutes celles qui peuvent intéresser l'État, l'ordre public, l'intérêt général.

Néanmoins, et dans tous les cas, elle a confié aux juges de paix, la connoissance exclusive des actions possessoires ou en complainte.

Ce changement est devenu la source d'une foule de contestations sur la compétence respective de ces diverses autorités; et cette partie de la législation des eaux est aujourd'hui, par sa nouveauté, par les difficultés qu'elle présente dans ses détails, la plus essentielle, comme la plus pénible à expliquer avec clarté et précision.

Nous diviserons ce livre en deux parties :

La compétence ;

L'action possessoire ou en complainte.

PARTIE PREMIÈRE.

Eaux, Compétence.

L'exposition des règles sur la compétence, exige quelques observations préliminaires sur la séparation des deux pouvoirs.

Observations préliminaires sur la séparation des deux pouvoirs.

244. La séparation entre le pouvoir judiciaire et l'autorité administrative, fut proclamée par la loi sur l'organisation judiciaire, du 24 août 1790, tit. 2, art. 13, en ces termes :

« Les fonctions judiciaires sont distinctes et demeureront tou-» jours séparées des fonctions administratives. »

Cette séparation fut confirmée par la loi du 16 fructidor an 3, dont l'art. 13 défend aux tribunaux « de connoître des » actes d'administration de quelque espèce qu'ils soient. »

Une foule de décrets, de décisions particulières, d'arrêts de la cour de cassation l'ont maintenue, comme l'égide, dit-on, de la liberté publique.

C'est à l'expérience à justifier cette théorie ; à décider si dans une monarchie où, sous quelque forme qu'elle soit constituée, tous les pouvoirs émanent de la même source, l'intérêt, osons le dire, la sûreté même de l'État, l'avantage des administrés, comportent une séparation qui ne doit son origine qu'à la funeste tendance des esprits (à cette époque), vers le gouvernement républicain.

Il doit être permis à un jurisconsulte qui a passé la grande moitié de sa vie sous l'ancienne législation, qui depuis vingt-cinq ans, a pu comparer les deux systèmes dans leurs résultats, de se former des doutes sur ce point.

M. Henrion lui-même, qui présente le système actuel *comme un grand acte de sagesse*, avoue que dans le nombre des questions auxquelles les actes administratifs peuvent donner lieu « il » en est dont il seroit peut-être de la sagesse du Prince d'at- » tribuer la connoissance aux tribunaux..... par la raison très- » simple, qu'il y a des circonstances où les formes judiciaires » sont plus propres à assurer le triomphe de la vérité, que » les procédés administratifs. *La règle appliquée à tous les* » *cas et sans aucune restriction, a des inconvéniens* (1). »

Quoiqu'il en soit, en posant le principe, la loi a omis de tracer la ligne de démarcation. Quelques lois isolées, des décisions particulières, une jurisprudence quelquefois versatile et incertaine, tels sont nos guides depuis 1790; et si à travers ce dédale, on est parvenu à poser quelques règles, on n'a pas éteint, tant s'en faut, ces conflits qui calomnient la législation, qui désolent les justiciables, et dans lesquels, dit encore le même auteur, *temps, soins et frais, tout est perdu pour la question litigieuse.*

Heureusement, la matière des eaux est une de celles sur lesquelles les monumens épars de la législation nouvelle offrent plus de secours sous le rapport de la compétence.

---

(1) *Henrion*, traité *de l'autorité judiciaire dans les gouvernemens monarchiques*, chap. 17, pag. 309; et traité *de la compétence des juges de paix*, chap. 27, pag. 291.

Mais avant de nous livrer à l'exposition des règles que ces monumens présentent, il convient de jeter un coup d'œil sur les principes généraux qui distinguent aujourd'hui les deux pouvoirs.

245. L'autorité judiciaire règle les intérêts privés, par l'application des lois générales. Ses décisions ne sont que déclaratives du fait ou du droit particulier contestés ou réclamés. Elle ne statue donc que sur les contestations existantes.

Elle ne peut ni statuer d'office sur l'avenir (2), ni, comme le déclare l'art. 5 du code civil, prononcer par voie de règlement sur les contestations qui lui sont soumises.

L'autorité administrative a une sphère d'activité plus étendue.

Elle statue sur les rapports des citoyens avec l'État.

Conservateur du domaine public, ordonnateur suprême des mesures qu'exigent la sûreté ou le bien général, c'est par voie d'administration que le Souverain, dit M. Henrion, dispose sur ces divers objets. Il est tout à la fois, l'ordonnateur, le régulateur et le juge des réclamations et des différens auxquels ces mesures peuvent donner lieu.

246. Néanmoins, quand l'autorité administrative statue sur les réclamations des citoyens, ce n'est pas en qualité d'*administrateur* qu'elle agit, c'est comme *juge*; car, on ne peut prononcer que par des jugemens sur les droits des particuliers, et il n'y a que les actes de l'autorité judiciaire qui aient la force et l'efficacité des jugemens.

_____

(2) *Nouv. Répert.*, v.° *cours d'eau*, n.o 5, pag. 247. — *Henrion*, *compétence* etc., chap. 27, pag. 293.

De là sont nés les conseils de préfecture.

Le préfet dispose, il ordonne administrativement ; les conseils de préfecture statuent par voie de jugement sur les matières administratives contentieuses. Ces conseils sont donc de véritables tribunaux, bien que jusques à présent, la loi n'ait exigé aucune garantie de la capacité des membres qui les composent.

247. Au surplus, l'autorité administrative, bornée aux rapports des citoyens avec l'État, avec l'intérêt et l'ordre public, n'a aucune prise sur le droit de propriété. « Tous les décrets, » tous les avis du conseil d'État, dit M. Henrion, proclament » constamment, que toutes les propriétés, tous les droits des » citoyens sont sous la garde de la jurisdiction ordinaire (3). »

On regarde sous ce rapport comme propriété, les droits des parties, lorsqu'ils peuvent être réglés par le titre, par la possession, ou par l'application des principes du droit civil (4).

C'est sur ce fondement, que par décret du 11 août 1808, rapporté par Sirey, tom. 16, part. 2, pag. 389, l'arrêté du préfet, du Pô, fut annullé, pour avoir permis l'établissement d'un moulin, au préjudice d'un droit de bannalité que le préfet avoit déclaré supprimé.

248. Néanmoins, si par un excès de pouvoir, l'autorité administrative avoit statué sur une question de propriété, les tribunaux civils seroient obligés de s'arrêter, jusques à ce que l'acte

---

(3) *Henrion, compétence* etc, chap. 63, pag. 560. — *Sirey*, tom. 7, part. 2, pag. 256 ; tom. 9, pag. 411 ; tom. 11, part. 2, pag. 201.

(4) *Sirey*, tom. 1, pag. 271 ; tom. 13, part. 2, pag. 268. — Vid. *infr.* n.º 254. — *Nouv. Répert.* v.º *moulin*, § 8, pag. 396.

incompétent eût été annullé par l'autorité administrative supérieure ; *c'est*, dit M. Henrion, *une maxime constante*. Elle
a été consacrée par une multitude d'arrêts de la cour de cassation ; elle est fondée sur la disposition de la loi précitée , du
16 fructidor an 3, qui défend aux tribunaux de connoître des
actes d'administration, *de quelque espèce qu'ils soient* (5).

Il est cependant une exception à cette règle. Cette exception
se vérifie là où le préfet, par un règlement de police, auroit
renvoyé la connoissance des contraventions à un tribunal autre
que celui qui doit en connoître. La cour de cassation a jugé,
dans ce cas, le 8 thermidor an 13, que le tribunal incompé-
temment investi, avoit dû se dessaisir, par ce motif, que les arrêtés
des préfets ne pouvoient changer l'ordre des jurisdictions établies
par la loi (6).

Telle est l'analyse sommaire du système actuel. C'est dans les
traités si intéressans de M. Henrion, d'où nous l'avons extraite,
qu'il faut voir les développemens et l'application du principe, aux
diverses branches de l'administration. On sent combien dans une
législation toute nouvelle, cet apperçu doit répandre de clarté

---

(5) *Henrion*, *autorité judiciaire* etc., chap. 17, pag. 310. — *Compétence* etc., chap. 23, pag. 224. — *Sirey*, tom. 3, part. 2, pag. 255;
tom. 4, part. 2, pag. 680; tom. 6, part. 2, pag. 682; tom. 7, part.
2, pag. 123, 272, 797, 798; tom. 8, pag. 267, et part. 2, pag.
297; tom. 9, pag. 67; tom. 10, pag. 114, et part. 2, pag. 289; tom.
11, pag. 15, 254; tom. 12, pag. 62, 70, 71, 196; tom. 13, pag. 1;
tom. 14, pag. 97, 276, et part. 2, pag. 323, 324, 330; tom. 16,
part. 2, pag. 318.

(6) *Sirey*, tom. 7, part. 2, pag. 793.

'sur

sur les règles particulières à la compétence relative aux eaux.

249. « Tout ce qui concerne la législation des eaux , dit M. Par-
» dessus, se compose des principes sur les propriétés territo-
» riales et des règles sur la manière de jouir des choses qui
» n'appartiennent à personne , et dont l'usage est commun à
» tous.

« L'application des premières appartient aux tribunaux , la
» détermination des autres à l'administration (7). »

Cette distinction trace la marche que nous avons dû suivre.

QUESTIONS DE PROPRIÉTÉ.

Mode de jouissance , relativement à l'ordre public.

Ces deux branches ont un point commun , la répression des
contraventions et délits.

Mais après avoir déterminé la compétence respective des deux
pouvoirs administratif et judiciaire , il restera à déterminer encore la compétence respective des diverses branches de chacune
de ces autorités.

Ainsi, la compétence des tribunaux civils se partage suivant
la nature de l'affaire , entre les juges de paix , et les tribunaux
ordinaires.

Entre le tribunal civil ordinaire , et les tribunaux de police
simple , ou de police correctionnelle.

En matière administrative, la compétence appartient au préfet
ou au conseil de préfecture.

_____

(7) N.º 109 , pag. 203.

23

Nous avons donc à déterminer ici deux sortes de compétence :

Compétence respective des deux pouvoirs administratif et judiciaire.

Compétence respective entre les diverses branches de chacune de ces deux autorités.

TITRE I.

Compétence respective des deux Autorités administrative et judiciaire.

Cette compétence embrasse trois objets :

Les questions de propriété ;

L'administration et le mode de jouissance dans l'intérêt de l'ordre public ;

La répression des contraventions et délits.

CHAPITRE I.

Questions de Propriété.

Les questions de 'propriété peuvent s'élever :

Sur les eaux privées ;

Sur les eaux publiques navigables ;

Sur les eaux publiques non navigables.

§ 1.

Eaux privées.

250. Toute question de propriété ou de droit d'usage sur les eaux privées, est essentiellement soumise aux tribunaux civils.

C'est ce que l'auteur des *questions de droit* explique en ces termes, v.º *cours d'eau*, § 1, pag. 182 :

« S'il existe dans mon fonds une source d'eau, et que mon
» voisin prétende s'en approprier la propriété, ou m'obliger à
» titre de servitude, d'en laisser couler les eaux jusques sur
» son héritage, ce ne sont ni le préfet, ni le conseil de pré-
» fecture qui nous jugera; il n'y aura, il ne pourra y avoir
» entre lui et moi, d'autre juge que le tribunal de la situation.

« Si le tribunal décide que mon voisin a véritablement ce
» droit, il déclarera en même temps, s'il y a lieu, quels sont
» les ouvrages que mon voisin devra faire pour empêcher qu'il
» ne nuise à moi et aux autres voisins dans l'exercice de son
» droit.

« *Des vérités aussi simples n'ont pas besoin de preuves; elles*
» *sont pour ainsi dire, marquées au coin de la notoriété pu-*
» *blique.* »

La base de ce principe repose sur cette vérité, rappelée,
on l'a vu, par M. Henrion, que *toutes les propriétés, tous*
les droits des citoyens sont sous la garde de la jurisdiction
ordinaire.

De là, le décret du 22 brumaire an 14, a dit : *l'autorité*
judiciaire connoît des contestations relatives aux eaux pri-
vées (1).

251. Ce principe n'est pas moins applicable aux eaux concédées
par une commune, sous l'autorisation du préfet. La concession
est un acte de propriété ; mais les corps et établissemens publics
ne peuvent disposer de leurs propriétés que sous la surveillance
et l'autorisation de l'administration. Du moment que cette autorisation est intervenue. « Les transactions, dit le décret du 11

(1) *Code de police*, v.° *eaux, rivières*, tom. 1, pag. 287.

» mai 1807, rentrent dans la règle ordinaire du droit, comme
» si elles avoient été passées entre des particuliers. Elle ne pré-
» juge rien sur les contestations qui s'élèveroient à cet égard,
» *lesquelles rentrent d'elles-mêmes dans la jurisdiction des*
» *tribunaux ordinaires.* »

C'est ce qu'avoit jugé déjà la cour de cassation, le 15 prairial
an 12 (2).

---

(2) *Henrion, compétence* etc., chap. 27, pag. 319. — *Quest. de
droit*, v.º *pouvoir judiciaire*, § 9, pag. 98 ; v.º *cours d'eau*, § 1. —
Sirey, tom. 5, pag. 30. — *Pardessus*, n.º 77, pag. 141.

§ 2.

Eaux publiques navigables.

252. Ces eaux sont la propriété absolue de l'État ; elles ne
peuvent donc sous ce rapport, donner lieu à aucune contestation sur le droit de propriété. Tous ceux que des particuliers
entreprendroient de s'y arroger, ne feroient que des contraventions ou des délits.

Nous avons vu (n.º 20), que c'est au Gouvernement à
décider si une rivière est, ou n'est pas navigable ;

S'il convient de rendre navigables celles qui ne le sont pas.
Car, ces dernières n'appartenant à personne, les droits des riverains sont, comme on l'a vu (n.º 22), bien plus un droit
d'usage exclusif, qu'une propriété pleine et absolue.

253. Néanmoins, la question de savoir si un terrain adjacent
à une rivière navigable, est une île ou une simple alluvion ; est,
dit le décret du 12 janvier 1811, *une question de propriété,
qui est du ressort des tribunaux*, comme le seroit la question

de savoir si un chemin est chemin *public*, ou seulement un chemin *de souffrance* (1).

La raison en est, que dans ces deux hypothèses, il s'agit de statuer sur une question de propriété entre l'État et le particulier qui réclame.

254. D'autre part, lorsqu'à l'occasion des travaux ordonnés par le Gouvernement, sur une rivière navigable, le riverain se refuse à la cession des terrains nécessaires, la loi du 20 mars 1809, sur *les expropriations forcées pour cause d'utilité publique*, en défère la connoissance aux tribunaux.

Le préfet prend l'arrêté; le tribunal en ordonne l'exécution, s'il n'y trouve aucune infraction aux règles établies par les titres 2 et 3 de cette loi.

Il statue sur les oppositions.

Il fixe la valeur des indemnités, ou il en renvoie la fixation à des experts.

Il en ordonne le paiement contre l'administrateur du domaine (2).

Telle est donc à cet égard, la distinction consacrée par la loi.

Le Gouvernement dispose de ce qui est reconnu lui appartenir à titre de propriété.

Mais quand il s'élève un doute sur la question de propriété, ou quand le Gouvernement veut, pour l'intérêt public, acquérir une propriété particulière, la question de propriété appartient

---

(1) *Sirey*, tom. 11, part. 2, pag. 201. — *Nouv. Brillon*, v.* *alluvion*, n.° 11. — *Observat. sur quelques coutumes* etc., pag. 42.

(2) *Sirey*, tom. 10, part. 2, pag. 101.

aux tribunaux, comme un préalable indispensable à la disposition.

Ce principe a reçu une nouvelle sanction par le décret du 30 juin 1813.

Le préfet de la Vendée, avoit déclaré biens nationaux des lais et relais de la mer. Les possesseurs se pourvurent au conseil d'état, sur ce fondement, que ces titres de propriété qu'ils avoient produit ne pouvoient être discutés que pardevant les tribunaux. Le décret annulla l'arrêté ; « c'est dit-il, un principe » consacré par une jurisprudence constante, que toutes les fois » que la question de propriété doit être résolue par l'examen » et l'interprétation d'un acte antérieur à l'adjudication, ou par » l'application des maximes du droit civil, il n'appartient qu'aux » tribunaux ordinaires d'en connoître (3). »

---

(3) *Sirey*, tom. 13, part. 2, pag. 268; tom. 1, part. 2, pag. 339 et part. 1, pag. 320; tom. 7, part. 2, pag. 256.

§ 3.

Cours d'Eau publique non navigable.

255. Les droits des riverains sur les cours d'eau, sont, on l'a vu, une véritable propriété.

Ce n'est pas, on l'a vu encore, que cette propriété soit tellement absolue, qu'elle échappe à la surveillance du Gouvernement « dans toute société humaine, dit M. Pardessus, n.° 109, » la police doit avoir l'attribution de régler l'usage des choses » qui sont destinées à tous et n'appartiennent à personne. »

De là, comme dit M. Henrion, et comme on l'expliquera bientôt, l'administration des rivières non navigables, appartient

au Gouvernement, qui l'a confiée à ses délégués dans l'ordre
administratif (1).

Mais là s'arrêtent les droits de l'autorité administrative, parce
que là s'arrête l'intérêt public dont la surveillance lui est confiée ; et lorsqu'il s'élève sur l'usage de ces eaux et entre des
particuliers, une contestation dans laquelle l'ordre public n'est
pas intéressé, c'est aux tribunaux seuls, qu'il appartient d'en
connoître.

La loi du 24 août 1790, défère aux juges de paix la connoissance *des entreprises sur le cours d'eau.*

Le code civil, par l'art. 645, charge les tribunaux, en cas
de contestation entre ceux à qui ces eaux peuvent être utiles,
de les régler entre eux.

De là, le ministère public près la cour de cassation, disoit,
le 4 février 1807, « les tribunaux sont chargés de décider si
» telle ou telle personne peuvent en détourner le cours. La
» disposition des articles 641 et suivans du code civil, ne laisse
» là-dessus aucun doute (2). »

Le même principe est retracé dans cinq décrets ou arrêtés,
en date des 24 vendémiaire an 11, 23 avril 1807, 2 février
1808, 28 novembre 1809, et 12 août 1812.

Dans l'hypothèse du premier, le préfet du Rhône avoit élevé
le conflit sur une contestation entre deux particuliers, sur l'u-
sage d'un eau publique courant dans un chemin. L'affaire fut
renvoyée aux tribunaux (3).

---

(1) *Compétence* etc., chap. 27, pag. 311.
(2) *Sirey*, tom. 7, pag. 220.
(3) *Henrion*, loc. cit., pag. 306.

Le second, annulla un arrêté du préfet de la Nièvre, qui avoit prononcé entre deux maîtres de forge, sur l'usage de l'eau nécessaire à leurs usines : « considérant que la contestation *ne* » *concerne en aucune manière l'intérét public ;* qu'il s'agit seu- » lement de savoir si les eaux serviront à alimenter les usines » de l'un ou de l'autre des deux propriétaires; que cette ques- » tion ne peut être décidée que par l'examen des titres de pro- » priété et les preuves d'une ancienne possession (4).

« Le décret de 1808, dit également : « considérant que lors- » qu'il s'agit de contestations entre des particuliers, relatives à » l'usage des eaux pour l'irrigation de leurs terres, la connois- » sance appartient aux tribunaux (5). »

Celui de 1809 annulla un arrêté du préfet de la Dordogne, portant démolition des ouvrages par lesquels un riverain avoit détourné les eaux, « attendu que le ruisseau n'étoit ni navigable, » ni flottable, et qu'il appartient à l'autorité judiciaire de pro- » noncer sur les *contestations relatives à l'usage d'une eau* » *courante qui ne fait pas partie du domaine public* (6). »

Enfin, dans l'hypothèse du décret du 12 avril 1812, le préfet du Cantal, avoit ordonné la démolition d'un barrage pra- tiqué sur une rivière non navigable. Le décret annulla son ar- rêté, « attendu que les contraventions aux *règlemens de po-* » *lice* sur les rivières non navigables, doivent être portées etc.,

---

(4) *Sirey*, tom. 7, part. 2, pag. 795; tom. 14, part. 2, pag. 450. — *Henrion*, loc. cit., pag. 304, 305.

(5) *Nouv. Répert.*, v.° *moulin*, § 13, pag. 408.

(6) *Sirey*, tom. 10, part. 2, pag. 73.

» *et les contestations qui intéressent les propriétaires , devant*
» *les Tribunaux civils* (7). »

Il en seroit de même , dit M. Henrion , d'une question relative à des ouvrages qu'un riverain auroit pratiqué sur son bord ,
et dont l'effet seroit de faire refluer les eaux sur la rive opposée ; « comme ces eaux, dit-il , n'en auroient pas moins leur
» cours , et qu'il ne s'agiroit que d'un tort fait à un particulier
» par un autre , *il seroit vrai que la question n'intéresse en*
» *aucune manière l'ordre public* (8). »

C'est ce que reconnut, le 17 vendémiaire an 9, le ministre
de l'intérieur, sur l'avis du ministre des finances, et du conseil
des ponts et chaussées (9).

Aussi, comme on l'a vu (n.º 220 et 89), les contestations élevées entre MM. de Raousset Boulbon , et Clément de
Gravaison , et entre le sieur Menut et les frères Barthélemy,
furent portées sans difficulté aux tribunaux , et jugées en dernier ressort par la cour royale d'Aix.

C'est encore aux tribunaux que l'art. 645 du code, donne
le droit d'ordonner le règlement d'arrosage.

Il en seroit de même, s'il s'agissoit d'appliquer une concession émanée de l'autorité publique (10).

C'est donc une vérité constante que l'usage de l'eau publi-

---

(7) *Sirey* , tom. 12 , part. 2 , pag. 206.
(8) *Henrion* , chap. 27 , pag. 305.
(9) *Code de police* , v.º *eaux* , tom. 1 , pag. 269.
(10) *Nouv. Répert.*, v.º *cours d'eau* , n.º 4 , pag. 247. — *Sirey*, tom.
2, part. 2 , pag. 416; tom. 5 , pag. 30; tom. 10 , part. 2 , pag. 543. —
Pardessus , n.º 111 , pag. 212.

24

que non navigable, est du ressort exclusif de l'autorité judiciaire, lorsque cet usage n'intéresse pas l'ordre public, et qu'il peut être réglé entre les parties, par le titre ou par la possession, ou enfin, par l'application des principes du droit civil. La raison en est, que dans toutes ces hypothèses, il ne s'agit que de déclarer quels étoient les droits acquis aux parties, au moment de la contestation.

De tout ce qu'on vient d'exposer dans ce premier chapitre, on résume que les questions de propriété en matière d'eau, sont constamment dans les attributions de l'autorité judiciaire.

Soit qu'il s'agisse d'eaux privées,

Soit que, relativement aux rivières navigables, la question consiste à savoir jusques où s'étendent les fonds qui en forment partie constituante, ou qu'il s'agisse d'obliger un riverain de céder une partie de son fonds pour l'établissement des travaux ordonnés sur ces rivières;

Soit enfin, à l'égard des eaux publiques non navigables, quand la contestation élevée entre des particuliers sur l'usage de ces eaux n'intéresse en rien l'ordre public, et qu'elle peut être décidée, ou par les titres ou par la possession, ou par les règles du droit civil.

L'importance du principe, les difficultés sans nombre qui s'élèvent tous les jours sur ces questions, et dont on vient de rappeller quelques exemples, feront excuser ces détails.

CHAPITRE II.

Administration ; Mode de Jouissance.

§ 1.

Eaux privées.

256. Les eaux privées, dit l'auteur des questions de droit, *sont, par leur nature, indépendantes de l'autorité adminis-trative* (1).

Le mode de jouissance de ces eaux n'a pas plus de rapport avec l'intérêt général, que la jouissance d'un champ ou de tout autre fonds. *Celui*, dit l'art. 641 du code, *qui a une source dans son fonds, peut en user à sa volonté.*

Il est néanmoins un rapport sous lequel elles peuvent inté-resser l'ordre public ; c'est leur élévation relativement aux dom-mages qui pourroient résulter pour le public de cette élévation mal combinée.

Cette question trouvera mieux sa place au § 3 de ce chapitre, art. 2.

_____

(1) V.° *cours d'eau*, § 1, pag. 184.

§ 2.

Rivières navigables.

257. Ces rivières sont la propriété de l'État ; elles sont donc entièrement sous sa main pour les mesures qu'elles exigent.

L'ordonnance de 1669, tit. 1., en avoit attribué la connois-sance exclusive à la juridiction des eaux et forêts.

Cette connoissance appartient aujourd'hui à l'autorité administrative.

C'est à elle qu'il appartient d'en diriger le cours, d'ordonner de surveiller les travaux, de juger toutes les questions qui s'élèvent sur cet objet. Ainsi l'a décidé le décret du 24 janvier 1812, art. 110 et 111, par rapport aux grandes routes, auxquelles on a vu que la loi a assimilé les rivières navigables (1).

C'est elle qui connoît des oppositions et des contestations relatives à l'établissement des moulins et engins, autorisé par le Gouvernement, comme l'a décidé l'arrêté du 30 frimaire an 11 (2).

C'est à elle à prononcer sur les contestations qui s'élèvent sur les tarifs des droits de navigation établis par la loi du 3 floréal an 10. Telle est la disposition de cette loi, art. 4 (3).

Un avis du conseil d'État, du 12 mars 1808, a décidé, que bien que les contestations qui s'élèvent entre les entrepreneurs des travaux sur le canal de l'*Ourcq* et leurs ouvriers, sur le prix de leurs ouvrages, fussent du ressort du tribunal civil, c'étoit à l'administration à déterminer au préalable, la quantité des terres fouillées et leur classification (4).

---

(1) *Henrion*, chap. 22, § 3, pag. 207; chap. 26, § 1, pag. 257.— *Nouv. Répert.*, v.º *navigation*, sect. 2, § 2, pag. 451.

(2) *Sirey*, tom. 7, part. 2, pag. 925.

(3) *Sirey*, tom. 2, part. 2, pag. 178. — *Nouv. Répert.*, loc. cit.

(4) *Sirey*, tom. 16, part. 2, pag. 317.

§ 3.

Eaux publiques non navigables.

258. Ces eaux, comme on l'a déjà annoncé au § 3 du précédent

chapitre, sont sous l'administration et la surveillance du pouvoir administratif (1).

« Il est des choses, dit l'art. 714 du code civil, qui n'ap
» partiennent à personne, et dont l'usage est commun à tous.
» *Des lois de police règlent la manière d'en jouir.* »

259. L'instruction du 20 août 1790, chap. 6, désigne les objets de cette surveillance.

1.º « Rechercher et indiquer les moyens de procurer le libre
» cours des eaux.

2.º « Empêcher que les prairies soient submergées par la trop
» grande élévation des écluses des moulins, et par les autres
» ouvrages d'art établis sur les rivières.

3.º « Diriger autant qu'il sera possible, toutes les eaux de
» leur territoire vers un but d'utilité générale, d'après les prin
» cipes de l'irrigation. »

260. La loi du 14 floréal an 11, y a spécialement compris leur curage, et l'entretien des digues et ouvrages d'art qui y correspondent.

Nous avons exposé les dispositions de cette loi au liv. 4, tit. 5 (n.º 241).

Les autres objets de la surveillance administrative, exigent quelques développemens.

---

(1) *Henrion*, chap. 27, pag. 311. — *Pardessus*, n.º 76, pag. 138.

ARTICLE. 1.

Libre cours des Eaux.

261. Le conseil d'État avoit été d'avis, les 24 ventôse et

5 floréal an 12, que toute entreprise tendante à détourner le cours des eaux, à encombrer leur lit, à anticiper sur leur largeur, étoit dans les attributions des tribunaux de police (1).

La loi du 29 ventôse an 13, a paru à M. Henrion, avoir changé en partie cet ordre de choses (2).

Cette loi attribue aux conseils de préfecture, la connoissance des entreprises sur la largeur et l'alignement des chemins *vicinaux*; elle n'a rien statué sur leur encombrement.

Or, comme les cours d'eau publique non navigable sont assimilés aux chemins *vicinaux*, M. Henrion a pensé que ce qui est relatif à leur encombrement, est resté dans les attributions des tribunaux de police;

Mais que les conseils de préfecture devoient connoître désormais de toute entreprise sur leur cours ou leur largeur.

262. Mais, ajoute cet auteur, cette compétence ne se vérifie, qu'autant que la contravention est poursuivie *au nom du public*, et sur des procès-verbaux rédigés par les fonctionnaires que la loi du 29 floréal an 10, a désignés pour constater les délits sur les chemins *vicinaux*. « Si le débat ne s'élevoit, dit - il, » qu'entre deux particuliers, dont l'un se plaindroit que les en- » treprises de l'autre lui portent préjudice, *l'affaire seroit pu-* » *rement civile.* »

C'est ce dont on a vu divers exemples dans les arrêtés et les décrets rapportés au chapitre précédent, § 3.

_____

(1) *Sirey*, tom. 12, part. 2, pag. 206, col. 2.—*Henrion*, chap. 27, pag. 306, 311.

(2) *Henrion*, loc. cit.

ARTICLE 2.

Élévation des Eaux.

263. La trop grande élévation des eaux, la hauteur mal combinée de leur deversoir, exposent les voisins et les chemins à des inondations toujours dangereuses. Cette élévation intéresse donc essentiellement la police et l'ordre public.

Tel a été le motif de l'instruction de 1790, qui charge les administrations locales de surveiller cet objet.

Le code rural de 1791, tit. 2, art. 16, oblige les propriétaires des moulins et autres usines, de tenir les eaux *à une hauteur* qui ne nuise à personne, *et qui sera fixée par le directoire de département* (aujourd'hui le préfet), *d'après l'avis du directoire du district* (le sous-préfet).

« Lors (dit le décret du 2 février 1808), que la contes-
» tation est relative à des moulins et usines, *et qu'il s'agit de*
» *la hauteur d'eau,* comme cette matière intéresse l'ordre public,
» c'est à l'administration qu'il appartient de faire faire les véri-
» rifications et de statuer sur les difficultés. La surveillance de
» l'administration à cet égard est indispensable, à cause des dom-
» mages que les eaux pourroient causer aux chemins et pro-
» priétés voisines, par la trop grande élévation du deversoir,
» ou par toute autre construction non conforme à l'art (1). »

C'est à cette même autorité à statuer sur les réclamations contre les règlemens émanés de son autorité ; et les tribunaux civils ne peuvent en prendre connoissance, comme l'a décidé,

---

(1) *Nouv. Répert.*, v.º *moulin*, § 13, pag. 408. — *Sirey*, tom. 16, part. 2, pag. 319.

entre autres, l'avis du conseil d'État, du 12 mars 1808, approuvé le 19 du même mois (2).

A vérifier si l'élévation de l'eau excède, ou n'excède pas la hauteur par elle déterminée (3).

Mais cette compétence exige, 1.º la préexistence d'un règlement émané de son autorité;

2.º Que le règlement en lui-même, forme le sujet de la contestation.

Là où il n'existe aucun règlement; là où la question élevée entre deux particuliers n'a aucun rapport avec l'ordre public; là où il ne s'agit que de la contravention à un règlement dont l'existence est convenue, dont les dispositions ne sont pas contestées ou attaquées, ce n'est plus à l'administration, c'est aux tribunaux qu'il appartient de statuer.

Telle est la distinction établie par les décrets des 23 mai 1810, et 2 juillet 1812.

« Considérant, porte le premier, que le cours d'eau dont » il s'agit n'est ni navigable, ni flottable; que la contestation » est toute *dans des intérêts privés*; qu'à l'époque où cette » contestation a commencé, *il n'existoit aucun règlement d'ad-* » *ministration publique qui y eût trait*; que dès-lors, il y a » lieu d'appliquer l'art. 645 du code, qui a suffisamment pourvu » dans ce cas, à ce qui touche l'intérêt de l'agriculture et à » l'exécution des règlemens particuliers et locaux.

(2) *Sirey*, tom. 7, part. 2, pag. 716; tom. 16, part. 2, pag. 319.— Vid. *infr.*, n.º 280.

(3) *Sirey*, tom. 9, pag. 291; tom. 10, pag. 215.

» L'arrêté

« L'arrêté de conflit, pris par le préfet du département du
» Cantal, est annullé (4). »

Dans l'hypothèse du décret de 1812, le préfet de la Creuse,
avoit statué sur des contestations relatives à l'exécution de son
règlement sur la hauteur des eaux. Ses arrêtés furent annullés,
par ce motif, qu'à la vérité, il avoit eu « le droit de régler les
» dimensions de la retenue et du bief du moulin,

« Mais que les contestations que ce règlement pouvoit ex-
» citer, devoient être portées *devant les tribunaux ou devant*
» *le conseil de préfecture, suivant qu'elles avoient ou non, la*
» *propriété pour objet* (5). »

Ainsi l'avoit déjà jugé la cour de cassation, le 19 frimaire
an 8, dans une hypothèse où la hauteur des eaux se trouvoit
fixée par une transaction, dont l'exécution avoit donné lieu au
litige. Le tribunal d'appel avoit déclaré l'autorité judiciaire in-
compétente ; la cour cassa son jugement, attendu qu'il ne s'a-
gissoit que de l'intérêt privé des parties (6).

C'est ainsi que le code pénal, art. 457, ne prononce une
amende en cas de dommage résultant de la trop grande élévation des eaux, que là où *la hauteur du deversoir* avoit été
déterminée par l'autorité compétente.

Un décret du 11 août 1808, rapporté par Sirey, tom. 16,
part. 2, pag. 391, a confirmé l'arrêté du préfet de Vaucluse,
qui avoit ordonné la démolition d'une usine établie sur une ri-

---

(4) *Sirey*, tom. 7, part. 2, pag. 795. — *Quest. de droit*, v.° *pouvoir
judiciaire*, § 10, au *supplément*, pag. 232.

(5) *Sirey*, tom. 12, part. 2, pag. 373.

(6) *Sirey*, tom. 1, pag. 271.

vière non navigable, au préjudice d'un moulin supérieur, sur le fondement de la loi du 6 octobre 1792, ci-dessus rappelée.

265. Quand l'autorité administrative a réglé la hauteur de l'eau, les tribunaux ne peuvent connoître des dommages qui seroient résultés de cette hauteur mal combinée. C'est à l'autorité administrative que le demandeur doit s'adresser, pour faire déterminer la hauteur convenable. Car, les tribunaux ne pourroient condamner le possesseur de l'engin, sans contrevenir à un règlement auquel il ne leur est pas permis de toucher.

C'est ce que la cour de cassation a décidé, les 28 mai 1807, et 13 mars 1810 (7).

266. Ces détails nous conduisent naturellement à la question annoncée au § 1.er, sur l'élévation des eaux privées.

Il est certain que par cela même qu'il n'existeroit aucun règlement, le dommage seroit de la compétence exclusive des tribunaux.

Mais en statuant sur ce dommage, les tribunaux pourroient-ils eux-mêmes régler la hauteur des eaux pour l'avenir ? Telle est la difficulté.

L'instruction de 1790 ne parle de l'élévation des écluses, que par rapport aux moulins *établis sur les rivières*.

Ce n'est encore que de ces moulins dont parlent les décrets et les arrêts précités.

Le code rural, le code pénal, ne font pas cette distinction. Le premier, déclare responsable en général, *les propriétaires*

(7) *Sirey*, loc. cit., not. 4, 5, 6.

des moulins et usines; il veut *que la hauteur des eaux soit fixée par le directoire* etc.

Il en est de même de l'art. 457 du code pénal.

Si l'on remonte au principe de la séparation des deux pouvoirs, les droits de l'autorité judiciaire se bornent à déclarer le fait ou le droit acquis et contesté; et la hauteur des eaux ne pourroit être fixée pour l'avenir, que par voie de règlement.

D'autre part, l'inondation et les moyens à prendre pour l'avenir, sont un objet d'ordre public. Cet objet entre nécessairement dans les attributions de la police administrative.

M. Pardessus, n.º 79, a pensé que c'est à l'autorité judiciaire à prononcer sur l'élévation de la décharge d'un étang privé, formé par la réunion des eaux pluviales, attendu que le code rural ne parle que des *moulins*, et que cette loi, comme l'instruction de 1790, ne sont relatives qu'aux eaux courantes. De là (n.º 93.), il convient que si l'étang provenoit d'une source d'eau vive qui pût avoir un cours déterminé, on devroit, dans ce cas, s'adresser à l'administration.

Mais, là où les motifs et les dangers sont égaux, là où l'ordre public a, dans les deux hypothèses, un intérêt évident et aussi essentiel, nous aurions de la peine à admettre cette distinction, dans l'état actuel de la législation.

Quoiqu'il en soit, il résulte au moins de son opinion, que l'autorité administrative seule, peut, quelle que soit la qualité des eaux, déterminer pour les moulins et engins, la hauteur du deversoir.

Nous ne connoissons aucune décision sur cette question. Mais, à notre avis, il est dans l'ordre du principe actuel, que cette détermination soit, même pour la hauteur des eaux privées, dans les attributions de l'autorité administrative.

L'élévation des eaux, les questions auxquelles cette élévation peut donner lieu, sont donc dans les attributions du pouvoir administratif, lorsqu'il s'agit,

1.º De déterminer cette élévation ;

2.º De statuer sur les réclamations auxquelles ce règlement peut donner lieu ;

3.º De décider si la hauteur dont on se plaint, excède ou non celle qui a été fixée par le règlement.

Ces questions rentrent dans les attributions du pouvoir judiciaire,

1.º Lorsqu'il s'agit de statuer sur des contraventions à un règlement non contesté ;

2.º Lorsqu'il n'existe aucun règlement.

Dans ce dernier cas, l'autorité judiciaire peut bien ordonner que le propriétaire de l'usine fera déterminer la hauteur de l'eau.

Mais elle ne peut la déterminer elle-même, s'il s'agit d'une eau publique.

Nous pensons qu'il en est de même relativement aux eaux privées.

Nous verrons au titre 3 de cette première partie, que c'est au préfet, et non au conseil de préfecture, à déterminer cette hauteur.

A R T I C L E 3.

Règlement d'arrosage.

267. Les principes relatifs aux règlemens d'arrosage, ont été exposés dans le troisième livre, part. 1, n.º 104 et suivans.

On a vu que là où il y a lieu au règlement, c'est aux tribunaux qu'il appartient de l'ordonner, conformément à l'art. 645 du code civil.

Mais la confection de ce règlement appartient exclusivement à l'autorité administrative.

Les administrations, dit la loi de 1790, doivent diriger les eaux vers un but d'*utilité générale*, *d'après les principes de l'irrigation.*

L'art. 5 du code, dit: « le décret du 2 février 1808, défend
» aux juges de prononcer par voie de disposition générale et
» réglementaire. *Dès qu'il convient de faire un règlement*
» *local*, *les tribunaux ne peuvent se dispenser de renvoyer*
» *à l'autorité administrative* (1).

« En effet, dit M. Henrion, il s'agit d'obliger une collection
» d'individus, de statuer sur une demande qui n'est fondée ni
» en titre, ni en possession attributive de la propriété. Il s'agit
» d'un objet qui appartient au public, et dont, par ce motif,
» la disposition ne peut être que dans les mains du Gouver-
» nement. Enfin, l'acte qui interviendra n'a pas le caractère
» essentiel de tous les jugemens ; il ne sera pas simplement dé-
» claratif du droit des parties, puisqu'uniquement fondé sur l'in-
» térêt de l'agriculture, il ne renferme que des mesures d'ordre
» et d'intérêt général. L'affaire ne sera donc pas judiciaire; ce
» sera donc au préfet qu'il faudra demander le règlement (2). »

Il est indifférent sous ce rapport, que le règlement soit à faire entre deux riverains seulement, ou entr'eux tous. Dès qu'il

(1) *Nouv. Répert.*, v.° *moulin*, § 13, pag. 408.
(2) *Henrion*, chap. 27, pag. 301.

n'y a pas de droit acquis à déclarer, on ne peut disposer *que par mesures d'ordre et d'intérêt général* (3).

M. Pardessus, n.º 109, semble douter de la règle, là où il ne s'agit que d'*irrigation*. Il se fonde sur ce que la loi du 24 août 1790, tit. 3, art. 10, donnant aux juges de paix l'attribution au possessoire des entreprises sur les cours d'eau servant à l'arrosement, il attribue par cela même, la connoissance du fonds aux tribunaux ordinaires.

Il lui paroît que le principe devroit être restreint aux cas où il s'agit de concilier par une mesure commune des intérêts présens et futurs, subordonner les droits des propriétaires à l'utilité publique, ou l'accorder avec l'existence et les besoins *des établissemens que l'utilité publique prescrit de favoriser.*

Ce système nous paroît en contradiction avec les principes actuels, avec la disposition formelle du décret précité, du 2 février 1808.

1.º Toute action possessoire est dans les attributions du juge de paix, lors même que la question au fonds est du ressort exclusif de l'autorité administrative. C'est ce qu'on verra bientôt.

D'ailleurs, le juge de paix ne fait que déclarer le droit actuel des parties, le règlement est attributif d'un droit pour l'avenir.

2.º Le tribunal prononce toujours sur le fonds, puisque c'est lui qui ordonne le règlement, quoiqu'il ne puisse pas lui-même y procéder.

3.º La loi du 20 août 1790, et l'art. 645 du code, ne par-

_____

(3) *Idem*, loc. cit.

lent que d'*irrigations*, et rien n'indique que ces lois aient eu en vue d'autres *établissemens*.

Enfin , quel que doive être l'objet du règlement, toujours est-il vrai que là où il n'existe pas un droit acquis et formé , véritable et seule hypothèse du jugement, ce n'est que par *voie réglementaire*, interdite aux tribunaux , qu'on peut régler ces droits pour l'avenir.

Il seroit donc difficile de contester à l'autorité administrative le droit exclusif de procéder au règlement.

268. Mais cette autorité devient étrangère à la contestation, lorsque les droits des parties peuvent être réglés par le titre, par la possession , par l'application des règles du droit civil , ou par des règlemens déjà existans que l'art. 643 du code prescrit de respecter. Dans toutes ces hypothèses , il ne s'agit que de déclarer le droit acquis , de déterminer l'étendue de ce droit ; la question n'est plus qu'une question de propriété , étrangère à l'ordre public , et du ressort des tribunaux ordinaires. C'est ce qui résulte du décret du 3 avril 1807 (4).

269. Du reste, là où il y a lieu à un règlement, l'autorité administrative n'a pas le droit de prendre l'initiative. Il faut que ce règlement ait été ordonné par les tribunaux , ou que les parties , d'accord sur sa nécessité , se soient réunies pour le demander. Ainsi l'ont décidé les décrets précités , des 23 avril 1807 , et 28 novembre 1809 (5).

270. Le règlement établi, c'est aux tribunaux à le faire exécuter.

***

(4) *Sirey* , tom. 10 , part. 2 , pag. 76.
(5) *Idem* , pag. 73.

Il forme pour les parties un droit acquis ; et l'administration locale investie en quelque sorte, dit M. Pardessus, du pouvoir législatif dans ce cas, ne peut appliquer isolément ce qu'elle a ordonné en masse, c'est aux tribunaux seuls que cette application appartient (6).

---

(6) *Pardessus*, n.º 110 et 111, pag. 209, 212.

§ 4.
Desséchement, Marais, Étangs.

271. Nous avons exposé au livre 1.er les dispositions de la loi qui régit aujourd'hui le desséchement des marais.

Nous allons rappeler succinctement celles de ces dispositions qui règlent la compétence.

Le Gouvernement ordonne le desséchement.

Il en arrête le plan.

Les détails d'exécution sont confiés sur les lieux, à une commission dont il nomme les membres.

Toute question de propriété est étrangère à cette commission, et ne peut être portée qu'aux tribunaux.

C'est à eux encore, à statuer sur la cession forcée des propriétés, dans les cas prévus par la loi.

C'est le Gouvernement qui, sur l'avis du préfet, règle le genre et l'étendue des contributions aux dépenses.

Toutes réparations pour dommages sont poursuivis, comme pour les objets de grande voirie, par voie administrative, devant les conseils de préfecture (1).

---

(1) Loi du 16 septembre 1807, art. 27; loi du 9 ventôse an 13, art. 8. — *Henrion*, chap. 22, § 3, pag. 205.

C'est

C'est au préfet qu'il appartient d'ordonner le desséchement des marais et des étangs pour cause de sûreté ou de salubrité publiques (2).

---

(2) Loi du 11 septembre 1792.—*Nouv. Répert.*, v.º *étang*—*Fournel*; v.º *marais*.

CHAPITRE III.

Contraventions, Délits.

272. Tout délit sur les eaux privées est un attentat au droit de propriété. Il est donc du ressort des tribunaux, comme ces eaux elles-mêmes.

273. Les entreprises, contraventions, détériorations sur les rivières et canaux navigables ou flottables, chemins de hallage, francs bords et ouvrages d'art, sont *constatées, réprimées et poursuivies par voie d'administration.* C'est la disposition de la loi du 29 floréal an 10 (1).

Cette loi confie le soin de les constater, aux maires et adjoints; aux ingénieurs des ponts et chaussées, et à leurs conducteurs ; aux agens de la navigation ; aux commissaires de police ; aux gendarmes, préalablement assermentés en justice ou devant le préfet.

Sur le vu des procès-verbaux, le sous-préfet ordonne provisoirement ce que de droit, pour faire cesser le dommage, sauf le recours au préfet.

Il est statué définitivement au conseil de préfecture.

Ses arrêtés sont exécutés provisoirement, sauf le recours,

---

(1) *Sirey*, tom. 3, part. 2, pag. 497.—*Henrion*, chap. 22, § 3, pag. 203; chap. 26, § 1, pag. 257.

sans visa, ni mandement des tribunaux, par l'envoi de garnisaires et saisie des meubles.

Ils donnent hypothèque.

274. Mais, si outre l'amende, le délit étoit de nature à mériter une peine corporelle, comme l'emprisonnement, le conseil de préfecture seroit tenu de renvoyer aux tribunaux correctionnels, pour l'application de la peine. C'est ce qu'a décidé le conseil d'État, le 21 mars 1807 (2).

275. La loi du 16 septembre 1807, sur les desséchemens, art. 27, renvoie aux tribunaux la connoissance des délits relatifs à cette partie.

276. Les délits qui se commettent sur les rivières et autres cours d'eau publique non navigable, se réduisent à quatre délits principaux:

En détourner le cours;

Anticiper sur leurs bords;

Les encombrer;

Y pêcher, soit en fraude des droits du riverain, soit dans des temps ou avec des engins prohibés.

On a vu ci-dessus, chap. 2, § 3, art. 2, que depuis la loi du 29 ventôse an 13, les deux premiers sont entrés dans les attributions des conseils de préfecture;

Que le fait d'encombrement est resté aux tribunaux.

277. C'est aux tribunaux qu'appartient également la connois-

_____

(2) *Nouv. Répert.*, v.° *chemin*, n.ᵒ 14, pag. 256. — *Henrion*, chap. 22, § 2, pag. 203.

sance des délits de pêche, quelle que soit la qualité des eaux et la nature du délit. On reviendra sur cet article.

278. Il en est de même de la transmission volontaire des eaux à l'inférieur, par des moyens artificiels (3).

---

(3) *Code rural*, 1791, tit. 2, art. 15. — *Henrion*, chap. 26, § 2, pag. 262.

TITRE II.

Compétence respective entre les diverses branches de chacune des deux autorités.

§ I.

Préfet, Conseil de Préfecture.

279. Le préfet, avons-nous dit (n.º 246), dispose et ordonne administrativement.

Les conseils de préfecture, véritables tribunaux administratifs, statuent par voie de jugement, sur les matières administratives contentieuses.

C'est la disposition de la loi du 28 pluviôse an 8, art. 3 et 4.

Sirey rapporte deux décrets ou arrêtés conformes, des 17 brumaire an 10, et 7 février 1809 (1).

On en a vu une foule d'exemples dans les décrets et arrêts rappelés dans le titre précédent.

Une décision ministérielle du 5 germinal an 10, fournit sur

---

(1) *Sirey*, tom. 2, part. 2, pag. 8; tom. 9, part. 2, pag. 290.

les droits respectifs du préfet et du conseil de préfecture, des détails particuliers que l'on peut consulter (2).

280. C'est au préfet et non au conseil de préfecture, à statuer sur la hauteur des eaux.

Si la partie se refuse à l'exécution des travaux qu'il a ordonnés, les tribunaux prononcent l'amende, sur la dénonciation du préfet, ou la poursuite des parties intéressées (3).

Mais, les réclamations contre cette fixation et les dommages qui ont pu en résulter, doivent être portées au conseil de préfecture. Ainsi l'a décidé le conseil d'État, par son avis du 12 mars 1808, approuvé le 19 (4).

---

(2) *Code de police*, v.° *eaux*, tom. 1, pag. 286.
(3) Le même, *eod.* — *Sirey*, tom. 16, part. 2, pag. 319.
(4) *Sirey*, loc. cit.

§ 2.

Tribunaux ordinaires, Tribunaux de Police.

282. Lorsque la contravention donne lieu à une peine ou à une amende, outre les dommages-intérêts, l'affaire est portée au tribunal de police simple ou correctionnelle, suivant la gravité de la peine prononcée par la loi.

Ce n'est pas que la partie lésée ne puisse agir par la voie purement civile, devant les tribunaux ordinaires, en simples dommages-intérêts.

Mais quand le ministère public agit d'office, ou s'il juge à propos d'intervenir dans la poursuite, comme il est obligé de conclure à l'application de la peine, l'affaire ne peut plus être portée ou poursuivie, que pardevant les tribunaux de police.

283. La compétence respective de ces tribunaux, se règle par le *maximum* de la peine qu'ils sont autorisés à appliquer.

L'affaire est du ressort du tribunal correctionnel, toutes les fois que la peine excède une amende de 15 fr. et un emprisonnement de cinq jours, *maximum* de la peine que le tribunal de simple police a droit de prononcer, outre la confiscation des objets saisis (1).

Ainsi, le code pénal, art. 471, n.° 4, punit d'une amende d'un franc à 5. fr., ceux qui embarrassent la voie publique, conséquemment, le lit des rivières; ce délit est donc de la compétence du tribunal de police simple.

Au contraire, l'art. 457, porte à 50 fr. le *minimum* de l'amende contre tout possesseur de moulin qui, en contravention du règlement sur la hauteur de l'eau, auroit occasionné une inondation. Ce délit ne peut donc être porté qu'au tribunal correctionnel.

284. Il en est de même du délit de pêche, quelle que soit la qualité des eaux.

Ce n'est pas que quand il n'a été commis qu'en fraude du droit du propriétaire, il soit classé au nombre des délits publics. C'est ce qu'a jugé la cour de cassation, le 5 février 1807 (2).

Mais, dans ce cas même, l'ordonnance de 1669, tit. 31,

---

(1) *Code d'instruct. crimin.*, art. 137, 179. — *Henrion*, chap. 22, § 3, pag. 209.

(2) *Sirey*, tom. 7, part. 2, pag. 74. — *Henrion*, chap. 26, § 6, pag. 287.

art. 1 , 5 , prononce une amende de 50 fr. au profit du propriétaire (3).

Là où la pêche, dans un temps ou avec des engins prohibés,
autorise la poursuite du ministère public, l'art. 10 du même titre
porte l'amende à 100 fr. Cette disposition a été maintenue par
le code pénal, du 3 brumaire an 4 , et par l'arrêté du directoire exécutif, du 22 messidor an 6. La cour de cassation s'est
conformée à ces lois, par son arrêt du 20 août 1807; et M.
Henrion a pensé que c'est par ce motif, que le code pénal
actuel ne parle pas de ce délit (4).

La loi de l'an 11 sur les contributions indirectes, tit. 5, art.
14 , prononce une amende de 50 à 200 fr. contre le délit de
pêche dans les rivières navigables.

L'art. 15 porte que ce délit sera poursuivi par la même voie
que les délits forestiers (5).

285. Il en est de même de la transmission frauduleuse des
eaux à l'inférieur , par des moyens artificiels (6).

286. Là où la loi ne prononce ni peine ni amende, ou il
n'existe aucune contravention à des règlemens de police, l'affaire ne peut être portée qu'aux tribunaux civils ordinaires.

Ainsi , la cour de cassation a jugé, le 8 septembre 1809,

---

(3) *Sirey*, tom. 11 , pag. 138.

(4) *Sirey*, tom. 7 , part. 2 , pag. 74, 1097 ; et tom. 11 , pag. 138. —
Henrion, loc. cit. , pag. 209.

(5) *Sirey*, tom. 2 , part. 2 , pag. 103; tom. 7 , part. 2 , pag. 807.

(6) *Code rural*, 1791 , tit. 2 , art. 15. — *Henrion*, chap. 26 , § 2 ,
pag. 262.

que le tribunal de police n'avoit pu connoître de l'écoulement
d'une latrine intérieure dans le puits du voisin, attendu qu'il
n'y avoit là ni délit, ni contravention à aucun règlement de
police (7).

_____

(7) *Sirey*, tom. 10, pag. 296.

§ 3.

Juge de paix, Tribunal ordinaire.

287. Toute entreprise sur les eaux peut donner lieu à deux
actions :

L'action au fonds en maintenue définitive, c'est *le pétitoire*;

L'action en maintenue provisoire, c'est l'action *possessoire* ou
en *complainte*.

L'action possessoire est, dans tous les cas, du ressort exclusif
de la justice de paix.

La loi du 24 août 1790, tit. 3, art. 10, attribue aux juges
de paix la connoissance au possessoire des *entreprises sur les
cours d'eau*.

288. Tel est sous ce rapport, le privilège de l'action au possessoire, que le juge de paix est toujours exclusivement com-
pétent, même dans les matières dont la décision au fonds est
réservée à l'autorité administrative.

C'est ce qu'ont reconnu les décrets des 20 mars 1806, et 16
juin 1808.

Une action possessoire s'étoit élevée entre deux acquéreurs
de biens nationaux, sur un cours d'eau. Le préfet éleva le conflit ;
son arrêté fut annullé par les motifs suivans :

« L'autorité administrative n'est compétente pour connoître

» des difficultés qui s'élèvent entre les acquéreurs des biens na-
» tionaux, *que lorsque ces difficultés sont relatives au fonds.*
» Dans l'espèce, le juge de paix a seulement à prononcer *sur*
» *une demande possessoire* : dès-lors, il n'excède pas ses pou-
» voirs, attendu qu'il ne préjuge ni du mérite du fonds, ni des
» titres de propriété (1). »

Il est néanmoins une hypothèse où l'action possessoire est
du ressort du tribunal saisi du fonds. C'est celle où pendant
procès, une partie se permettroit de changer l'état des lieux,
attendu, dit M. Henrion, qu'il ne peut exister pour le même
objet, deux procès pendans en même temps pardevant deux
tribunaux différens (2).

Telles sont dans l'état actuel, les principales règles de compétence sur les eaux.

Dans le système de la séparation des deux pouvoirs, ces
règles, on l'avoue, sont le résultat naturel de ce nouvel ordre
des choses.

Mais les théories les plus séduisantes ne tiennent pas toujours
contre l'expérience.

C'est aux hommes sages et instruits, aux véritables amis du
Gouvernement monarchique, à décider si celle que l'on vient

---

(1) *Nouv. Répert.*, v.° *complainte*, § 6, n.° 4, pag. 663, v.° *actes
administratifs. — Quest. de droit*, v.° *cours d'eau*, tom. 3, pag. 182;
v.° *pouvoir judiciaire*, § 9 — *Sirey*, tom. 7, part. 2, pag. 792; tom.
14, pag. 60; tom. 16, part. 2, pag. 349.

(2) Chap. 54, pag. 514.

d'exposer,

d'exposer a atteint le but de toute loi politique, l'intérêt du Gouvernement, celui des administrés : si le pouvoir administratif trop disséminé, toujours foible et incertain dans sa marche, source intarissable de doutes et de conflits, a offert à l'État, aux citoyens, cette garantie qu'offroit jadis l'autorité judiciaire, plus concentrée, toujours une dans sa marche, toujours active et essentiellement répressive.

Si, en un mot, ce fut dans l'intérêt de la chose publique, que l'autorité judiciaire, si redoutable aux factieux, fut circonscrite dans des bornes aussi resserrées, dans ces temps déplorables, où tout tendoit au renversement du Gouvernement légitime.

PARTIE DEUXIÈME.

Action possessoire.

289. L'action possessoire ou en complainte, étoit connue dans le droit romain, sous la dénomination d'interdit, *interdicta* (1). M. Henrion, dans son traité de la compétence des juges de paix, chap. 31 et suivans, a donné sur les interdits et l'action possessoire, sous les deux législations, des détails aussi intéressans qu'instructifs.

Cette action étoit, connue en Provence, sous le nom de *statut de querelle au premier chef* (2).

On sait qu'elle est fondée sur ce principe, que celui qui pendant l'an et jour, a possédé publiquement et sans trouble, à titre de propriété, *animo domini*, est présumé possesseur légitime, sauf

___

(1) Vid. *instit.*, lib. 4, tit. 15 et suiv.; digest., lib. 43, tit. 1 etc.; cod., lib. 8, tit. 1 etc.

(2) *Janety*, sur le *règlement de la cour*, tom. 2, pag. 118.

27

la preuve contraire ; que dès-lors, il doit être provisoirement maintenu ou rétabli dans cette possession (3).

290. La complainte s'accorde contre le trouble donné à la jouissance d'un immeuble, ou de tout autre droit réel, conséquemment de toute servitude, de tout droit de propriété ou d'usage sur les eaux. *Qualiter sit constitutum jus aquæ* (dit la loi 1 et § 9, ff. *de aqu. quotid. et œstiv.*), *dicendum est hoc interdictum locum habere* (4).

La loi du 24 août 1790, tit. 3, art. 10, y est formelle, comme on l'a vu ci-dessus.

En un mot, personne ne doute, ainsi que la cour de cassation l'a jugé si souvent, que l'action en complainte ne soit reçue en eaux publiques et privées (5).

291. Quand la loi exige la possession de l'an et jour, elle n'entend pas qu'il soit nécessaire d'avoir joui chaque jour. Il est des eaux dont on n'use qu'en certain temps, et la loi 1, § 4 et 22, ff. *de aqu. quotid. et œstiv.*, décide qu'il suffit dans tous les cas, d'avoir joui sans trouble, un jour, ou une nuit dans le courant de l'année.

La même loi, § 31, 34, 36, décide que dans l'hypothèse

---

(3) *Ordonnance* de 1667, tit. 18, art. 1. — *Code de procéd.*, art. 23.—*Julien*, tom. 2, pag. 632. — *Quest. de droit*, v.° *complainte*, § 2.

(4) 1667, loc. cit. —*Henrion*, chap. 42, pag. 403 ; chap. 43, § 5, pag. 421. — *Code civ.*, art. 637, — *Sirey*, tom. 14, pag. 153.

(5) *Cœpolla*, part. 2, cap. 4, n.° 106; cap. 30, n.° 5. — *Pecchius*, lib. 1, cap. 2, quæst. 2. — *Janety*, 1775, pag. 544. — *Quest. de droit*, v.° *pouvoir judiciaire*, § 9, pag. 102. — *Henrion*, chap. 32, pag. 352; chap. 26, § 2, pag. 261. — *Pardessus*, n.° 323, 324, pag. 554 etc. — *Sirey*, tom. 8, pag. 493; tom. 11, pag. 164; tom. 12, pag. 360; tom. 13, pag. 337; tom. 14, pag. 153; tom. 15, pag. 239.

d'une eau dont on ne jouit que l'été, il suffit d'avoir joui dans l'été précédent ou dans celui du trouble.

L'interruption ne fait perdre l'avantage de la possession an- nale, qu'autant que cette interruption a été l'effet du *trouble* donné à cette possession, et que le possesseur a déféré à ce trouble, ou que déjà il ne possédoit pas depuis l'an et jour.

292. La complainte ne seroit pas admise, là où la nouvelle œuvre ne porteroit aucun préjudice au possesseur. *Nos opina- mur* (dit la loi 3, § 2, ff. *de rivis*), *utilitatem ejus qui ducit, sine incommoditate ejus cujus ager est, spectandam.*

293. Elle ne le seroit pas également, là où par la qualité du possesseur, ou par la nature de la chose, la possession ne pourroit faire présumer la propriété, ou conduire à l'acquisition du droit de propriété.

Ainsi, le fermier, le possesseur à titre précaire, n'y sont pas reçus, parce qu'ils ne possèdent pas pour eux, *animo do- mini* (6).

Ainsi, elle ne seroit pas admise en dérivation des eaux d'une rivière navigable, ou pour la pêche dans ces rivières, parce que l'une et l'autre sont prohibées, comme on l'a vu, malgré toute possession contraire.

Elle le seroit seulement, là où la dérivation seroit le résultat d'une concession formelle, quoique toujours révocable dans l'in- térêt de l'État.

294. Elle ne seroit plus admise aujourd'hui, pour les droits de puisage, d'abreuvage et autres servitudes discontinues, que

---

(6) Leg. 1, ff. *de fontib.*

l'art. 691 du code, a déclaré ne pouvoir plus être acquises par le seul fait de la possession, même immémoriale.

295. Cet article, il est vrai, maintient les droits acquis par cette possession, à l'époque de la publication de la loi.

De là, s'est élevée la question de savoir, si l'action en complainte seroit reçue aujourd'hui pour le trouble donné à la possession de celui dont le droit auroit été acquis avant la publication du code.

J'avois dit, dans mes *Observations sur quelques coutumes de Provence*, pag. 40, qu'il sembloit d'abord que le code, par cela même qu'il avoit maintenu le droit au fonds, avoit conservé également l'action possessoire, qui en est l'accessoire naturel et légal;

Que néanmoins, la cour de cassation, conformément à l'opinion de M. Henrion, avoit déclaré, le 10 février 1813, que la complainte n'étoit plus admissible dans cette hypothèse (7);

Qu'en effet, le droit ne pouvant plus s'acquérir par la seule possession, on ne pouvoit s'arrêter à la possession postérieure au code, ni admettre la preuve de la possession antérieure, attendu que la loi ne reconnoît dans l'action en complainte, d'autre possession que celle de l'an et jour avant le trouble;

Qu'il étoit néanmoins à désirer qu'on pût trouver sur cette question transitoire, un moyen capable de concilier le droit du possesseur avec la nature et la marche de l'action.

Les observations qui m'ont été communiquées sur cet objet, m'ont engagé à l'examiner de nouveau.

Je n'ai pu trouver de réponse satisfaisante aux observations ci-dessus.

---

(7) *Sirey*, tom. 13, pag. 3. — *Henrion*, chap. 43, § 7, pag. 428.

Mais, le moyen de conciliation m'a paru simple et facile.

296. La possession immémoriale vaut titre, *habet vim cons-tituti*; lors donc qu'elle est reconnue, le possesseur est vérita-blement fondé en titre.

Cette reconnoissance peut être consentie par la partie inté-ressée; à défaut, elle peut être le résultat d'un jugement, obtenu sur la preuve de la possession.

Dans l'une et l'autre hypothèse, la reconnoissance ou le ju-gement opèrent le titre et donnent droit à la complainte.

297. Ce seroit une erreur de croire, que le titre est toujours étranger à l'action possessoire; qu'on ne pourroit le prendre en considération, sans cumuler le possessoire avec le pétitoire, contre la prohibition de la loi.

Ce système tendroit à proscrire toute action possessoire en fait de servitude discontinue conventionnelle.

L'exécution provisoire est due au titre, lorsqu'il est appuyé par la possession annale. C'est tout ce que le juge de paix con-sidère, et sans s'occuper des discussions auxquelles ce titre peut donner lieu, il lui suffit de reconnoître provisoirement la nature et l'origine de la possession.

Telle a toujours été la règle (8). Elle a été reconnue par la cour de cassation, le 24 juillet 1810, après une discussion so-lemnelle, dans l'hypothèse d'une servitude discontinue fondée en titre.

« Attendu (dit l'arrêt), que si la possession annale d'une

(8) *Faber*, *cod.*, lib. 8, tit. 4.—*Dunod*, part. 2, chap. 3.—*Henrion*, chap. 51, pag. 496 etc.— *Quest. de droit*, v.º *complainte*, § 2, pag. 451; v.º *servitude*, § 6; *supplément*, pag. 183.

» servitude discontinue, ne peut donner le droit de former l'action
» possessoire....., il n'en est pas de même, lorsque cette pos-
» session est accompagnée de titre......; que si le juge, chargé
» uniquement de statuer sur le possessoire, ne peut pas juger
» définitivement sur la validité du titre, il peut néanmoins
» en ordonner provisoirement l'exécution sous le rapport
» de la possession, et accorder la jouissance provisoire à celui
» qui a la possession annale, accompagnée d'un titre, sous la
» réserve de tous les droits des parties au fonds (9).

« Cet effet du titre (dit la même cour, dans son arrêt du 6
» juillet 1812, intervenu sur une hypothèse semblable), ne
» peut être détruit par la seule contestation sur sa validité. Il
» appartient aux juges de paix de juger le mérite de cette con-
» testation, quant au fait de la possession (10). »

D'après ces observations, celui dont la possession immémoriale étoit acquise avant le code, peut faire reconnoître son droit
par le débiteur de la servitude, ou s'adresser à la justice pour
le faire déclarer, après avoir rempli, s'il y a lieu, la preuve
de sa possession ; et dès-lors, il n'aura plus à craindre d'être
déclaré non recevable dans son action possessoire.

L'utilité, disons mieux, l'urgence de cette mesure, se feront
mieux sentir encore, si l'on observe que dans quelques années,
il sera impossible de remplir la preuve par témoins d'une
possession immémoriale acquise avant le code.

On sait que dans cette matière, il falloit des témoins âgés au

---

(9) *Sirey*, tom. 10, pag. 334.
(10) *Sirey*, tom. 13, pag. 81.

moins de cinquante-quatre ans, de manière qu'ils pussent déposer
sur ce qu'ils avoient vu depuis l'âge de quatorze ans. Ces témoins devroient donc aujourd'hui (1817), être âgés de soixante-
sept ans ; bientôt, il faudroit qu'ils fussent âgés de soixante-
quinze, de quatre-vingt ans; finalement il sera impossible d'en
trouver, et le droit seroit éteint par l'impuissance d'en faire la
preuve.

298. Du reste, l'emplacement et l'objet de la servitude,
peuvent faire présumer une convention formelle, quoique tacite,
entre les parties , et tenir lieu de titre au possesseur. Tel est
du moins le résultat de l'arrêt de la cour de cassation, du 29
novembre 1814 (11).

Un sentier, large de trois pieds, se trouvoit établi entre le fonds
du sieur Joly et celui du nommé Antoine. Celui-ci ferma le passage ; Joly se pourvut en complainte. Le juge de paix en ordonna le rétablissement. Son jugement fut confirmé. Antoine se
pourvut en cassation , mais son pourvoi fut rejeté , « attendu
» que s'agissant d'un sentier de simple exploitation, c'est moins
» une *servitude discontinue*, que l'exécution *d'une convention*
» *supposée entre les propriétaires voisins, pour la desserte de*
» *leurs fonds respectifs.* »

Cette décision , d'autant plus imposante, qu'elle a été rendue
sous la présidence de M. Henrion, qui le premier a établi que
l'action possessoire n'avoit plus lieu depuis le code, pour les
servitudes discontinues antérieures, cette décision, disons-nous,
nous paroîtroit bien équitable, si le sentier établi entre les deux

(11) *Sirey*, tom. 16 , pag. 225.

fonds, l'avoit été également sur le sol des fonds respectifs. Dans le cas contraire (ce que le journaliste ne paroit pas avoir assez précisé), nous aurions de la peine à l'admettre comme un principe général qui ne tendroit qu'à paralyser la règle, par l'arbitraire qu'il laisseroit sur son application.

CHAPITRE DERNIER.
Mesurage des Eaux.

Le mesurage, ou, comme on dit en Provence, le *calibrage* des eaux, presque toujours confié à des ouvriers qui ne connoissent qu'une aveugle routine, est une opération délicate et importante, dont les règles sont généralement peu connues, dont les résultats peuvent dès-lors préjudicier à l'une ou à l'autre des parties.

C'est pour prévenir cet inconvénient, autant qu'il est possible , que nous avons cru devoir présenter ici un apperçu simple et facile des divers moyens indiqués par l'art hydraulique, et d'après lequel tout homme soit à portée de suivre les opérations de l'expert.

Personnellement étranger à cet art, nous avons dû recourir aux lumières des hommes qui en font leur profession ; c'est d'après les instructions qu'il nous ont fournies que nous avons rédigé cet apperçu. Nous leur en témoignons ici notre reconnoissance (1).

---

(1) Ces instructions nous ont été fournies, principalement par M. Fabre, ancien ingénieur hydraulique des États de Provence, et ingénieur en chef des Ponts et Chaussées, membre correspondant de l'Institut de France etc.

Nous avons reçu également des instructions utiles de MM. Julien, ingénieur-architecte, et Ginezy, géomètre, tous les deux de cette Ville.

Avant

Avant d'entrer dans le détail des moyens indiqués par l'art, il est bon de jeter un coup d'œil sur le principe qui en a déterminé la nécessité.

C'est un fait connu, qu'une ouverture pratiquée pour dériver d'un cours d'eau une quantité d'eau déterminée, en fournit un volume plus ou moins considérable, suivant que l'eau est plus ou moins abondante, plus ou moins élevée en dessus de l'ouverture; que son cours est plus ou moins accéléré (1).

De là vient que pour connoître le produit d'une source, le véritable volume d'une eau courante, c'est dans la saison où elle est le moins abondante, c'est-à-dire, sur la fin de l'été, qu'il convient de la mesurer.

Le droit romain avoit connu cette vérité, lorsqu'en prohibant sur les rivières, tout ouvrage capable d'en détourner le cours, il disoit : *quo aqua aliter fluat quam priore ÆSTATE fluxit...... Quia semper certior est naturalis cursus fluminum ÆSTATE , potiùs quam HIEME* (2).

C'est un fait non moins connu de ceux qui ont étudié la théorie des eaux courantes, que leurs diverses couches n'ont pas une vitesse uniforme ; l'eau coule plus lentement au fonds, qu'à la superficie. Les eaux stagnantes, contenues dans un bassin., dans un vase ou dans un vaisseau quelconque, présentent encore ce phénomène, que si l'on pratique au vaisseau deux ouvertures égales, l'une vers le haut, l'autre dans la partie inférieure, celle-ci fournit plus d'eau dans le même espace de temps que

(1) *Pecchius.*, lib. 1 , cap. 5 , quæst. 3;
(2) Leg; 1 , § *is autem* 8, ff. *ne quid in publ. flum.* etc.—*Pecchius,*, cap. 3, n.° 37.

28.

l'ouverture supérieure ; car la vitesse de l'eau dans son écoulement, est accélérée en raison de son poids (3).

Ce seroit donc une erreur de croire qu'une ouverture déterminée doive donner toujours la même quantité d'eau, sans avoir égard au volume, à la direction, à la vitesse de l'eau.

Il étoit donc nécessaire de trouver un mode d'après lequel on pût, dans toutes les circonstances, obtenir le volume d'eau convenu entre les parties, sinon avec cette précision absolue et mathématique qu'on ne sauroit obtenir ; du moins, autant que les localités et la justesse plus ou moins exacte des opérations peuvent le permettre.

C'est ce mode que nous nous sommes proposés de présenter.

Le volume d'eau qu'on se propose de dériver est plus ou moins considérable, suivant qu'il s'agit de faire mouvoir des usines ; d'arroser une étendue de terre plus ou moins considérable, ou d'alimenter une simple fontaine.

Dans le premier cas, et en prenant pour terme de comparaison le volume d'eau nécessaire pour faire mouvoir convenablement un moulin à blé, volume désigné en Provence sous le nom *Moulant*, l'expérience a prouvé que ce volume est de 7 pieds $\frac{1}{4}$ cubes par seconde, ou, en mesure métrique, 265 décimètres cubes ou litres d'eau, 65 centimètres (4).

---

(3) *Pecchius*, lib. 1, cap. 5, n.° 30.

(4) Le pied cube d'eau, pèse, poids de marc, 70 livres 0 onces 3 gros 57 grains. — Et poids d'Aix, 90 livres 2 onces 5 gros 51 grains. — En poids métrique, 34 kilogrammes 277 grammes 254 myriagrammes.

De là, il est facile de déterminer par les fractions de *moulant*, les quantités d'eau moins considérables que des usines peu importantes, ou des arrosages moins étendus, peuvent exiger.

Dans le second cas, l'eau qui alimente une fontaine est divisée en *pouces* ou en *canons*.

On appèle *pouce d'eau*, la quantité que fournit dans une minute, une ouverture circulaire d'un pouce de diamètre, pratiquée à la partie supérieure d'un réservoir, de manière que le niveau de l'eau dépasse d'une ligne la partie supérieure de cette ouverture.

Cette quantité fournit 28 livres poids de marc (plus fort d'un cinquième que le poids d'Aix), ou 691 pouces cubes (5).

Nous appelons *canon d'eau*, la quantité que fournit dans le même espace de temps, une ouverture établie comme la précédente, de la grandeur d'un denier.

Elle fournit 16 livres poids de marc, ou 394 pouces cubes (6).

Cela posé, supposons qu'un particulier obtienne la faculté de dériver d'un canal, demi *moulant* d'eau, c'est-à-dire, un courant qui lui donne 3 pieds $\frac{7}{4}$ cubes par seconde, les moyens à prendre pour déterminer ce volume d'eau, sont tels qu'il suit :

1.º Établir à l'endroit du bord du canal où l'on doit prendre l'eau, une martellière en pierres de taille, composée d'un seuil et de deux pieds-droits montans, qui porteront chacun deux

_____

(5) Ou, dans le système métrique, en mesure, 13 décimètres cubes, ou litres 71 centièmes; et en poids, 13 kilogrammes 71 décagrammes.

(6) Ou 7 décimètres cubes ou litres, 82 centièmes; et en poids, 7 kilogrammes 82 décagrammes.

rainures distantes d'environ six pouces l'une de l'autre. Ces deux pieds-droits seront espacés provisoirement de 32 centimètres, ou environ un pied, plus ou moins ; lesdites rainures sont destinées à recevoir des planches de mesure ; on remplira l'entre-deux de terre battue, lorsqu'on voudra mettre la dérivation à sec ;

2.° A quelques pas de la martellière, creuser un bassin carré parfait, ou carré long d'environ 9 toises carrées de superficie et de 4 pieds ou environ de profondeur (7), destiné à recevoir l'eau de la martellière. Les côtés seront coupés à plomb ; et l'endroit par lequel l'eau y entrera, sera revêtu en maçonnerie de pierres seches, pour empêcher l'éboulement des terres dans le bassin par l'action de l'eau ;

3.° A l'un des angles du bassin opposés à l'entrée de l'eau, planter verticalement un pieu dont la tête soit plus élevée que le bord supérieur du bassin, d'environ un pied, et divisé d'avance en mètres et parties du mètre, ou en toises et parties de la toise ;

4.° Cela fait, ouvrir la martellière à plein, en conduire les eaux dans le bassin ;

5.° Les eaux parvenues à une des divisions du pieu, à quelques centimètres ou à quelques pouces de hauteur au-dessus du fonds du bassin, en retenir note ; et au même instant, à l'aide d'une montre à secondes, marquer l'heure, la minute, la seconde, indiquées par la montre ;

6.° L'eau parvenue à l'une des divisions du pieu, près de la surface du bassin, la noter encore ; et en même temps, marquer, d'après la montre, le nombre de minutes et de secondes ;

_____

(7) 36 mètres carrés de superficie, et un mètre 50 centimètres de profondeur ou environ.

7.º Retrancher la première hauteur de l'eau de la seconde, on aura dès-lors l'épaisseur de la couche d'eau qui s'est écoulée entre la première et la seconde hauteur, et l'on connoîtra le volume de cette couche, en multipliant la surface du bassin par ladite épaisseur ;

8.º Retrancher le premier nombre d'heures, de minutes et de secondes du second nombre, on aura le nombre de minutes et de secondes qui se sont écoulées pendant que la martellière a dépensé le volume d'eau de ladite couche ;

9.º Si l'on veut calculer ladite couche d'eau, par exemple, en pieds, on divisera le nombre des pieds qui constituent la cubature par le nombre de minutes ou de secondes ci-dessus, et l'on aura le nombre de pieds cubes et de parties de pied que la martellière donne par secondes ; et partant, le nombre de *moulans* ou parties de *moulans* d'eau.

Comme la distance des deux pieds-droits, montans de la martellière, a été d'abord arbitraire, il est possible, il est même vraisemblable que le résultat fournisse un volume d'eau supérieur ou inférieur au demi *moulant* supposé, ou 3 pieds $\frac{7}{8}$; s'il est trop fort, on rapprochera l'un des deux montans de l'autre ; on l'en éloignera s'il est moindre. L'opération devra être ainsi répétée jusques à ce qu'on ait trouvé, ou à peu de choses près, le volume déterminé.

Un exemple facilitera l'intelligence et l'application de ces règles.

Donnons au bassin, pour un carré long, 4 toises 3 pieds de longueur, et 2 toises de largeur ; ou, pour un carré parfait, trois toises de longueur et autant de largeur. Dans l'un et l'autre cas , ces dimensions produiront une superficie de 9 toises carrées, ou 324 pieds carrés.

Supposons que lorsqu'on a observé la première hauteur de l'eau, à 5 pouces , par exemple , la montre ait marqué 10 heures 16 minutes 31 secondes , et qu'à la seconde hauteur , supposée de 3 pieds un pouce , la montre ait porté 10 heures 19 minutes 35 secondes.

En retranchant les 5 pouces de la première hauteur des 3 pieds 1 pouce de la seconde, on aura 2 pieds 8 pouces pour l'épaisseur de la couche d'eau dépensée par la martellière entre les deux observations , laquelle multipliée par les 324 pieds carrés, surface du bassin , donne pour le volume de cette couche, 864 pieds cubes.

Retranchant aussi les 10 heures 16 minutes 31 secondes des 10 heures 19 minutes 35 secondes, on aura 3 minutes 4 secondes, ou 184 secondes , qui est le temps pendant lequel la martellière a donné les 864 pieds cubes d'eau.

Divisant enfin , les 864 pieds cubes par 184 secondes , on aura 4 pieds cubes $\frac{16}{11}$, au lieu de 3 pieds cubes $\frac{7}{8}$. Le résultat étant donc trop fort , on rapprochera un peu les pieds-droits, montans de la martellière, en laissant subsister tout le reste, et on recommencera l'opération.

Si au lieu d'opérer en toises, pieds etc. , on veut opérer en nouvelles mesures, soit donné un bassin carré de 6 mètres, produisant une surface de 36 mètres carrés.

La première hauteur de l'eau , 15 centimètres , observée à 1 heure 10 minutes 3 secondes , et la seconde hauteur, 1 mètre, observée à 1 heure 13 minutes 57 secondes.

Retranchant la moindre hauteur de la plus grande et la première heure observée, de la seconde, on aura 85 centimètres pour l'épaisseur de la couche d'eau, et 3 minutes 54 secondes, ou 234 secondes, pendant lesquelles la martellière a fourni 30,600 décimètres cubes, volume de la couche d'eau, produit de 85 centimètres multipliés par 3600 décimètres carrés.

Divisant ces 30,600 décimètres cubes, par 234 secondes, on aura 130 décimètres cubes 77 centièmes, au lieu de 132 décimètres cubes, 82 centièmes, que contient le demi *moulant*.

Le résultat étant donc trop foible, il faudra éloigner un peu les pieds-droits, montans de la martellière, et répéter l'opération pour obtenir autant que possible, les 132 décimètres cubes, 82 centièmes.

On peut remplacer la montre à secondes par un pendule ou balancier à secondes; à cet effet, on attache une balle de plomb au bout d'un fil, fixé à un point stable, de manière qu'il y ait 3 pieds 8 lignes et demi du centre de la balle au point de suspension. Chaque vibration du balancier sera d'une seconde; et toute la différence dans ce cas, c'est que quand la montre marque par elle-même le nombre de secondes, on sera ici obligé de les compter.

Ce moyen de mesurer une eau considérable, est le plus exact qu'il soit possible d'employer.

Il est néanmoins un moyen plus simple, mais seulement approximatif, vu la difficulté de déterminer exactement la vitesse de l'eau, et que l'on peut substituer au premier, là où les parties n'exigent pas une précision rigoureuse.

Supposons qu'il s'agisse de mesurer la quantité d'eau dépensée par une martellière quelconque.

On choisira une partie droite du canal de dérivation, qu'on

régularisera sur une longueur au moins de 4 toises ou 20 mètres, en la disposant autant que possible, égale par - tout en
largeur.

On marquera distinctement le commencement de la partie du
canal ainsi régularisée.

On abandonnera à ce point, un corps flottant, une petite
boule de cire, par exemple. Au même instant, on comptera
le temps ; on laissera couler librement cette boule pendant
quelques secondes. On marquera le point auquel elle sera parvenue au moment où l'on aura cessé de compter. Mesurant ensuite la distance parcourue par la boule, la largeur du fossé et
la hauteur de l'eau, on multipliera entre elles les trois quantités
ou dimensions, et l'on obtiendra le volume d'eau dépensé par
la martellière pendant le nombre de secondes qu'on aura ob-
servées. On divisera ensuite ce volume par le nombre de secondes, pour connoître la même dépense pendant une seule
seconde ; ou le nombre de *moulans* ou de parties de *moulant*.

L'opération est moins compliquée, lorsqu'il s'agit de mesurer
simplement un *pouce* ou un *canon d'eau*.

Il ne s'agit que de savoir le poids ou le volume d'eau que la
fontaine dépense dans un temps connu. Trois moyens peuvent
être employés à cet effet.

Premier moyen : peser une urne ou un vase quelconque, en
marquer le poids.

Placer ce vase sous le tuyau ; au même instant, mettre en
mouvement le balancier à secondes ; en compter les vibrations,
jusques au moment où l'on retirera le vase ; ce qui aura lieu
à volonté, ou lorsqu'il sera à-peu-près plein.

Peser

Peser le vase avec l'eau qu'il contiendra ; en soustraire le poids du vase vuide : le reste sera le poids de l'eau.

Diviser ce poids par le nombre de secondes, on aura la dépense du tuyau dans une seconde, qui, multiplié par 60, donnera la même dépense dans une minute.

Le résultat sera d'autant de *pouces* qu'il contiendra de fois 28 livres poids de marc, ou 13 kilogrammes 71 décagrammes ; ou d'autant de *deniers* qu'il contiendra de fois 16 livres poids de marc, ou 7 kilogrammes 82 décagrammes.

Le second moyen consiste à substituer à l'opération en poids, une opération en mesure.

A cet effet, on place un vase sous le tuyau ; on compte comme ci-dessus le nombre des vibrations du balancier ; on retire le vase à-peu-près plein ; on mesure l'eau qu'il contient avec un litre ou nouveau pot, et en divisant le nombre de litres trouvés par le nombre de secondes, on aura la quantité de litres dépensés dans une seconde. Cette quantité divisée par 60, donnera la dépense pendant une minute. Le résultat sera d'autant de *pouces* qu'il contiendra de fois 13 litres 71 centièmes, ou autant de *deniers* qu'il donnera de fois 7 litres 82 centièmes.

Le troisième moyen exige un apprêt qui n'est propre qu'aux gens de l'art, tous les jours à même de mesurer des eaux ; mais cet apprêt une fois établi, l'opération devient encore plus simple.

Il consiste à se donner une mesure, ou caisse en bois ou en métal, de forme prismatique, dont la base parfaitement carrée, aura 10 pouces de côté ou 271 millimètres, et un mètre de hauteur environ.

29

Sur une des quatre faces intérieures, on portera au moins cinq fois 187 millimètres, ou 6 pouces 10 lignes 11 points $\frac{1}{15}$, en partant du fonds de la caisse.

Chaque division marquera un pouce d'eau et pourra être subdivisée en plusieurs parties, qui seront des parties du *pouce d'eau.*

Sur une autre desdites faces intérieures, on portera encore, en partant du fonds, sept à huit fois au moins 106 millimètres $\frac{1}{2}$, ou 3 pouces 11 lignes 3 points $\frac{1}{5}$.

Chacune de ces divisions cubera un *denier d'eau* et pourra se subdiviser pour avoir des parties du denier.

Cette mesure ainsi préparée, il suffira d'y faire couler l'eau de la fontaine pendant une minute exactement mesurée. Les divisions de la première des faces susdites marqueront la quantité de *pouces* et partie du pouce d'eau. Celles de l'autre face marqueront la quantité de *deniers* et parties du denier.

Ces notions ne suffiroient pas peut-être pour rendre tout particulier capable de mesurer lui-même le volume d'eau qu'il a intérêt de connoître. Mais elles suffiront au moins pour le mettre à portée d'éviter tout arbitraire, de suivre les opérations des experts, et de se garantir des inconvéniens qui peuvent résulter de leur ignorance, quelquefois même de leur partialité.

F I N.

CORRECTIONS ET ADDITIONS.

PAGE 3, à la note 1, ajoutez : *Sirey*, tom. 16, pag. 374.

Pag. 16, ligne 20, *n.*° 62, lisez : *n.*° *63.*

Pag. 33, ajoutez aux lois citées n.° 59, celles qui sont énoncées dans la *table générale des lois* etc., imprimée en 1816, tom. 2, v.° *eaux minérales*, pag. 442.

Pag. 36, ligne 16, *n.*° 48 et *54,* lisez : *n.*° *46* et *52.*

Pag. 55, ligne 23, ajoutez : c'est ce que la cour de cassation a jugé le 23 novembre 1815, au sujet de l'eau du béal d'un moulin, dérivée d'une eau publique, et qu'elle a considérée comme eau privée, par cela seul qu'elle étoit entrée dans un fonds de propriété privée. L'arrêt est dans Sirey, tom. 16, pag. 374.

Pag. 58, à la note, supprimer la citation *observations* etc.

Pag. 70, ligne 22, *dans son fonds par*, lisez : *ou par.*

Pag. 72, ligne 6, *indivisibles*, lisez : *indivises.*

Pag. 88, ligne 17, *y a été*, lisez : *a été.*

Pag. 120, au n.° 170, ajoutez : toutes les lois particulières intervenues sur les canaux de navigation, depuis celle du 22 décembre 1789, sont énoncées dans la *table générale* précitée, v.° *canaux.*

Pag. 130, 131, au n.° 178, on a dit, que le décret de l'an 12 rendu pour les rivières de Piémont, avoit été basé sur la loi locale qui déclare appartenir au domaine, *tous les fleuves, rivières et torrens de cet État.*

On en trouve une nouvelle preuve dans les décrets des 4

et 6 juillet 1813, portant règlement sur les travaux relatifs aux cours d'eau *non navigables et flottables* dans les départemens du Pô (Piémont), et de la Méditerranée (Toscane), que l'on trouve au bulletin des lois de 1813, n.os 9424 et 9420, pag. 44 et 29.

Il est dit dans le premier, relatif au Piémont, art. 14 et 16, que le préfet, sauf les travaux d'urgence, ne pourroit ordonner l'exécution des ouvrages, qu'après les avoir « soumis au direc- » teur général des ponts et chaussées, pour être par lui exa- » minés en conseil général, et approuvés, s'il y a lieu. »

Le second, au contraire, dit, art. 10 : « les devis des tra- » vaux rédigés par les ingénieurs seront approuvés par le » préfet, sur l'avis de la commission centrale (et locale établie » par cette loi). »

Pag. 133, n.° 181.

L'édit de 1547, qui donne aux propriétaires de moulins le droit de conduire les eaux à travers les fonds voisins, les sou- met, comme on l'a dit, à payer l'*intérêt des parties ez fonds et propriétés desquelles se feront les levées et fossés.*

Nous avons dit, pag. 108, n.° 152, qu'il en étoit de même des eaux destinées à l'arrosage d'utilité générale.

L'étendue de cette indemnité a donné lieu à une contesta- tion intéressante.

Un propriétaire de moulin, obligé de changer le canal em- porté par la rivière, a établi le nouveau canal à travers les fonds de divers particuliers, sans distinction des prairies, des jardins et autres fonds précieux, qu'il a dégradés en grande partie: il a cru en être quitte en offrant la valeur du fonds occupé par le nouveau canal.

Les propriétaires sont venus à conseil ; il leur a été répondu :

1.º Que le passage de l'eau ne peut pas être pris arbitrairement, et, qu'autant que l'état des lieux peut le permettre on doit concilier l'intérêt respectif du moulin et des fonds traversés par le canal.

C'est ce que nous avons observé sur le titre des *aqueducs*, § 2, n.º 157, pag. 111.

2.º Que l'*intérêt des parties* doit comprendre l'entier dédommagement du préjudice que les propriétaires voisins reçoivent du coupement.

Or, le préjudice ne résulte pas seulement de la privation du sol occupé par le canal ; il consiste encore dans l'assujettissement du fonds à une servitude incommode, onéreuse, quelquefois même dangereuse par les débordemens auxquels le fonds se trouve exposé ; dans la dégradation de ce même fonds, dont le canal coupe les communications d'une partie à l'autre, dont il peut couper des terrains précieux, de manière à en laisser une partie inutile et infructueuse.

L'utilité publique qui exige cet assujettissement, ne dispense pas celui qui en tire un avantage, d'indemniser pleinement ceux qu'elle y soumet. C'est ainsi que l'ont entendu les auteurs qui ont traité cette question.

Pecchius, lib. 2, cap. 9, quæst. 1, n.º 31, rappèle la disposition du statut de Milan, qui distingue dans ce cas trois indemnités différentes : 1.º la valeur du sol occupé par le canal ; 2.º le quart en sus du juste prix ; 3.º le dommage que le propriétaire du fonds peut recevoir d'ailleurs par l'effet du coupement. *Ipsis tamen aquam ducentibus, per prius solventibus pretium terræ quæ occupanda erit ; quartamque partem ultra*

*æstimationem veri pretii ; et damnum , si quod inferri con-
tinget , arbitrio duorum virorum in similibus peritorum.*

Les constitutions sardes , liv. 5, tit. 19 , n.° 7, disent également : « outre la valeur du terrain que l'on occupera, on payera
» encore le huitième de plus , avec les dommages-intérêts que
» pourroient souffrir les propriétaires desdites possessions. »

Notre usage, en Provence, accordoit le quint en sus pour
les ventes qu'exigeoit l'utilité publique. Boniface en rapporte
des arrêts, tom. 4, liv. 2, tit. 2 chap. 11.

Le principe que l'on vient d'indiquer y fut pris en considération lors de l'établissement du canal Boisgelin , en 1785, et
des canaux particuliers qui en furent dérivés dans les territoires
des diverses communes de la contrée ; et dans les arrangemens
qui furent pris à ce sujet, on eut égard aux réclamations des
propriétaires.

La contestation dont nous venons de rendre compte est encore pendante.

Pag. 134, ligne 6, *inférieurs*, lisez : *supérieurs.*

Pag. 185, note 9, ajoutez : *Sirey*, tom. 16, part. 2 , pag.
309.

Pag. 191 , note 1, ajoutez, à la fin, *391.*

Pag. 202 , ligne 20, *art.* 2 , lisez : *art. 1.*

Pag. 204 , note 3, après pag. 319, ajoutez : *231.*

Pag. 212, ligne 16, ajoutez : c'est ce que la même cour avoit
déjà jugé, le 24 juillet 1810. L'arrêt est rapporté dans les *questions de droit*, v.° *servitude*, au supplément, § 6, pag. 183.

TABLE

ALPHABÉTIQUE ET ANALYTIQUE.

vion. *Ibid.*—Il appartient à l'État, dans les rivières navigables. *Ibid.*—
A qui appartient le lit que la rivière abandonne. 41.

BÉAL, BIEF : est présumé appartenir à celui qui a le droit d'a-
queduc. 117, 137.

BERGE. Vid. *Rivages.*

BORDS. Vid. *Rivages.*

BRASSIÈRES. Vid. *Ilot.*

CANAUX. Les canaux généraux de navigation ou de desséchement,
sont considérés comme partie du domaine public. 8, 119. — On n'en
peut dériver les eaux sans permission. 120. — Les concessions de ces
canaux n'empêchent pas les mesures nécessaires pour leur conservation, améliorations et agrandissement. *Ibid.* — Cédés à des compagnies,
on n'en peut distraire aucune portion. *Ibid.* — Ni en changer la destination. *Ibid.* — Lois et règlemens propres à ces canaux. 120, 227.

CANAL. Vid. *Aqueduc.*

CITERNE. L'eau de citerne n'est considérée comme une eau vive. 1.

CLOAQUE. Vid. *Égouts.*

COMPÉTENCE. Séparation des deux Pouvoirs administratif et judiciaire, source des difficultés que présentent les questions de compétence sur les eaux. 171. — Observations sur cette séparation. 172.—
Principes généraux qui distinguent ces deux pouvoirs. 174. — L'autorité
administrative n'a aucune prise sur le droit de propriété 175. — Si
néanmoins elle a statué sur ce droit, les tribunaux ne peuvent connoître de ses actes. 172, 175.

COMPÉTENCE. *Questions de propriété.* Les questions de propriété
sur les *eaux privées*, sont du ressort exclusif des tribunaux judiciaires.
178. — Même sur les eaux communales qui ne sont que des eaux privées. 179. — Sur les *eaux navigables*, l'État dispose seul de sa propriété. 180. — Mais la question de savoir si un terrain est ou non sa

30

propriété, est du ressort des tribunaux civils. 180. — Il en est de même des acquisitions qu'il ordonne pour cause d'utilité publique. 181. — Toute question sur les *eaux publiques non navigables*, qui n'intéresse pas l'ordre public, est dans la même attribution. 182.

COMPÉTENCE. *Administration, Mode de jouissance.*
Sur les *eaux privées*, appartient aux tribunaux. 187.
Sur les *rivières navigables*, à l'autorité administrative. *Ibid.*
Sur les *eaux publiques non navigables*, à la même autorité. 188.

Libre cours des eaux, à l'autorité administrative pour ce qui concerne les entreprises sur leur largeur et leur alignement; aux tribunaux pour leur encombrement. 189. — Les tribunaux connoissent également des entreprises sur la largeur etc., quand la contestation ne s'élève qu'entre deux particuliers, sans relation à l'intérêt public. *Ibid.*

Les questions relatives à l'*élévation des eaux*, appartiennent à l'autorité administrative. 191. — C'est au préfet à la régler. 191, 194. — C'est au conseil de préfecture à statuer sur les *réclamations* contre ses règlemens. 204. — Ces questions appartiennent aux tribunaux, s'il n'existe aucun règlement. 192. — Si ce n'est pas le règlement lui-même qui forme l'objet de la contestation. *Ibid.* — L'autorité administrative connoît des dommages résultans de la hauteur mal combinée des eaux, quand c'est elle-même qui l'a réglée. 194. — A laquelle des deux autorités appartient le droit de régler la hauteur des eaux privées. 194. — D'un étang privé. 195. — Curage des eaux navigables, non navigables, au pouvoir administratif. 169.

Règlement d'arrosage. Vid. *Arrosage.*
Desséchement des étangs et marais. 200.

COMPÉTENCE. *Contraventions, délits.* Sur les eaux *privées*, sont du ressort des tribunaux. 201. — Sur les rivières *navigables* ou flottables, et leur dépendances, sont poursuivies et réprimées par l'autorité administrative. *Ibid.* — Mode de les constater. *Ibid.* — Mais s'il y a lieu à une peine, cette autorité doit renvoyer au tribunal correctionnel. 202. — Sur les *desséchemens*, aux tribunaux. *Ibid.* — Sur les eaux pu-

qu'elles soient possédées à titre de propriété ou de servitude. *Ibid.* — L'eau sortie du fonds sans que le propriétaire en ait disposé, cesse de lui appartenir. 2 , 52. — Comment le propriétaire du fonds où elle naît peut-il en disposer ? Vid. *Eau, droits sur les eaux.*

EAUX quotidiennes , eau d'été : se distinguent par l'usage ordinaire. 17.

EAUX. Riverains, vid. *Riverains.*

EAUX stagnantes, vid. *Lac , Étang, Marais , Puits.*

EAUX. Titre , vid. *Concession.*

EAUX vives. 1.

ÉCLUSE. Est en général le moyen employé pour dériver l'eau. 101.— Soit par une simple coupure ou par un amas de pierre , gazon etc., ou par une planche , ou par des digues formant une écluse régulière. *Ibid.* — On ne peut l'établir sans permission sur les rivières navigables ou flottables, sur les canaux généraux de desséchement ou de navigation et d'irrigation. 102, 124.—Comment peut-on l'établir sur une eau publique non navigable ? *Ibid.* — Ou sur le fonds d'un particulier ? 102, 57.—Comment l'élévation de l'écluse doit-elle être combinée ? 102, 134.— Est comprise dans la vente du moulin. 103. — Se conserve-t-elle par les vestiges ? 103, 98. — Celui qui a cédé une partie de son eau , doit-il rétablir l'écluse emportée par accident ? *Ibid.*

ÉGOUTS , CLOAQUES ; ce que c'est. 167. — Ce droit ne peut être acquis que par titre ou par prescription. *Ibid.* — Accordé pour des eaux déterminées , ne s'étend à toutes autres. *Ibid.* — Précautions à prendre pour arrêter la transmission des ordures. *Ibid.* — Réparations, curage. 168. — Contributions aux réparations des égouts publics. *Ibid.*

ENGINS. Vid. *Moulins.*

ÉTANG. Amas accidentel d'eaux stagnantes. 26. — Étang artificiel. *Ibid.* — Ce qu'il comprend. *Ibid.* — On ne peut en faire sans autorisation. *Ibid.*—Quand la démolition peut-elle en être ordonnée ? 27.—On ne peut l'établir que sur son fonds. *Ibid.* — Obligations respectives des propriétaires d'étangs supérieurs et inférieurs. *Ibid.*— Peut-on suivre le poisson dans l'étang voisin? 28.—L'alluvion y a-t-elle lieu? 25, 28.— L'élévation des eaux doit en être combinée de manière à ne porter aucun dommage aux voisins. 27.

FLEUVES, vid. *Rivières.*

FONTAINES, vid. *Sources.*

GOUTTIÈRE, STILLICIDE. *Stillicide*; l'eau *quæ stillat.* 163. — *Gouttière;* l'eau ramassée dans une gorgue *flumen.* 164. — Ce droit exige le titre ou la prescription. *Ibid.* — Peut-on faire tomber l'eau de plus haut ou de plus bas? *Ibid.* — Le propriétaire du fonds servile ne peut y apporter aucun obstacle. *Ibid.* — Celui à qui il est dû sur une place vuide, peut y ouvrir une porte pour l'inspecter. 165. — Celui qui n'a pas ce droit, ne peut avancer son toit sur le sol voisin. *Ibid.* — Le droit interrompu par la démolition de l'édifice auquel il est dû, est-il rétabli si l'édifice est relevé? 166. — Clause *stillicidia uti nunc sunt, ita sint,* ce qu'elle signifie. *Ibid.* — Servitude *stillicidii non avertendi. Ibid.*

HALLAGE. *Chemin de Hallage*: est dû par les riverains des rivières navigables et flottables. 22. — Largeur qu'il doit avoir. *Ibid.* — Quand la rivière non navigable vient à être rendue navigable, le chemin de hallage est pris sur les riverains, moyennant indemnité. 11.

ILE, ILOT, ISCLE. Les îles formées dans la mer ou dans les rivières navigables et flottables, sont la propriété de l'État. 45. — Dans les autres rivières, elles appartiennent aux riverains, soit en concours, soit au plus rapproché. 45, 46. — Les titres, la possession, peuvent faire maintenir les possesseurs des îles des rivières navigables *Ibid.* — L'île formée par la division de la rivière en deux branches, continue

d'appartenir

ouvrages dans le lit même. Vid. *ouvrages.* — A qui appartient le lit que la rivière abandonne? Vid. *atterrissement.*

Police de la pêche. 139. — Délit de pêche ; n'est délit public, là où il n'est commis qu'en fraude du propriétaire. 205. — Néanmoins il est toujours puni d'une amende qui le rend de la compétence du tribunal correctionnel. 206. — Ce délit commis dans les rivières navigables, se poursuit par la même voie que les délits forestiers. *Ibid.*

PRÉOCCUPATION. Fondemens, équité de ce droit. 62. — Il est acquis à celui qui, le premier, s'est mis en possession d'une eau publique. 63. — Sur quelles eaux il peut être exercé? 64. — N'a lieu là où l'eau peut suffire à tous. 63. — Là où il existe un règlement d'arrosage. *Ibid.* — Le non riverain peut-il l'exercer? 64. — Peut-il nuire au riverain supérieur au point sur lequel le préoccupant dérive l'eau. 66. — Le non riverain qui l'exerce ne peut changer le cours de l'eau. *Ibid.* — Par quels actes on est censé avoir acquis ce droit. 67? — Il emporte les accessoires nécessaires. *Ibid.* — Comment il se perd? *Ibid.* — En quoi il diffère de la prescription? *Ibid.* — Effets de la préoccupation ancienne. 68.

PRISE. Vid. *écluse.*

PRESCRIPTION. Notice sur le temps de la prescription dans le droit romain. 86. — On peut acquérir et perdre par cette voie, la propriété ou l'usage des eaux. *Ibid.* — exception pour les eaux des rivières navigables ou flottables. 88. — La possession immémoriale, et aujourd'hui la possession trentenaire, pourroient y maintenir le possesseur, sauf les droits du Gouvernement en cas de nécessité. *Ibid.* — Comment peut-on acquérir le droit sur les eaux publiques non navigables? 89. — La prescription des eaux privées ne s'acquiert, par quelque temps que ce puisse être, par cela seul que le supérieur les a laissé couler à l'inférieur. 91. — Elle ne peut résulter que des ouvrages établis par l'inférieur sur le fonds supérieur. *Ibid.* — A quels signes on peut connoître si la possession a été exercée à titre de propriété? 95. — Les servitudes naturelles ou légales peuvent-elles s'éteindre par prescription? 96. — Les servitudes ordinaires, s'éteignent par le non usage pendant trente ans. *Ibid.* — Jadis, par dix et vingt ans. 97. —

Mais en servitude continue, les trente ans ne courent que du jour où il a été fait un acte contraire. 96. — Le changement de l'état des lieux fait cesser la servitude. 97. — Elle renaît si les lieux sont rétablis dans le temps de droit. *Ibid.* — Se conserve-t-elle par les vestiges ? 98. — Changement indépendant du fait de celui à qui la servitude est due ; moyens qu'il doit prendre pour conserver son droit 99. — Le droit sur l'eau se conserve, quoiqu'on n'en ait usé que pour une partie du fonds. 100.

PUITS, PUISAGE. *Puisage.* 140. — Est une servitude réelle. *Ibid.* — Est-il présumé exercé à titre de familiarité ? 140. — Comprend les accessoires. *Ibid.* — Puisage dans un lieu clos, heures de son exercice. 141. — S'éteint par le non usage. *Ibid.* — *Quid* par la simple interversion du local ou du temps. *Ibid.* — Le puits commun sur un sol commun, peut être partagé 142. — On peut se délivrer des réparations en renonçant au droit. 143. — A qui doit rester le puits d'une maison partagée ? *Ibid.*

RÈGLEMENT D'ARROSAGE. Vid. *Arrosage.*

RIVAGES, BORDS. Les bords et rivages font partie du cours d'eau. 6. — Ce qu'on entend par bords, rivages. 19 — Si, entre le cours de l'eau et le fonds voisin, il existe un espace susceptible de culture, le bord n'est plus appelé Rivage, mais *Berge.* 19. — L'inondation passagère ne change le rivage. 20. — Le rivage, la berge, font partie du fonds, et sont compris dans la vente. *Ibid.* — Le rivage de la mer est une dépendance du domaine public. 21. — L'usage en est commun à tous, en ce qui ne gêne pas la navigation et l'abordage. *Ibid.* — Jusques où s'étend le rivage de la mer ? *Ibid.* — En quel sens le rivage des rivières navigables est la propriété des riverains ? 22, 23. Vid. *Hallage.* — A quelle distance de la rivière peut-on planter des arbres ? *Ibid.* — Bords, rivages des rivières non navigables, sont la propriété des riverains 23. — Sauf les droits de l'autorité publique. 11, 12, etc. — Le riverain peut-il couper le bord, si par là il prive l'autre

Fin de la Table.

www.ingramcontent.com/pod-product-compliance
Lightning Source LLC
Chambersburg PA
CBHW071829020726
47502CB00004B/1292